D1859390

हसन शाह

हसन शाह के जीवन से जुड़ी कोई प्रामाणिक जानकारी उपलब्ध नहीं है। चूँकि 'नश्तर' एक आत्मकथात्मक रचना है, इसलिए उन्हीं के अनुसार उनके पूर्वज उत्तर मुग़ल काल में ही यमन से मध्य एशिया होते हुए भारत आ गए थे। उनका पूरा नाम सैयद हसन शाह था और वे मिंग नामक एक अंग्रेज़ अफ़सर के यहाँ मुंशी थे। मिंग और कल्लन साहब सम्भवत: मैनिंग (Manning) और कॉलिंस (Collins) थे। हसन शाह की सूचना के अनुसार मिंग साहब सर आयर कूट (Eyre Coote) के भांजे थे और कानपुर में रहते थे। कानपुर उन दिनों अंग्रेज़ों की छावनी बन चुका था।

हसन शाह ने लगभग 20 वर्ष की उम्र में 'नश्तर' की रचना की थी। हिजरी सन् 1205 यानी सन् 1790 ई. में। यह भी पता चलता है कि कालान्तर में उन्होंने कानपुर छोड़ दिया था और लखनऊ जाकर बस गए थे। वहाँ वे उस समय के प्रसिद्ध शाइर 'जुर्रत' के शिष्य हो गए थे। सम्भवत: उन्होंने कभी विवाह नहीं किया और अपना पूरा जीवन किसी सूफ़ी सन्त की तरह बिताया। एक जानकारी और मिलती है कि 1883 ई. में अपने छोटे भाई हुसैन शाह के निधन के समय हसन शाह जीवित थे।

अब्दुल बिस्मिल्लाह

हिन्दी के सुप्रसिद्ध साहित्यकार अब्दुल बिस्मिल्लाह का जन्म 5 जुलाई, 1949 को उत्तर प्रदेश, इलाहाबाद के बलापुर गाँव में हुआ। उन्होंने इलाहाबाद विश्वविद्यालय से एम.ए. तथा डी.फिल्. किया। 'झीनी झीनी बीनी चदरिया', 'मुखड़ा क्या देखे', 'अपवित्र आख्यान', 'कुठाँव' आदि आठ उपन्यास और सात कहानी संग्रह प्रकाशित हैं। अन्य विधाओं में भी लिखा है। 'झीनी झीनी बीनी चदरिया' उपन्यास विशेष रूप से चर्चित तथा अंग्रेज़ी और उर्दू में भी प्रकाशित है। उनके कई उपन्यास और अनेक कहानियाँ विभिन्न भारतीय और विदेशी भाषाओं में अनूदित हुए हैं। उन्होंने मौलिक लेखन के अतिरिक्त उर्दू साहित्य की कई ख्यातिलब्ध रचनाओं का हिन्दी में लिप्यन्तरण और अनुवाद भी किया, जिनमें फ़ैज़ अहमद 'फ़ैज़' का कविता-समग्र 'सारे सुखन हमारे' बहुचर्चित रहा है।

सोवियत लैंड नेहरू अवार्ड समेत अनेक पुरस्कारों से सम्मानित। जामिया मिल्लिया इस्लामिया, नई दिल्ली के हिन्दी विभाग में प्रोफ़ेसर एवं अध्यक्ष रहे। अब सेवानिवृत्त।

ई-मेल : abismillah786@gmail.com

एक उपन्यास का सफ़रनामा

वस्तुत: इस कृति के बारे में मुझे पहले-पहल जानकारी उर्दू की सुप्रसिद्ध लेखिका क़ुर्रतुल ऐन हैदर से मिली। उन दिनों उन्होंने इस कृति का The Nautch Girl* शीर्षक से अंग्रेज़ी में अनुवाद किया था और इसी विषय पर उन्होंने जामिया मिल्लिया इस्लामिया में एक व्याख्यान दिया था। अपने व्याख्यान में उन्होंने इस कृति के सम्बन्ध में विस्तारपूर्वक अपनी बातें रखी थीं और यह स्थापित किया था कि यह कृति—अर्थात् उपन्यास—आधुनिक हिन्दोस्तान में लिखा गया प्रथम उपन्यास है, क्योंकि इसका रचना-काल 1790 ई. है। यही नहीं, उन्होंने इस तथ्य से भी अवगत कराया था कि यह कृति फ़ारसी भाषा में लिखी गई थी और लेखक कोई ईरान-तूरान का नहीं, बल्कि भारतीय था। उनके व्याख्यान को सुनने के बाद, जो प्रश्नोत्तर का सिलसिला शुरू हुआ, उसमें मैं यह कहना चाहता था कि हिन्दोस्तान का पहला उपन्यास 'कादम्बरी' है, जिसे बाणभट्ट ने सातवीं शताब्दी में ही लिख दिया था। और यही नहीं, आज भी मराठी भाषा में उपन्यास के लिए 'कादम्बरी' शब्द का ही प्रयोग किया जाता है। मगर क़ुर्रतुल ऐन हैदर जैसी शख़्सियत के सामने मैं यह बात नहीं कह सका। पता नहीं, यह मेरी कमज़ोरी थी अथवा संकोच! मगर ये सारी बातें मेरे मस्तिष्क को किसी मथानी की भाँति मथती रहीं। हालाँकि बहुत से लोग बाणभट्ट की 'कादम्बरी' को उपन्यास नहीं मानते, जिसका मुख्य कारण यह है कि वह आधुनिक उपन्यास के पैमाने के अनुरूप नहीं है। मगर 'कादम्बरी' का शिल्प, और यहाँ तक कि उसकी कथात्मकता जेम्स ज्वायस के मशहूर उपन्यास 'यूलिसिस' की भाँति है। दोनों कृतियों में फ़ैंटेसी है।

इस प्रकार अगर हम हसन शाह द्वारा लिखित 'नश्तर' को देखें तो शायद बहुत लोगों को यह लगे कि यह उपन्यास नहीं है, क्योंकि इसकी कहानी के भीतर शेरो-शाइरी भरी हुई है। गद्य-पद्य मिश्रित ऐसी रचना को संस्कृत में 'चम्पू काव्य' (संस्कृत में काव्य का अर्थ कविता नहीं बल्कि साहित्य है) की संज्ञा दी गई है। फिर अगर हम मिर्ज़ा हादी रुस्वा की प्रख्यात रचना 'उमराव जान अदा' को देखें तो वह

* 'The Nautch Girl' 1992 में स्टर्लिंग पब्लिशर्स प्रा. लि. से प्रकाशित हुआ था। तदन्तर यह 'The Dancing Girl' नाम से 1993 में न्यू डाइरेक्शंस पब्लिशिंग कॉरपोरेशन से छपा।

भी 'नश्तर' की शैली में रची गई है और उर्दू साहित्य के इतिहास में उसे उपन्यास ही माना गया है। इस दृष्टि से अगर 'उमराव जान अदा' उपन्यास है तो 'नश्तर' क्यों नहीं? ज़्यादा से ज़्यादा यह कह सकते हैं कि 'नश्तर' एक आत्मकथात्मक उपन्यास है। या फिर यह एक प्रेमकथात्मक उपन्यास है।

इस सम्बन्ध में 'नश्तर' के उर्दू अनुवादक जनाब मुहम्मद सज्जाद हुसैन कसमंडवी (मुलाज़िम, सरकार निज़ाम—मुक़ाम गुलबर्गा शरीफ़) का यह कथन द्रष्टव्य है—

> "...मैंने मजबूर होकर यह मुश्किल काम अपने ज़िम्मे लिया है वर्ना आज अफ़साना-निगारी और नाविल-नवीसी की मुअज़्ज़ज़नुमा तरक़्क़ी इंशा परदाज़ान वक़्त की आला दिमाग़ी और रौशन ख़याली की बदौलत बहुत ऊँचे मक़ाम पर है...।" यानी उर्दू अनुवादक ने भी प्रत्यक्ष या अप्रत्यक्ष ढंग से इसे 'नॉवेल' अर्थात् उपन्यास ही माना है। जहाँ तक क़ुर्रतुल ऐन हैदर के अंग्रेज़ी अनुवाद The Nautch Girl की बात है, उन्होंने तो इसे एक नॉवेल ही माना है।

मैं यहाँ स्पष्ट कर दूँ कि जामिया मिल्लिया इस्लामिया में The Nautch Girl के सम्बन्ध में क़ुर्रतुल ऐन हैदर द्वारा दिये गए व्याख्यान को सुनने के बाद मुझे ऐसा महसूस हुआ कि इस कृति को पढ़ना चाहिए लेकिन धीरे-धीरे यह विचार मेरे दिमाग़ से निकल गया। कुछ अर्से बाद अचानक मुझे इसकी याद फिर आई, क्यों आई, इसकी वजह यह रही कि मैं इस तरह की तमाम किताबों के बारे में अपनी बेटी (शीरीन बिस्मिल्लाह) से बातें किया करता था, जो अंग्रेज़ी साहित्य की छात्रा रही है। अचानक एक रोज़ वह पता नहीं कहाँ से The Nautch Girl की एक प्रति उठा लाई और उसे उसने मुझे थमा दिया। वह किताब मात्र 90 (नब्बे) पृष्ठ की थी, इसलिए मैं उसे एक ही बार में पढ़ गया। मगर न जाने क्यों वह कहानी मुझे आधी-अधूरी लगी, इसलिए मैं इस कोशिश में जुट गया कि काश उक्त कृति का कोई उर्दू अनुवाद मिल जाए तो सम्भवत: उक्त कृति की कहानी को और विस्तारपूर्वक जाना जा सके, और यही नहीं, बल्कि उसे हिन्दी पाठकों तक पहुँचाया जा सके। साथ ही उसे उर्दू में भी प्रकाशित कराके आज के उर्दू पाठकों को उपलब्ध कराया जा सके।

तब मेरे सामने एक सवाल था, कि फ़ारसी की इस किताब का उर्दू अनुवाद कहाँ से मिल सकता है? संयोगवश उन्हीं दिनों एक साहित्यिक कार्यक्रम के सिलसिले में मेरा पटना जाना हुआ और वहाँ मैं ख़ाली वक़्त निकालकर पटना की मशहूर 'ख़ुदाबख़्श लाइब्रेरी' में गया। मैंने वहाँ लाइब्रेरी के डाइरेक्टर जनाब इम्तियाज़ अहमद साहब से मुलाक़ात की। उन्होंने मुझे लाइब्रेरी का चप्पा-चप्पा

दिखाया और मुझे लगा कि इस लाइब्रेरी में 'नश्तर' की भी कोई न कोई प्रति ज़रूर होगी। मगर उस वक़्त मैंने इसका ज़िक्र नहीं किया।

दिल्ली वापस लौटने के बाद मैंने 15 अप्रैल, 2014 को 'ख़ुदाबख़्श लाइब्रेरी', पटना के डाइरेक्टर जनाब इम्तियाज़ अहमद को एक ख़त लिखा जिसका आशय यह था कि अगर उस लाइब्रेरी में 'नश्तर' की कोई प्रति हो और उसकी फ़ोटोकॉपी मुझे मिल सके तो मैं उसे हिन्दी में ही नहीं बल्कि उर्दू में भी प्रकाशित कराना चाहूँगा। मेरे इस ख़त के जवाब में दिनांक 21 अप्रैल, 2014 को लिखा गया उनका एक ख़त मिला, जिसमें उक्त कृति के पाँच संस्करणों का हवाला देते हुए यह कहा गया था कि These are the rare printed books. Photocopies of the above books is not possible. You can visit the library to consult the books.

उक्त ख़त में 'बहाना' जैसी कोई बात मुझे नज़र नहीं आई, बल्कि मैं जनाब इम्तियाज़ अहमद साहब का शुक्रगुज़ार हुआ कि उन्होंने मुझे 'नश्तर' से सम्बन्धित तमाम सूचनाएँ दीं, जिनमें सर्वाधिक महत्त्वपूर्ण सूचना तो यह थी कि फ़ारसी भाषा में लिखित उक्त कृति का उर्दू अनुवाद हुसैन कसमंडवी साहब ने किया था। इसके अलावा उन्होंने 'नश्तर' के विभिन्न प्रकाशनों का विवरण भी दिया जो इस प्रकार है :

1. प्रथम संस्करण—1311 हिजरी (1890 ई.) मुस्लिम प्रिंटिंग हाउस, अमीनाबाद, लखनऊ, पृष्ठ सं. 156
2. दूसरा संस्करण—1924 ई.—अदबी प्रेस, लखनऊ, पृष्ठ सं. 156
3. तीसरा संस्करण—1924 ई.—रंगीन प्रेस, दिल्ली, पृष्ठ सं. 156
4. चौथा संस्करण—1924 ई.—क़ौमी प्रेस, दिल्ली, पृष्ठ सं. 143
   (इस संस्करण का प्रकाशन काल 1319 अर्थात् 1898 ई. बताया गया है, जो सही प्रतीत नहीं होता। मगर हो सकता है कि यह दूसरा संस्करण हो।)
5. पाँचवाँ संस्करण—1963 ई. (भूमिका सहित इशरत रहमानी द्वारा सम्पादित) मजलिसे तरक़्क़ी अदब, लाहौर, पृष्ठ सं. 263

इतनी सारी सूचनाओं के बाद मुझे यह लगा कि 'नश्तर' की प्रतियाँ हमारे देश के कुछ पुराने पुस्तकालयों में भी ज़रूर होंगी। अब यह संयोग की ही बात है कि उन दिनों अक्सर मैं हैदराबाद जाया करता था। वहाँ के दो विश्वविद्यालयों की समितियों का मैं एक सदस्य था। केन्द्रीय विश्वविद्यालय, हैदराबाद की फैकल्टी कमेटी का सदस्य और मौलाना आज़ाद नेशनल उर्दू यूनिवर्सिटी (MANUU) के बोर्ड ऑफ़ स्टडीज़ का सदस्य। तो जब मैं एक बार 'मानू' में एक गोपनीय कार्य से गया तो वहाँ, शेषु बाबू नामक एक प्राध्यापक से 'नश्तर' के सम्बन्ध में बात की। शेषु बाबू ने उर्दू में एम.ए. कर रहे दो विद्यार्थियों को यह निर्देश दिया, कि 'सर' को इस किताब की प्रति किसी भी क़ीमत पर उपलब्ध कराई जाए। और वे दोनों विद्यार्थी हैदराबाद के 'इंदिरा गांधी मेमोरियल लाइब्रेरी' (यूनिवर्सिटी ऑफ़

हैदराबाद) में पहुँच गए। उन्होंने वहाँ के लाइब्रेरियन मि. एन. वरदराजन से प्रार्थना की, मगर उन्होंने भी इनकार कर दिया—यह कहते हुए कि वे प्रतियाँ बहुत पुरानी हैं और उनकी फ़ोटोकॉपी नहीं हो सकती। मगर जब उन्हें यह बताया गया कि यह फ़ोटोकॉपी हमें नहीं बल्कि हिन्दी के एक लेखक अब्दुल बिस्मिल्लाह को चाहिए, तो वे परेशान हो गए और उन विद्यार्थियों को रोक कर उक्त कृति की फ़ोटोकॉपी उपलब्ध करा दी, जो कि मुझे स्पीड पोस्ट द्वारा दिल्ली में मिली। उस प्रति को पाकर मैं तो फूला नहीं समाया।

निश्चय ही मैं मि. एन. वरदराजन के प्रति एक ऐसी कृतज्ञता से भर गया, जिसे कोई नाम नहीं दिया जा सकता। मेरे पास तो आभार प्रकट करने के लिए शब्द भी नहीं हैं। मैं शेषु बाबू का भी आभारी हूँ जिनके प्रयास से यह प्रति मिल पाई और उन छात्रों का भी, जो अन्तत: इसकी प्राप्ति के लिए डटे रहे। हालाँकि शेषु बाबू से भी उनके नामों का अता-पता नहीं चल सका, जिसके लिए मुझे खेद है कि मैं उनका उल्लेख करने में स्वयं को असमर्थ पा रहा हूँ। अब अपने इस अनुवाद के सम्बन्ध में कुछ बातें कहने से पूर्व उर्दू और अंग्रेज़ी अनुवादों की भूमिकाओं में से कुछ महत्त्वपूर्ण अंश मैं उद्धृत करना चाहता हूँ। बक़ौल जनाब मुहम्मद सज्जाद हुसैन कसमंडवी, "अस्ल किताब सीधी-सादी फ़ारसी-हिन्दी आमेज़ (युक्त) ज़ुबान में क़लमी (हस्तलिखित) मेरे पास मौजूद है।" उनके इस कथन में 'फ़ारसी-हिन्दी' युक्त का प्रयोग विचारणीय है। क्योंकि लोग 'उर्दू-फ़ारसी' तो कहते हैं, मगर 'फ़ारसी-हिन्दी' का युग्म मैंने पहली बार देखा और इसका अनुवाद करते हुए मैंने इसे महसूस भी किया।

क़ुर्रतुल ऐन हैदर ने The Nautch Girl शीर्षक से किए गए अपने अंग्रेज़ी अनुवाद की भूमिका (Foreword) में लिखा कि :

> Nashtar (Surgeon's Knife) signified excruciating, pain of sepration from one's beloved. It's the story of a dancing girl, Khanum Jan, who has to entertain, albeit reluctantly, the English officers of East India Company.

इसके अलावा उन्होंने यह भी सूचित किया है कि सज्जाद हुसैन कसमंडवी द्वारा उर्दू में अनूदित 'नश्तर' नामक यह कृति सन् 1893 में तत्कालीन सुप्रसिद्ध जर्नल 'अवध पंच' में धारावाहिक रूप में प्रकाशित हुई थी और वह 'दास्तानगोई' शैली में लिखी गई है। अपनी भूमिका में उन्होंने यह भी सूचित किया कि अंग्रेज़ी में The persian book is extinct (फ़ारसी में लिखित यह किताब विलुप्त हो चुकी है) और आगे यह भी कहा है कि मैंने इसका अनुवाद कसमंडवी द्वारा किए गए उर्दू अनुवाद के संस्करण से किया है। उन्होंने अपनी भूमिका में लिखा है :

> 'सामान्यत: यह विश्वास किया जाता रहा है कि उपन्यास लेखन का आरम्भ

विक्टोरिया एरा में हुआ जो इंग्लैंड से यहाँ आया, जबकि हसन शाह नामक कानपुर के एक युवक ने इसे 1790 में ही लिख दिया था।

'इससे यह साबित होता है कि यह पहला आधुनिक भारतीय उपन्यास है। मगर हैरत की बात यह है कि किसी ने भी—न तो सज्जाद हुसैन कसमंडवी साहब ने और न ही क़ुर्रतुल ऐन हैदर ने—यह बताने की ज़हमत नहीं की, कि उक्त कृति फ़ारसी भाषा में किस शीर्षक से लिखी गई थी? बहुत जाँच-पड़ताल के बाद मुझे जो जानकारी मिली है, वह भी स्पष्ट नहीं है क्योंकि फ़ारसी भाषा में लिखित उक्त कृति के दो शीर्षक मिलते हैं : 'क़िस्स:-ए-रंगीन' और 'फ़सान:-ए-रंगीन' जिनमें से कौन सा शीर्षक सही है, यह बता पाना मुश्किल है, जब तक कि मूल फ़ारसी कृति को न देख लिया जाए। फिर भी यह तो माना ही जा सकता है कि लेखक ने अपनी कृति पर दोनों ही शीर्षक लिख दिए हों और फ़ाइनल शीर्षक को भविष्य के लिए छोड़ दिया हो। मैंने इसका शीर्षक 'नश्तर' ही रखा है, जो कि उर्दू अनुवाद का शीर्षक है। क्योंकि यह शब्द सार्थक भी है और प्रतीकात्मक भी।'

रूपान्तर की प्रक्रिया—हिन्दी में यह रूपान्तर मो. सज्जाद हुसैन कसमंडवी द्वारा किए गए उर्दू अनुवाद 'नश्तर' के प्रथम संस्करण से किया गया है, जो 1311 हिजरी अर्थात् 1890 ई. में प्रकाशित हुआ था। अपनी भूमिका में कसमंडवी ने उर्दू अनुवाद की जो तारीख़ दी है वह रमज़ान महीने की पाँचवीं तारीख 1311 हिजरी है।

'नश्तर' को हिन्दी में रूपान्तरित करते वक़्त कई तरह की जटिलताएँ सामने आईं। मैंने उन जटिलताओं को सुलझाने के लिए जो-जो तरकीबें कीं, उन्हें पाठकों के समक्ष प्रस्तुत करना चाहता हूँ।

1. पहली जटिलता इसकी भाषा को लेकर सामने आई। 'नश्तर' का आरम्भ नितांत आलंकारिक भाषा में हुआ है, जो कि बाद में कम होता चला गया। अत: मैंने उस आलंकारिक भाषा को सहज-स्वाभाविक भाषा में ढालने की कोशिश की। सफलता कहाँ तक मिली, यह तो मैं नहीं कह सकता। हाँ, पाठकगण ही शायद बता सकें। हालाँकि उर्दू अनुवादक यदि मूल फ़ारसी कृति की भाषा को 'फ़ारसी-हिन्दी' युक्त की संज्ञा न देते, तो शायद इस जटिलता से पार पाना बहुत मुश्किल होता।
2. 'नश्तर' की रचना पुरानी शैली में की गई है और उर्दू अनुवादक ने भी वही शैली अपनाई है—अर्थात् आरम्भ से लेकर अन्त तक पूरी रचना एक ही सम पर चलती है, न कहीं कोई अन्तराल और न ही अध्यायों में कोई विभाजन। ज़ाहिर है कि आज के पाठकों के लिए इस प्रकार की किसी रचना को पढ़ना न तो रुचिकर होगा और न ही मानसिक रूप से

शान्तिदायक। अत: मैंने पूरी रचना को अन्तरालों अथवा अध्यायों में बाँट दिया है। मगर ख़ूब सोच-समझ कर, कि यहाँ कथा को विराम देकर आगे की कथा बतानी चाहिए।

3. तीसरी जटिलता थी—कथा के बीच-बीच में उद्धृत शे'रो-शाइरी की। समूची कृति में शे'रो-शाइरी भरी हुई है। आरम्भ में बताए गए 'चम्पू काव्य' की तरह उनमें उर्दू के अश्आ'र (शे'र का बहुवचन) तो कम हैं, फ़ारसी की ग़ज़लें भरी हुई हैं और मुख्यत: फ़ारसी के प्रसिद्ध शाइर 'हाफ़िज़' की। ज़ाहिर है कि जब मुख्य किरदार तवाइफ़, गायिकाएँ होंगी, तो ग़ज़लों का इस्तेमाल स्वाभाविक है और ज़माने के अनुसार वे ग़ज़लें फ़ारसी की ही होंगी। अब उन ग़ज़लों का अनुवाद देना मुश्किल ही नहीं बल्कि व्यर्थ था क्योंकि ग़ज़ल का रूपान्तरण अगर ग़ज़ल में ही न हो, तो पाठकों को क्या आनन्द आएगा? और यह नामुमकिन है, कि फ़ारसी ग़ज़ल को उर्दू या हिन्दी ग़ज़ल में ढाल दिया जाए। अत: मैंने उन्हें छोड़ दिया है। हाँ, जहाँ बहुत ज़रूरी लगा वहाँ किसी एक पंक्ति का अंशत: अनुवाद दे दिया गया है। फ़ारसी के कुछ अश्आ'र ऐसे हैं जिन्हें पूरा का पूरा देना ज़रूरी लगा। अत: उन्हें उद्धृत करते हुए मैंने उनके जो भावार्थ दिये हैं, उनमें त्रुटियाँ ज़रूर होंगी क्योंकि फ़ारसी भाषा पर मेरी पकड़ बहुत कमज़ोर है। अत: इसके लिए मैं क्षमा प्रार्थी हूँ। उर्दू के अनेक अश्आ'र भी छोड़ दिए गए हैं क्योंकि वे ग़ैरज़रूरी लगे। ख़ुद उर्दू अनुवादक ने भी ऐसा किया है। उन्होंने एक जगह (पृष्ठ 21 पर) टिप्पणी की है कि—'इसी तरह बहुत से शे'र हज़रत ने पढ़े जिनके तीन हिस्से पाँच सफ़हों (पृष्ठों) पर हैं...वे सब छोड़ दिए।' उर्दू के जो शे'र यत्र-तत्र दिये गए हैं, ऐसा प्रतीत होता है कि वे उर्दू अनुवादक द्वारा जोड़े गए होंगे क्योंकि उनमें से अधिकतर शे'र बाद के हैं। सम्भव है मूल कृति में उनकी जगह फ़ारसी के शे'र रहे हों। 'नश्तर' में सज्जाद हुसैन कसमंडवी साहब ने उर्दू के जो अध्याय दिए हैं वो मूल लेखक के तो हो नहीं सकते क्योंकि पूरी रचना फ़ारसी में है। ऐसा लगता है कि अनुवादक ने कहानी को रोचक बनाने के लिए अपनी तरफ़ से उन्हें डाल दिया है।

4. 'नश्तर' को हिन्दी में रूपान्तरित करते समय एक बड़ी समस्या यह आई कि उर्दू अनुवादक ने कुछ पृष्ठों का अनुवाद किया ही नहीं है। वह अंश लगभग ढाई पृष्ठों का है, जो इस रूपान्तर के अध्याय 14 में दर्ज है। ऐसा क्यों हुआ, पता नहीं मगर मैंने उसे छोड़ दिया है, क्योंकि इससे कहानी पर कोई फ़र्क़ नहीं पड़ता। हालाँकि (पृष्ठ 48-49) मुझे प्राप्त उर्दू अनुवाद की प्रति में भी नहीं है, अत: वह सामग्री 'The Nautch

Girl' से लेकर शामिल की है। यह अंश कौन सा है, इसका स्पष्टीकरण अपने रूपान्तर में यथास्थान कर दिया है। यहाँ तो सिर्फ़ मैं ऐनी आपा (क़ुर्रतुल ऐन हैदर) की रूह के प्रति ही आभार प्रकट कर सकता हूँ क्योंकि अगर उनका अंग्रेज़ी अनुवाद मेरे पास न होता तो मैं उस रिक्त स्थान को कैसे भर पाता।

5. 'नश्तर' के अन्त में 'प्रेमिका की मृत्यु' से सन्दर्भित एक पूरा मर्सिया (शोक गीत) दिया गया है और उसे भी मैंने छोड़ दिया है। इसके अलावा मैंने कई स्थानों पर थोड़ी छूट भी ली है, जो कि मेरे हिसाब से ज़रूरी थी। बाक़ी निर्णय तो सुधीजन ही करेंगे।

इस सन्दर्भ में एक महत्त्वपूर्ण बात यह है कि इस पूरे कार्यकलाप में मेरे अभिन्न क़मरुल इस्लाम जीलानी ने बहुत मेहनत की है। उन्होंने इसमें इतनी अधिक रुचि ली, कि मेरे द्वारा रूपान्तरित स्वरूप को कई बार पढ़ा और अनेकानेक महत्त्वपूर्ण सुझाव दिये। मगर मैं उनका आभार प्रकट नहीं कर सकता, क्योंकि वे बुरा मान जाएँगे।

5 मार्च, 2022

—अब्दुल बिस्मिल्लाह

शुरू करता हूँ...

अल्लाह और पैग़म्बर साहब की तारीफ़ के बाद अपनी तबीअत और अपनी जवानी के दिनों की कहानी तफ़सील से लिखता हूँ, क्योंकि एक जादुई सनम की मुहब्बत ने मुझे ख़ुद में डुबो लिया था और मुझे बेचैन कर रक्खा था। जैसा कि 'नज़ीरी'[1] ने कहा है—

शीरीन तराज़ हिकायत मानीस्त क़िस्स: यीम
तारीख़े-रोज़गार सराया नविश्त: यीम

यानी कोई कहानी मेरी कहानी से ज़्यादा मीठी नहीं है। मैंने अपनी ज़िन्दगी की कहानी के ज़रिए एक वक़्त की समूची तारीख़ बयान कर दी है।

इसे पढ़ने वालों से उम्मीद है कि अगर यह सच्ची कहानी मज़ेदार लगे तो इसे लिखने वाले इस गुनहगार—सैयद मुहम्मद हसन शाह के इन्तेक़ाल के बाद इसकी रूह के सुकून के लिए दुआ करें और इसकी भूल-चूक व ग़लतियों पर परदा डाल दें।

बराए-मेहरबानी मेरे लिए दुआ करें,
कि मैं वाक़ई गुनहगार हूँ।

---

1. फ़ारसी के मशहूर शाइर।

1

हज़रत सैयद अब्दुल्लाह जिनका सिलसिला हज़रत मुहम्मद साहब के नवासे हुसैन तक पहुँचता है, अपने वालिद हज़रत इब्राहीम रज़ा के सामने ही अब्बासी हुकूमत के ज़ुल्मो-सितम से आजिज़ आकर मुल्क यमन में जाकर रहने लगे। मगर दुश्मनों के ज़ुल्म से परेशान होकर अपने वालिद की शहादत के बाद तुर्किस्तान (मध्य एशिया) पहुँचे और वहीं अपनी रिहाइश बनाई। उनकी औलाद में से सैयद अमीर कलाल उर्फ़ अमीर कुलाल बहुत मशहूर हुए। यहाँ तक कि अमीर तैमूर गोरगान को उन्होंने अपना शागिर्दी बेटा माना और कहा कि उनके बाद वो ही सल्तनत के मालिक होंगे। उनके इन्तक़ाल के बाद उनके बेटे अमीर बुरहान मशहूर हुए। वो चन्द दिनों तक वहाँ रह कर फिर अपने वतन चले गए। फिर उनके बेटे अमीर शाह ने अपनी जागीर को ख़ैरात करके बदख़्शाँ में जाकर अपनी रिहाइश बनाई और अपनी ख़ानदानी रस्म के हिसाब से अवाम की ख़िदमत में मसरूफ़ हो गए। उसके बाद हाजी सैयद मीरक शाह ने हिन्दुस्तान की तरफ़ जाने का इरादा किया और 1125 हिजरी (1704 ई.) में अपने बीस साथियों के साथ यहाँ पहुँचे। फिर सूबेदार की इनायत से चन्द महीनों के बाद शाहजहानाबाद जाने के लिए लाहौर पहुँचे। लेकिन अपने कुछ अक़ीदतमंदों की वजह से शाहजहानाबाद जाना मुल्तवी कर दिया। सिर्फ़ एक शख़्स, अपने हमराही सैयद गदाशाह को उन्होंने हिन्दोस्तान के बादशाह फ़र्रुख़सियर के पास रवाना किया। मगर वहाँ के लोगों की ग़लतबयानी की वजह से मुलाक़ात करने में कामियाब न हो सके। उनके वापस लौटने के बाद बादशाह को उनके आने की ख़बर मिलना, फिर अपने ख़ासमख़ास लोगों के ज़रिए तोहफ़े वग़ैरह भेजना और दुबारा बुलाए जाने को नामंजूर करना, फिर उनका शाहजहानाबाद न जाना...यह एक लम्बी कहानी है। उस ज़माने में हाजी साहब ने जनाब सैयद हक़्क़ानी, क़स्बा चकलाकोड़ा, जहानाबाद की बेटी से निकाह किया और सिर्फ़ एक बार बादशाह मुहम्मद शाह की सल्तनत के ज़माने में शाहजहानाबाद गए। वरना हमेशा लाहौर और सरहिन्द के आसपास ही रहे।

हाजी साहब के चार बेटे और दो बेटियाँ थीं। बेटे थे : 1. सैयद मुहम्मद शाह, 2. सैयद अशरफ़ शाह, 3. सैयद अरब शाह और 4. इस कहानी के लिखने वाले के वालिद सैयद मुहम्मद शेरशाह। मगर उन चौथे बेटे ने शाही मंसबदारी मंज़ूर कर ली और लोगों को काफ़ी फ़ायदा पहुँचाया। हाजी साहब के इन्तक़ाल के बाद

नादिरशाह इस्फ़हानी (1737 ई.) अहमद शाह दुर्रानी और गोरगानी सल्तनत के ग़ुरूर से भरे ज़माने में नवाब नजीब ख़ान अपने साथ चचा साहब को शाहजहानाबाद ले आए। मगर कुछ ही अर्से के बाद उन्होंने नजीबाबाद और नदीना[1] धामपुर में अपनी रिहाइश बनाई और वहीं सन् 1774 में उनका इन्तक़ाल हुआ। मेरे वालिद सिक्खों के ज़ुल्म से परेशान होकर बरेली चले आए और वहीं शादी भी की। 1184 हिजरी (1763 ई.) में मेरी पैदाइश हुई। दो छोटे भाई भी उसी शहर में पैदा हुए। 1191 हिजरी (1770 ई.) वालिद साहब का इन्तक़ाल हो गया। मैं और दोनों छोटे भाई सैयद हुसैन शाह और सैयद क़ासिम शाह तब नानाजी की तालीम और तरबियत में पले-बढ़े और उसी शहर में, जो कुछ पढ़ा-लिखा वह उन्हीं की इनायत की वजह से मुमकिन हुआ।

1. लेखक ने नदीना लिखा है मगर वह स्थान नगीना धामपुर कहलाता है।

2

मेरे नाना साहब हकीम मीर मुहम्मद नवाज़ हज़रत सैयद अता मूसवी की औलाद में से हैं और ज़हनियत व बड़प्पन में ख़ासकर तिब यानी हिकमत में उनका कोई सानी न था। बल्कि उन्हें इस वक़्त का वाहिद[1] आलिम कहना चाहिए। आपके वालिद साहब शाह नियाज़ मुहम्मद शाह बादशाह के ज़माने में बल्ख़ से शाहजहानाबाद आए और शाही मंसबदारों में शामिल हुए। वहीं शादी भी की। 1184 हिजरी (1763 ई.) में जबकि मेरे महरम वालिद की शादी हुई, उस वक़्त हकीम साहब हाफ़िज़ रहमत ख़ान के साहबज़ादे नवाब इनायतुल्लाह ख़ान की सरकार[2] में मुलाज़िम थे और शहर बरेली में रहते थे। हिन्दुस्तानी हुकूमत की तबाही और बरबादी के बाद मेरे नाना साहब मिस्टर मिंग साहब के अंडर में, जो मेम्बर कौंसिल कैम्प, कानपुर की सरकार में थे और जनरल कोट के भांजे थे, जो एक मोअज़िज़ज़ अंग्रेज़ थे—मुंशीगिरी के ओहदे पर रक्खे गए। मिंग साहब जब कलकत्ता से दोबारा कानपुर आए और करनैल हमाएडी साहब कमांडिंग अफ़सर से ज़्यादा रस्मो-राह और सोहबत का मौक़ा मिला तो उन्होंने पढ़ना[3] छोड़ दिया और अपने कारोबार से बेध्यानी हुई तो बहुत सारा रुपया उसके सन्दूक़ से गुम हो गया।

साहब ने नाना साहब से ज़िक्र किया कि—

"मुझे फ़ुर्सत न मिलने की वजह से अपना निजी कारोबार और हिसाब-किताब देखने की मुहलत नहीं मिलती और अक्सर मेरा रुपया मुफ़्त में चला जाता है। अगर आपसे इस काम का बोझ उठ सके कि इस वक़्त दूसरा काम आपके ज़िम्मे नहीं है, तो बेहतर है।"

नाना साहब ने इनकार किया और कहा—

"अगर हसन शाह इस काम को क़बूल कर लेगा तो आपकी मर्ज़ी पूरी हो सकती है।"

---

1. एकमात्र।
2. राज्य, कचहरी।
3. इससे मालूम होता है कि मिंग साहब लेखक के नाना से फ़ारसी या उर्दू पढ़ते थे। (उर्दू अनुवादक की टिप्पणी)।

तब मिंग साहब ने मुझको बुलवा कर इसरार किया और मैंने चन्द शर्तों के बाद उसे क़बूल कर लिया। हालाँकि मेरी कोई तनख़्वाह तय नहीं हुई थी, मगर मिंग साहब चूँकि बहुत ही मुअज़्ज़िज़ और खुले दिल का अंग्रेज़ था, मेरे साथ बेहद अच्छा सलूक और मेरी इज़्ज़त करता था, वह मुझे अक्सर क़ीमती चीज़ें और काफ़ी नक़द पैसे भी दिया करता था।

हालाँकि उसकी भी तनख़्वाह तय नहीं थी, मगर उसको कई लाख रुपये बाप की छोड़ी हुई जायदाद से मिले थे। उसकी तिजारत से भी अच्छा-ख़ासा नफ़ा मिलता था, इसलिए वह बहुत ही दिलचला और हिम्मती था। उसने मुझे अन्दरूनी और बाहरी मामले मेरे अख़्तियार में दे दिए थे। मुझ पर उसे बहुत भरोसा था, इसलिए मुझसे जलन और दुश्मनी रखने वाले सिर्फ़ हसद की वजह से उसके ख़ैरख़्वाह बन कर मेरी चुग़लियाँ करते रहते थे। मगर उस पर वह कोई ध्यान नहीं देता था बल्कि उल्टे चुग़ली करने वाले पर ही ग़ुस्सा करता था। और जब तक मैं उसकी सिफ़ारिश नहीं करता था, वह उसका क़ुसूर माफ़ नहीं करता था। अगर मैं उससे कहता, कि जो कुछ आपसे कहा गया है, उसकी तहक़ीक़ात कर लीजिए तो वह जवाब देता कि मुझे जो कुछ इत्मीनान आपका करना था, कर चुका। अब मुझे किसी दरयाफ़्त और तहक़ीक़ात की ज़रूरत नहीं है। जो शख़्स जो कुछ कहता है, जलन और बुग़्ज़ से कहता है। मैंने तुमको तमाम कारोबार—अन्दरूनी और बाहरी और मुलाज़िमों की बहाली—का सारा अख़्तियार दे दिया है।

एक दिन उसकी रखैल औरत ने, जो एक फ़र्रुख़ाबादी पठान की बेटी थी, मेरी चुग़ली साहब से की—

> "तुम्हारा मुंशी सारा माल ग़बन करता है। अगर तुम्हारी मर्ज़ी हो तो मेरा भाई जो निहायत लायक़ है, उसके सुपुर्द यह सारा काम कर दिया जाए, जिससे बड़ी किफ़ायत होगी।"

साहब ने उसको तो कुछ जवाब न दिया और कमरे से बाहर आकर मुझसे कहा—

> "आज हमारी बीवी* ने तुम्हारे बारे में कुछ बातें बताई हैं और एक सिफ़ारिश भी की है।"
>
> मैंने कहा, "वह बिलकुल सच कहती हैं। मैं आपका ख़ैरख़्वाह हूँ। जिस बात में आपकी किफ़ायत और बचत हो, मुझे दिलो-जान से मंज़ूर है।"

---

* ध्यान रहे कि वह साहब की बीवी नहीं, बल्कि रखैल थी।

और इसके साथ ही मैंने कुंजियाँ साहब के सामने मेज़ पर रख दीं और कहा—

"मुझे भी अब ज़्यादा आपके पास रहना मंज़ूर नहीं है। कब तक जलने वालों का निशाना बनूँ और अपनी मलामत कराऊँ!"

साहब पहले तो चुप रहा, फिर बोला—

"अच्छा इस वक़्त कुंजियाँ अपने पास रखो, मैं फिर ले लूँगा।"

मैं ख़ुश हुआ कि इस पचड़े से निजात मिली।

दूसरे दिन साहब ने उस औरत को निकलवा दिया। मैंने सुनते ही साहब से जाकर सिफ़ारिश की, मगर उसने हर्गिज़ क़बूल न किया। तब मैंने कहा—

"ख़ैर, अगर आप इसे निकालते हैं तो आपको इसका अख़्तियार है। मैं भी न रहूँगा। मुझे भी रुख़्सत कीजिए।"

साहब ने कहा, "तुम कैसी बातें करते हो? वह तुम्हारी दुश्मन है।"

मैंने कहा, "हुआ करे। अगर आप मेहरबान हैं तो किसी की दुश्मनी मुझे नुक़सान नहीं पहुँचा सकती।"

नाचार साहब ने फिर उसको बुलवा लिया।

मगर थोड़े ही दिनों में उसे अपने किए की सज़ा मिल गई। साहब ने ख़ुद अपनी आँखों से उसको अपने एक ख़िदमतगार के साथ बदकारी की हालत में देख लिया और उसी वक़्त उसे बड़ी ही फ़ज़ीहत के साथ निकाल बाहर किया।

ख़ुदा की इनायत से मिंग साहब बेइन्तिहा मुझ पर मेहरबान था और मैं अपनी ज़िन्दगी पूरी आज़ादी और ख़ुदमुख़्तारी के साथ बसर कर रहा था। मेरी उम्र उस वक़्त पन्द्रह-सोहल बरस की थी।

नाना साहब बरेली से अपने ख़ानदान वालों को बुलवा कर क़स्बा जाजमऊ में, जो कानपुर से दो कोस पूरब की तरफ़ है, रहने लगे थे और चूँकि कोई कामकाज नहीं था, अक्सर घर में ही रहा करते थे। मैं और मेरा छोटा भाई मीर हसन शाह और चचाज़ाद भाई मीर मुहम्मद यूसुफ़ शाह कुछ क़रीबी रिश्तेदारों के साथ कैम्प में रहते थे।

साहब ने मेरे लिए एक उम्दा बंगला बनवा दिया था। और चूँकि साहब का अपना मकान, ग़ुसलख़ाना वग़ैरह तमाम ज़रूरी चीज़ों के साथ अभी बन ही रहा

था, साहब ने कहा कि तुम भी अपने बंगले को तमाम ज़रूरी चीज़ों के साथ दुरुस्त करा लो। इसलिए मैं उन दिनों अपना बंगला छोड़ कर मुंशी रौशन अली के मकान में, जो नाना साहब के दोस्त थे, जाकर रह रहा था और साहब के पास दोनों वक़्त (सुबह-शाम) आया-जाया करता था।

तादमे-हश्र मुहब्बत में दुआएँ दूँगा
वाह क्या शै है सलामत रहे क़िस्मत मेरी

3

बहर-ए-नज़्ज़ारा[1] चला है कूच:-ए-क़ातिल[2] में 'दाग़'
किस बला का है कलेजा किस ग़ज़ब का दीद: [3] है

उस ज़माने, यानी हिजरी सन (1738 ई.) में कैम्प का बख़्शी* कल्लन साहब एक निहायत अय्याश मिज़ाज का अंग्रेज़ था। इसलिए दो कश्मीरी कोतवाल उसकी सरकार में नौकर थे। मैं उन दिनों मुंशी रौशन अली के मकान से उसी के बंगले के बराबर से आता-जाता था। एक दिन मोहम्मद आज़म, जो कश्मीरी ग्रुप का ढाड़ी यानी गवैया था और जिसका मेरे नाना से लगाव था, ऊँचाई पर खड़ा था। मुझको देखकर उसने सलाम किया और नाना साहब का हालचाल पूछा। मैंने मुनासिब जवाब दे दिया। तब उसने कहा—

> "अगर आपकी मर्ज़ी हो और बुरा न मानें तो मेरे ग़रीबख़ाने में दो घड़ी के लिए आकर अपने क़दम रक्खें।"

मुझसे मुरव्वत में कुछ न बन पड़ा, घोड़े से उतर कर उसके साथ हो लिया।

वह मुझे एक बड़े पाल (शामियाना) के नीचे, जो उन लोगों के ठहरने की जगह थी, ले गया। वहाँ और भी गवैये बैठे थे। उन्होंने बड़ी इज़्ज़त से मेरा इस्तक़बाल किया और मोहम्मद आज़म से कश्मीरी ज़बान में मेरा हाल पूछा। मोहम्मद आज़म ने उनका जवाब देकर मुझसे कहा—

> "मैंने एक शख़्स से फ़ारसी ग़ज़लें गाते सुना और उनको लिख लिया है। मगर कुछ शे'र उनमें ग़लत मालूम होते हैं। आप ज़रा ग़ौर करके उनको सही कर दीजिए।"

मैं वो ग़ज़लें उससे लेकर देखने लगा।

उस पाल के नज़दीक सौ क़दम पर एक ख़ेमा खड़ा हुआ था। उसके सामने

---

1. दर्शन के लिए।
2. क़त्ल करने वाले की गली।
3. आँख।

* उर्दू अनुवादक ने 'बख़्शी' का मतलब 'कमांडिंग अफ़सर' बताया है।

एक शामियाना-सा था। उसके क़रीब ही एक काही छप्पर पड़ा था, जो शायद बावर्चीख़ाना रहा होगा। उसी के पास दो पालें और पड़ी थीं।

ग़ज़लें देखते-देखते आँख उठा कर ख़ेमे की तरफ़ मैंने देखा ही था कि अचानक एक परी-पैकर निहायत हसीन लिबास पहने और क़ीमती ज़ेवरों से सजी-धजी ख़ेमे से निकल कर उन पालों में चली गई। उस वक़्त से मेरी यह हालत हुई कि कभी ख़ेमे की तरफ़ नज़र जाती, कभी ग़ज़लों पर...

बांकी चितवन पे अदा लूट गई
भरे जोबन पे हया लूट गई

इतने में किसी के आने की चाप मालूम हुई। मैंने सर उठा कर देखा तो वही औरत, जिसकी उम्र बीस-इक्कीस बरस की रही होगी, उन्नाबी रंग का दुशाला ओढ़े मेरे तख़्त के क़रीब आई और उन लोगों को उस्ताद जी! उस्ताद जी! कह कर सलाम किया। मेरे क़रीब मोहम्मद आज़म बैठा था और तख़्त के नीचे उसका बेटा। उसी के क़रीब वह खड़ी हो गई। उसका सुहावना हुस्न और सुर्ख़-सफ़ेद रंग देख कर मैं हैरत में पड़ गया। सचमुच, ऐसी सूरत देखने का बहुत कम इत्तेफ़ाक़ हुआ था।

वो शर्मीली आँखें वो शर्मीली सूरत
वो हंसना भी खुल कर नहीं जानते हैं।

थोड़ा-सा रुक कर उसने कश्मीरी ज़बान में कुछ पूछा, जिसका जवाब मोहम्मद आज़म ने इस तरह दिया कि मैं समझ गया मेरा हाल पूछती है। उसके बाद वह फिर ख़ेमे की तरफ़ चली गई। मुझे उसका जाना सख़्त नागवार लगा और दिल में बेचैनी-सी पैदा हो गई। हालाँकि कचहरी का वक़्त हो रहा था, मगर मैं चाहता था कि फिर उसे एक बार देख लूँ। इसलिए जानबूझ कर वहाँ रुका रहा।

ख़ुद देर की, कि जौहरे-पैकार [1] देख लें
चलती है किस तरह तेरी तलवार देख लें

अशआ'र भी देखता था और कहीं-कहीं दुरुस्त करता जाता था। और उसको समझाता भी था। इतने में दो औरतें—एक तेरह-चौदह साल की, बहुत ही सुर्ख़-सफ़ेद, मगर नक़्शा बेनमक, उम्दा लिबास और क़ीमती जेवर पहने हुए सफ़ेद दुशाला ओढ़े—दूसरी पचीस बरस की उम्र वाली, गुदाज़ बदन, गेहुंआ रंग, सादी पोशाक पहने। दोनों पालों की तरफ़ से हमारी तरफ़ आईं। फिर उसी तरह उस्ताद जी! कहते हुए सलाम करके कश्मीरी ज़बान में मेरा हाल पूछा। और एक ने कहा—

"उस्ताद जी! ये काग़ज़ क्या हैं?"

---

1. युद्ध की दक्षता।

मोहम्मद आज़म ने कहा—

"वही ग़ज़लें हैं जो मैंने लिखवाई थीं। चूँकि इनमें ग़लतियाँ बहुत हैं, मीर साहब इन्हें दुरुस्त कर रहे हैं।"

इसके बाद दोनों पलंग पर बैठ गईं। फिर, ज़रा देर के बाद मैं बदस्तूर ग़ज़लें देख रहा था और सोचता था कि काश! वह पहली परी फिर आ जाती तो देख लेता।

मूसा से कह दो तूर पे जाया न करें रोज़
*अच्छे नहीं हैं बर्क़-जमालों के सामने**

यकायक जो औरत उठ गई थी, अपने साथ एक नाज़नीन, जान पर आफ़त ढाने वाली, तेरह बरस की दोशीज़ा को लेकर आई, जिसका चम्पई रंग और नर्गिसी आँखें क़यामत ढाती थीं, उसकी काफ़िर अदा ने हज़ारों ईमान वालों पर मुसीबत डाली थी। निहायत तड़क-भड़क वाली लिबास और क़ीमती ज़ेवर पहने, बसंती दुशाला ओढ़े, इस दिलफ़रेब अदा से आकर खड़ी हो गई, कि बिजलियाँ गिर पड़ीं।

निगाहे-शौक़ ने किसकी पुकार पर ये कहा
मेरी जगह भी कोई जलवागाह[1] में रक्खे

मेरी आँखें खुली की खुली रह गईं और मैं हैरत में डूब गया।

बिजलियाँ देखने वालों पे गिराते आए
तुम जिधर आए उधर आग लगाते आए

ऐन चम्पई रंग उसका और जोबन गदराया हुआ!

मेरी आँखें चार हुईं, कि इश्क़ का तीर सीने के पार हुआ। आँखों का गिरना-उठना वही, दिल को दे देना वही! मैं बिलकुल तस्वीर की तरह, हैरान, एहसास और हरकत ग़ायब। आँखें पथरा गईं। ख़ून ने मानो एक ग़ैरमामूली जोश मारा और दिल फड़फड़ा कर सीने के अन्दर रह गया। सर चकराया। बदन थरथरा गया। बल्कि ग़ज़लों का काग़ज़ हाथ से गिर गया। लेकिन फ़ौरन मैं चौंक पड़ा और बेइख़्तियार ज़बान से निकला—

निगाहे-शौक़ लड़ती है निगाहे-नाज़े-जानाँ से
इलाही ख़ैर दोनों की, कि चोबें[2] हैं बराबर की

---

* हज़रत मूसा का इस्तेमाल मिर्ज़ा ग़ालिब ने अपने एक शे'र में ग़ज़ब का किया—'जी में आता है लगा दूँ आग कोहे-तूर पर, फिर ख़याल आता है मूसा बेवतन हो जाएगा।

1. दर्शन का स्थान।
2. छड़ियाँ।

मैं अपने दिल में हैरान था कि परवरदिगार! तूने किस क़यामत की सूरत पैदा की है? शायद अपने ही हाथ से इसे बनाया है।

कुछ जवानी है अभी, कुछ है लड़कपन उनका
दो दग़ाबाज़ों के कब्ज़े में है जोबन उनका

मेरा सब्र-ओ-क़रार जाता रहा और दुनिया के शुरुआती ज़माने में जो क़ुदरत ने किया, उस वक़्त आँखों के सामने था। बड़ी मुश्किल से मैंने अपने होशो-हवास दुरुस्त किए और देखा तो पहली औरत भी आ गई है और तीनों पलंग पर बैठी हैं। फिर वह शोख़ चालों वाली पाल की रस्सी पकड़े खड़ी हो गई और मेरी तरफ़ इस नाज़ से देखा कि मैं कलेजा थाम के रह गया।

शोख़ी से हर शगूफ़े के टुकड़े उड़ा दिए
जिस ग़ुंचे[1] पर निगाह पड़ी दिल बना दिया

एक औरत ने पूछा—
"उस्ताद जी कोई शे'र दुरुस्त हुआ?"
मोहम्मद आज़म ने कहा—
"हाँ, कई शे'र आपने बना दिये हैं।"
और फिर उसने इस्लाह किए गए शे'र भी सुनाए।
मेरी परी-जमाल माशूक़ा ने पूछा—
"उस्ताद ज़ी! क्या ये साहब शाइर है?"
जवाब मैंने दिया, "नहीं, बंदा शाइर नहीं है, मगर—

सीखे हैं महरुख़ों के लिए हम-मुसव्विरी
तक़रीब कुछ तो बह्रे-मुलाक़ात चाहिए"

मोहम्मद आज़म ने मेरी और नाना साहब की हद से ज़्यादा तारीफ़ बयान की। मगर मैं चुप का सर झुकाए हैरान बैठा था। उस चाँद सी हसीना ने फ़रमाया—

"यह सब सच, मगर मालूम होता है ये साहब इस वक़्त अपने आपे में नहीं हैं—

कभी समझे न कोई नासमझ इन भोले-भालों को
समझते हैं यही कुछ चाहने वालों की चालों को"

मैंने कहा, "क्या कहूँ, मजबूरी है।"

---

1. कली।

मोहम्मद आज़म ने कहा—

"वाक़ई मीर साहब, ख़ैर तो है? इस क़दर सर झुकाए आप क्यों बैठे हैं?"

मैंने कहा, "नींद न आने की वजह से शिद्दत का दर्दे-सर है। सिर्फ़ तुम्हारी ख़ातिर बैठा हूँ, मगर ताक़त बिलकुल नहीं कि आँख उठ सके।"

याँ ला'ल[1] फ़ुसूँसाज़[2] ने बातों में लगाया
बेपेच उधर ज़ुल्फ़ उड़ा ले गई दिल को

उसने कहा, "वाक़ई दर्द की शिद्दत से आपके चेहरे पर एक रंग आता है, एक जाता है। और काग़ज़ भी आपके हाथ से गिर गया था। ख़ैर, इस वक़्त तकलीफ़ न उठाइए। फिर देख जाइएगा।"

मैंने कहा, "नहीं, क्या हरज है? जिस क़दर हो सकता है, दुरुस्त किए देता हूँ। बाक़ी फिर इत्मीनान से देखूँगा।"

और मन ही मन यह शे'र पढ़ा—

दिल को वो बेख़ुदी है कि कुछ भी असर न हो
आँखों में तुम फिरो भी तो हमको ख़बर न हो

इतने में पहली औरत ने पूछा—

"उस्ताद जी! आपसे और मुंशी साहब से कहाँ की मुलाक़ात है और कब से है?"

उसने कहा, "मैं आपके नाना साहब की ख़िदमत में मुद्दतों से रहा हूँ...

अभी यह जुम्ला पूरा न हुआ था, कि उस औरत ने कहा—

"आप फिर तशरीफ़ लाइएगा।"

मैंने कहा, "बशर्ते कि अपने मालिक के कारोबार से फ़ुर्सत मिले।"

यह सुनकर उसने बड़ी शोख़ी और बेसाख़्तगी से मुसकरा कर कहा, "हर शख़्स का कोई न कोई मालिक होता है। कोई भी आज़ाद नहीं है।"

इतना बोलकर वह ख़ेमे की डोरी छोड़ कर फ़ौरन वहाँ से चली गई। उस वक़्त मेरी हालत अजीब हो गई।

निकलती किस तरह है जाने-मुज़तर[3] देखते जाओ
ख़ुदा के वास्ते बह्रे-पयम्बर[4] देखते जाओ

---

1. एक प्रकार का रत्न।
2. जादूगर।
3. बेचैन प्राण।
4. पैग़म्बर (हज़रत मुहम्मद) के रास्ते।

मैं बहुत चाहता था कि बर्दाश्त करूँ, मगर दिल की उलझन दम को तोड़ देना चाहती थी। दिलो-जिगर के परख़च्चे उड़े जाते थे। सर चकराता था। आँखें बंद हुई जाती थीं। कुछ अजब हाल था और जी चाहता था कि फिर एक बार उसे देख लेता।

मेरी यह हालत देख कर मोहम्मद आज़म ने कहा—

"आप दर्द और नींद से बहुत ही परेशान हैं। आँखें सुर्ख़ हो गई हैं और आँसुओं से भरी लगती हैं। इसलिए इस वक़्त तशरीफ़ ले जाइए और आराम कीजिए।" न चाहते हुए भी मैं उठ खड़ा हुआ।

अब तो जाते हैं बुतकदे[1] से 'मीर'
फिर मिलेंगे अगर ख़ुदा लाया

जब बंगले पर पहुँचा, निहायत बेक़रारी से पलंग पर गिर पड़ा और कुछ समझ में नहीं आता था, कि मेरा हश्र क्या होगा।

1. मन्दिर, मूर्तियों का स्थान।

4

चूँकि सरकारी कारोबार था, पहर दिन चढ़े जब दोनों भाई मेरे आ गए, उनको समझा-बुझा के, सरदर्द का बहाना करके पड़ा रहा। अगर कोई कुछ पूछता था, तो ख़ामोशी के सिवा मेरे पास कोई जवाब नहीं था।

कहें तो क्या कहें दिल कौन ले गया 'शैदा'
कि जानते तो हैं, लेकिन बता नहीं सकते

रात को घर आया। कुछ खाया न पिया। वैसा ही लेट रहा। बेक़रारी से करवटें बदलता था। किसी पहलू चैन न था। सारी रात तड़पते गुज़री। हज़ारों शे'र पढ़ता था और ज़ारो-क़तार रोता था। जब सुबह हुई, मुंशी रौशन अली ने खाने के लिए बहुत इसरार किया। मैंने मुश्किल से दो-एक निवाला खाया और घोड़े पर सवार होकर कचहरी चला। जब कल वाली उस जगह पर पहुँचा, आहिस्ता-आहिस्ता घोड़े को ले चला, कि शायद मोहम्मद आज़म या उसका बेटा मिल जाए और कोई सूरत अन्दर जाने की हो! मगर साइत ऐसा कि वहाँ रुका भी, मगर कोई न मिला।

जी चाहता था, घोड़े से गिर पड़ूँ और जान दे दूँ। किसी की रुसवाई के ख़ौफ़ से बग़ैर बुलाए ख़ेमे में जाना मुनासिब न समझा और मायूस होकर रोता हुआ वहाँ से चला आया।

शौक़े-नज़्ज़ार: [1] तेरा खैंच के लाया था उसे।
गरचे थी क़ैस [2] के पाँवों में सलासिल [3] भारी॥
देख लेती जो उठा कर तो तेरे टूटते हाथ।
लैला, इतना तो न था पर्द:-ए-महमिल [4] भारी॥

हालाँकि मैं कल की तरह आज भी बंगले में लेट रहा, मगर इस ग़ैर मामूली हालत से सबके सब परेशानहाल थे।

---

1. देखने के शौक़ में।
2. मजनूँ का वास्तविक नाम।
3. बेड़ियाँ।
4. ऊँट पर बँधा हुआ कजावा (डोली)।

यहाँ तक कि साहब बहादुर ख़ुद मेरे बंगले में मिज़ाजपुसी के लिए आए। मैंने सरदर्द वग़ैरह का बहाना कर दिया। वो चले गए। मैं एक अजीब-सी हालत में पड़ा था और अपने हाले-ज़ार पर ख़ुद ही अफ़सोस करता था। ग़ज़ब तो यह कि न मेरा जाना हो सकता, न उसको ख़बर। न कोई यार, न ग़मगुसार। न कोई ख़त ले जाने वाला और न कोई पैग़ाम पहुँचाने वाला।

न गुज़र यार तक अपना न बग़ैर उसके क़रार।
किसपे आई है और आई है तबीअत कैसी॥

रात में उलझन और बढ़ गई। बैचैनी ने अपने पाँव फैला दिए। मुझे दीवाना बना दिया। कभी ज़ार-ज़ार रोता था और अपने दिल की बरबादी, बेकसी और मुसीबत पर अफ़सोस करता था, कि बैठे-बिठाए किस आफ़त में गिरफ़्तार हो गया?

दिल है कि किसी तर्ह बहलता ही नहीं है।
मैं लाख सँभालूँ प' सँभलता ही नहीं है॥

आज का दिन भी बदस्तूर रोते-रोते गुज़र गया। तीसरे दिन फिर उस मुक़ाम पर जाकर रुका, मगर कोई न मिला। नाचार, बंगले पर आ गया।

शाम के वक़्त मज़दूरों वग़ैरह का बहुत हंगामा हुआ। मैंने एक-एक का हिसाब और रुपयों की थैली दोनों भाइयों के हवाले कर दी कि मज़दूरी वग़ैरह बाँट दें और मैं घोड़े पर सवार होकर बख़्शी साहब के बंगले की तरफ़ गया। वहाँ मोहम्मद आज़म का बेटा खड़ा था। मुझको देखते ही उसने अपने बाप को दौड़कर ख़बर कर दी। मोहम्मद आज़म मेरे पास आया और निहायत अदब से सलाम करके कहा—

"अगर मर्ज़ी मुबारक हो तो एक घड़ी के लिए ख़ेमे में क़दम रक्खें। मुझे आपसे कुछ अर्ज़ करना है।" मैंने इस इसरार और दरख़्वास्त को नाउम्मीदी के दौरान एक नेमत समझा और बग़ैर किसी झिझक के घोड़े से उतर कर उसके साथ टीले पर चढ़ने लगा।

चलता हूँ थोड़ी देर हर इक राह रौ[1] के साथ।
पहचानता नहीं हूँ अभी राहबर[2] को मैं॥

मोहम्मद आज़म ने कहा—

"आज घर के मालिक ने नेयाज़ की है। चूँकि आप पीरज़ादा और सैयद हैं, इसलिए फ़ातेहा में शरीक हों तो बड़ी ख़ैरियत और बरकत होगी और हम लोग आपके बहुत शुक्रगुज़ार होंगे।"

मैंने कहा, "बेहतर है।"

---

1. राहगीर।
2. राह दिखाने वाला।

मोहम्मद आज़म मुझे बैठा कर ख़ेमे में चला गया। थोड़ी देर के बाद वह एक मज़हबी क़िस्म के शख़्स को अपने साथ ले आया। फिर मेरे क़दमों को उससे बोसा दिलाकर बोला—

"घर के और हमारे मालिक आप ही हैं।"

मैंने उसके साथ बहुत अच्छा बर्ताव किया। तब उसने कहा—

"अब आप यहाँ न बैठिए, ख़ेमे में चलकर तशरीफ़ रखिए।"

मैंने कहा, "बहुत अच्छा।"

और मेरा दिल सीने में तड़प गया। मेरे उस हाल का बयान करना मुश्किल है।

मेरा जज़्ब[1] दिल उनकी ख़लवत[2] में पहुँचा।
ख़ुदा है जो रह जाए पर्दा किसी का॥

मैं जिस वक़्त ख़ेमे में पहुँचा, लगा कि मैं अंधेरे से निकल कर अजीब-सी रौशनी में आ गया। पहले देखा कि एक औरत, जिसकी उम्र तक़रीबन बीस बरस की होगी, निहायत सुर्ख़ व सफ़ेद, कश्मीरी अन्दाज़ में बड़े ग़ुरूर और शान के साथ शॉलनुमा रज़ाई ओढ़े हुए तख़्त पर बैठी है। मुझको देखते ही उसने उठ कर सलाम किया और तख़्त के क़रीब एक कुर्सी पर बिठलाया। वहाँ एक कश्मीरी फ़क़ीर भी बैठा हुआ था। वहीं एक उम्रदराज़ औरत अपने सर पर काले रंग का स्कार्फ़ बाँधे हुए लोगों की आवभगत और तमाम दूसरे कामों में मशग़ूल थी। दूसरी तरफ़ खाने की देगें चढ़ी हुई थीं।

थोड़ी देर के बाद मोहम्मद आज़म ने कहा—

"जनाब! फ़ातेहा कर दीजिए।"

मैंने कहा, "असल में फ़ातेहा पढ़ने का हक़ इन फ़क़ीर साहब का है।"

मगर सबने मेरी मिन्नतें कीं, कि आप ही फ़ातेहा कीजिए। इसी में बरकत है।

पारसाई[3] का यक़ीं ग़ैर को दिलवाते हैं।
कहीं भूले से न आ जाए तबस्सुम[4] मुझको॥

मैंने कहा, "अच्छा, ये फ़क़ीर साहब और सारे मर्द एक तरफ़ खड़े हों और नेयाज़ की मालकिन मय तमाम औरतों के दूसरी तरफ़ रहें।"

इसको सबने पसन्द किया।

जब मैं फ़ातेहा के लिए खड़ा हुआ, अपने सामने उस परी-जमाल सितम ढाने वाली को देखा।

---

1. आत्मसात।
2. एकान्त स्थान।
3. पवित्रता।
4. मुसकुराहट।

बाक़ी न दिल में कोई भी या रब हवस रहे।
चौदह बरस के सिन[1] में वो लाखों बरस रहे॥

कहाँ की फ़ातेहा और कैसी फ़ातेहा! मैं तो उसे देख कर उसी के हुस्न में डूबा हुआ था। उस पूरी भीड़ में उसका बेमिसाल हुस्न, उसकी निगाहों के अचूके तीर और उसकी बांकी अदाएँ—जो कुछ मेरे साथ कर रही थीं, मैं ख़ुद उसी के ज़ोरो-सितम और नाज़ पर फ़िदा था।

क़यामत हैं बाँकी अदाएँ तुम्हारी
इधर आओ ले लूँ बलाएँ तुम्हारी

मैंने फ़ातेहा को इतना लम्बा खींचा, कि मग़रिब (सूर्यास्त के समय) की नमाज़ का वक़्त हो गया। फिर भी उसे ख़त्म करने को जी न चाहता था, मगर मजबूरी में ख़त्म करना पड़ा।

वहाँ से पाल में आकर मग़रिब की नमाज़ पढ़ी।

मोहम्मद आज़म को तन्हा पाकर मैंने पूछा—

"ये सब कौन लोग हैं और कहाँ से आए हैं?"

उसने कहा, "जिसको मैंने आपके क़दम चुमवाए थे, उसका नाम आज़म जी है। पहले इनका पेशा तिजारत करना था। वह निहायत अक़्लमंद और होशियार आदमी है। इत्तेफ़ाक़ से उसे तिजारत में बहुत बड़ा घाटा हो गया और वह दिवालिया हो गया। आख़िर इस बूढ़ी औरत ने, जो क़ौम से क़स्बी* और उसके घरवालों पर पड़ी है, उसका नाम चमेली जान है; यह मशवरा दिया कि तुम अपने घर से अलहदा हो जाओ। मैं चन्द औरतें जमा करने हिन्दोस्तान की तरफ़ जाती हूँ और एक ग्रुप बनाकर गुज़र-बसर की सूरत निकालूँगी।

"चूँकि आज़म जी उसका फ़र्मांबरदार है और ग़रीब भी हो गया था, उसका कहना मान लिया और उस मीरज़ाई नाम की औरत को, जो शॉली रज़ाई ओढ़े हुए थी, कश्मीर से अपने साथ ले लिया। फिर हम जम्मू आ गए। उस बसंती दुशाला वाली औरत को, जिसका नाम गुलबदन है, साथ में ले लिया। और अब यही औरत ज़्यादातर उनके लिए रोज़गार का ज़रिया है।

"वहाँ से फिर लाहौर पहुँचे। वहाँ चन्द औरतों को, जो चमेली जान की क़रीबी हैं, जमा किया और अच्छी तरह गुज़र-बसर करने लगे। साहब जान नाम की एक औरत, जो चमेली जान के पहले शौहर से पैदा हुई बेटी थी, उसे चमेली जान हमेशा अपने साथ रखती थी। वह निहायत हसीन और नेक-सूरत भी थी, उसको एक पठान सरदार ने नौकर रख लिया और आख़िरकार बग़ैर उनकी रज़ामंदी के उसके

---

1. उम्र।
* नाच-गाने का पेशा करने वाली (वैसे क़स्बियों को लोग तवायफ़ कहा करते थे)।

साथ निकाह कर लिया। उससे एक लड़की पैदा हुई। कुछ दिनों बाद वह सरदार मर गया। इसके बाद साहब जान उसके रिश्तेदारों की वहशियाना हरकतों से डर कर चमेली जान के पास भाग आई। मगर चन्द ही रोज़ के बाद वह भी मर गई।

"आज़म जी ने उसकी लड़की को, जिसका नाम ख़ानम जान है, अपनी बेटी बना लिया है। वह उससे बहुत मुहब्बत करता है। उसने उसकी तालीम और तरबियत में कोई कसर न छोड़ी। वह लिखने-पढ़ने में बहुत माहिर हो गई है।"

मैंने पूछा, "वह लड़की अब भी है या नहीं?"

उसने कहा, "वही है, जो बसंती दुशाला ओढ़े फ़ातेहा के वक़्त मीरज़ाई के बराबर में खड़ी थी।"

मैंने अपने दिल में कहा, 'आह! आफ़त-जानम व आराम-दिलम हमान-अस्त।' यानी मेरी जान पर आफ़त ढाने वाली और दिल को सुकून देने वाली वही तो है।

ज़ख़्म बोल उठते हैं पूछो जो निशाँ क़ातिल का।
बातें करते हैं लबे-ज़ख़्म[1] से मरने वाले॥

मोहम्मद आज़म ने कहा—

"आज़म जी की वजह से मीरज़ाई भी उससे बहुत मुहब्बत रखती है। बल्कि, अपनी बेटी उसको बनाया है और माँ की तरह उसकी ख़ातिरदारी और निगरानी करती है। यूँ तो सभी उसको चाहते हैं और उसकी नाज़बर्दारियाँ करते हैं।

"आज़म जी को उसका गाना-नाचना मंज़ूर और पसन्द न था। मगर उसकी नानी चमेली जान पक्की नायका* है। वह भला कब बाज़ आती? इसलिए एक बरस तक उसको नाच और सरोद बजाने की तालीम दिलाई गई है। आज़म ख़ां अक्सर कहता है कि उसको किसी शरीफ़ज़ादे की ख़िदमत में भेज दूँगा, मगर अब तक वह कहीं नहीं गई है। चन्द अंग्रेज़ों ने भी अपनी ख़्वाहिश जताई, मगर आज़म जी और मीरज़ाई ने क़बूल नहीं किया।

*अछूती अभी है मये-अहमरी**।*
कुंवारी है मीना की नीलम परी॥

मैंने पूछा, "वह कम उम्र की औरत, जो सफ़ेद दुशाला ओढ़े हुए थी, कौन थी?"

---

1. घाव-भरे होंठ।

* नायका (नायिका) अर्थात् तवायफ़ों की मालकिन।

** उर्दू अनुवादक ने 'अहमरी' के साथ कोष्ठक में लिखा है—अहमर मरहूम। इससे पता चलता है कि उक्त शे'र 'अहमर' नामक किसी तत्कालीन शाइर का है। इसी प्रकार जगह-जगह शे'र के साथ 'रियाज़' तथा अन्य नामों का उल्लेख भी है।

उसने कहा, "वह चमेली जान की भांजी है और उसका नाम है—बी जान। चन्द रोज़ हुए, होल्बर साहब नाम के अंग्रेज़ ने पाँच सौ रुपये माहवार पर नौकर रखा था और अब वह चला गया है। उसके बाद यह कहीं नहीं गई। सिर्फ़ गुलबदन कल्लन साहब के पास तीन सौ रुपये माहवार पर नौकर है और पचास रुपया ख़ानम जान को मेवा वग़ैरह खाने के लिए देता है। इसके अलावा हर हफ़्ते में एक मुजरा होता है। तीस रुपया इनाम मिलता है। इस तयशुदा रक़म के सिवा नक़द और अनाज और सजावट के लिए ज़ेवर वग़ैरह बहुत कुछ बख़्शी साहब ने गुलबदन को दिया है।"

मैंने कहा, "इसकी क्या वजह है कि आज सबसे ज़्यादा ख़ानम जान को सजी-धजी और भड़कीले लिबास में देख रहा हूँ। वह बहुत सारे ज़ेवर पहने हुए है और मानो दुल्हन बनी हुई है।"

उसने कहा, "ख़ानम जान की माँ हर साल इसकी सालगिरह बड़ी धूमधाम से मनाती थी और पचास-साठ रुपये का खाना फ़कीरों और ग़रीबों में बाँटा जाता था। आज़म जी ने उस रस्म को नहीं छोड़ा। आज सालगिरह का वही जलसा है। इसलिए बी ख़ानम जान ने सबसे बढ़िया पोशाक और बेशक़ीमती ज़ेवर पहन रक्खे हैं। इसकी माँ के पास निहायत आला दर्जे के क़ीमती ज़ेवर और जवाहरात थे। आज़म जी ने वह सब ख़ानम जान को दे दिया है। बल्कि अपनी तरफ़ से भी बहुत-सा ज़ेवर बनवा दिया है। इसीलिए इतनी औरतों में जिस क़दर क़ीमती और इफ़रात गहने ख़ानम जान के पास हैं, किसी के पास नहीं। इसके अलावा ख़ानम जान सब बातों में—ख़ूबियों-भरा मिज़ाज, सफ़ाई, शऊर, तबीअत में तेज़, ज़हीन और नज़ाकत व नफ़ासत में सबसे अव्वल ही नहीं, बल्कि वाहिद (एकमात्र) है।"

यह सुनकर मैं फूला न समाया। मगर चूँकि देर हो चुकी थी, मैंने सवारी मँगवाने के लिए कहा। उसी वक़्त एक नौकरानी ख़ेमे से आई और बोली—

"उस्ताद जी! मीरज़ाई कहती हैं कि मीर साहब को जाने न देना। इनको ख़ेमे के अन्दर बुलाया है।"

मैंने कहा, "अब रात हो गई है, मुझे जाने दो। फिर कभी आऊँगा।"

मोहम्मद आज़म ने कहा, "क़िब्ला, यह तो मुनासिब नहीं है। अगर कोई इस क़दर आरज़ू और मिन्नत करे तो इनकार नहीं करना चाहिए। दावत को रद्द करना वैसे भी मना है।"

बहरहाल, मैं ख़ेमे के अन्दर गया। देखा तो ख़ेमे के उस तरफ़ दूसरे डेरे और पाल में खाना तक़्सीम हो रहा है। मगर मीरज़ाई मेरे इन्तज़ार में ख़ेमे के अन्दर तख़्त पर बैठी है। मुझे देखते ही ताज़ीम (सम्मानसूचक व्यवहार) के बाद बहुत तपाक से मुझे एक कुर्सी पर बिठलाया। मोहम्मद आज़म भी दूसरे तख़्त पर बैठ गया और मेरी तारीफ़ें करने लगा। मीरज़ाई ने कहा—

"जनाब! आपने कमाल की बंदानवाज़ी फ़रमाई। हमारी क़िस्मत की ख़ूबी से आपके क़दम यहाँ तक आए, जिससे हमारी इज़्ज़त-अफ़ज़ाई हुई है। इस वक़्त आपसे हमको दीन-ओ-दुनिया में बेहतरी की बहुत उम्मीदें हैं।"

वो शेफ़्ता[1] कि धूम थी हज़रत के ज़ुहद[2] की
मैं क्या कहूँ कि रात मुझे किसके घर मिली

फिर बोली, "जबकि आपने इस क़दर ज़र्रानवाज़ी फ़रमाई है, एक अर्ज़ और भी क़बूल फ़रमाइए। अगरचे इस दावत का एक हिस्सा आपके साथ आपके दौलतख़ाने पर जाएगा, लेकिन थोड़ा-बहुत अगर यहाँ भी नोश फ़रमाएँ (खाना खाएँ) तो हमें बेहत ख़ुशी नसीब होगी। हमारे लिए यह फ़ख्र और ख़ुशी की बात होगी। अफ़सोस, कि आप दिन में तशरीफ़ न लाए, वरना जलसा भी देखते और गाना भी सुनते..."

मोहम्मद आज़म ने बात काट कर कहा—

"यह मेरा ही क़ुसूर है, जो मैंने पहले से इत्तेला नहीं दी।"

जब इस तरह खाने के लिए इसरार हुआ तो मैंने कहा, "अव्वल तो मेरी आदत किसी के यहाँ खाने की नहीं है, लेकिन ख़ैर...अगर आप लोग ख़ास तौर पर मुहब्बत से इसरार कर रहे हैं तो मुझे उज्र नहीं है। मगर मैं बेलुत्फ़ खाना नहीं खाता।" फिर मैंने अपनी इस बात को हिन्दी ज़बान में इस तरह कहा, "मुझे ऐसा रूखा-फीका खाना पसन्द नहीं है।"

मीरज़ाई हँस पड़ी। बोली—

"दिन के मजमा और गाने का लुत्फ़ इस वक़्त मुमकिन नहीं है। लेकिन जो कुछ हमें आता है, सुना देंगे।"

फिर एक कनीज़ (दासी) को बुला कर कहा—

"गुलबदन और ख़ानम जान और बी जान को बुलाओ।"

और मोहम्मद आज़म से कहा, "तुम भी सिद्दीक़ जी वग़ैरह साज़िन्दों को ले आओ क्योंकि हमको मीर साहब की ख़ातिर मंज़ूर है।"

वह इधर गया, उधर गुलबदन, बी जान और उमरा* आ गईं।

मीरज़ाई ने उनसे सारा हाल बताया कि "मीर साहब चूँकि जवान, ख़ुशमिज़ाज और मीरज़ा मुंशी हैं; बग़ैर गाने-बजाने के उनको सिर्फ़ खाना खा लेना क्योंकर पसन्द आएगा? इसलिए मैंने तुम लोगों को बुलाया है। थोड़ी देर मीर साहब का दिल ख़ुश कर दो।"

तब गुलबदन ने कहा, "बहुत बेहतर, यह हमारे लिए एक मुबारक घड़ी है।"

---

1. मुग्ध।
2. पराक्रम।
* यह नाम आगे कहीं नहीं आया है।

तभी मोहम्मद आज़म वग़ैरह साज़िन्दे भी आ गए और साज़ मिलाने लगे। मैंने जी में कहा, "यह तो बड़ा ग़ज़ब हुआ कि सब आ गए, मगर वह शोख़ दोशीज़ा ही न आई। फिर क्या ख़ाक लुत्फ़ मिलेगा!"

यह सोच कर मैंने कहा, "शायद जलसे की मेज़बान को इस फ़न से कोई लगाव नहीं है।"

उसने कहा, "नहीं साहब, ख़ुदा की क़सम, मेरी ख़ानम बहुत ही ख़ूब गाती है। अगरचे उसने बहुत कम तालीम पाई है, मगर हम सबसे वह बढ़ गई है।"

मैंने कहा, "तब तो और भी तअज्जुब है। आप सब इस क़दर मेहरबानी फ़रमाएँ और वह, जिसका जलसा हो, बावजूद महारत और क़ाबिलियत के तशरीफ़ न लाए।"

मीरज़ाई मेरे इस तरह कहने से चौंक-सी पड़ी और गुलबदन से कहा, "हाँ जी, ख़ानम जान कहाँ है?" उसने कहा, "वो खाने का इन्तज़ाम देख रही थीं कि सेवती बुलाने को आई। सब तो उठ खड़ी हुईं, मगर ख़ानम जान पलंग पर लेट गईं। बोलीं, मेरा सर दुखता है। अगर बी अम्माँ पूछें तो यही कह देना।"

यह सुनते ही मेरे होश उड़ गए और दिल बेचैन हो गया कि जिसके लिए ये सब ढकोसले किए गए, वही मतलब हासिल न हुआ। फिर यह गाना-बजाना तो मेरे लिए नौहा और मातम (शोक गीत) की आवाज़ें हैं। उस सितगर ने शायद यह रंग-ढंग देख कर पहचान लिया और सर दर्द का बहाना बना लिया। मेरी बेचैनी और बढ़ गई। मैं सोचने लगा, कि अब कौन-सी सूरत निकाली जाए कि उसका दीदार हो और मेरी उलझन ख़त्म हो?

वो क्यों उठके महिफ़ल से खलवत[1] में आएँ
वो क्या जानें क्या मुद्दआ है किसी का

इतने में मीरज़ाई ने कहा—

"ख़ैर, कोई हरज नहीं। अब तो आपसे जान-पहचान हो ही गई है। फिर किसी दिन जलसा करेंगे और आपको गाना सुनाएँगे। ख़ानम जान गाएगी।"

यह कह कर उसने हर तरह से बातें बनाईं, मगर मुझे चैन न पड़ा। मैंने कहा—

"ठीक है साहब, मुझे कुछ ऐसा ज़्यादा शौक़ नहीं है। सिर्फ़ आपकी इनायत देख कर मैंने बेतकल्लुफ़ी में यह बात कह दी थी। मगर अफ़सोस है तो इस बात का कि आप सब तो मेहरबानी फ़रमाएँ, अख़लाक़ दिखाएँ और जलसे की मेज़बान यूँ अलग रहें। इससे मुझे तो खटका होता है कि शायद मेरा आना उन्हें नागवार गुज़रा हो।"

मीरज़ाई ने कहा, "नहीं साहब! मेरी ख़ानम इस क़दर बद-अख़लाक़ और बे-तमीज़ नहीं है, कि आपके तशरीफ़ रखने से नाख़ुश हो। बल्कि यक़ीन है कि

1. एकान्त।

हक़ीक़त में रात को जागने से सरदर्द हो गया होगा। अच्छा, मैं ख़ुद जाती हूँ और बुलाए लाती हूँ।"

मैंने कहा, "इसकी क्या ज़रूरत है कि ख़्वाहमख़्वाह आप तकलीफ़ फ़रमाएँ?"

मोहम्मद आज़म ने कहा, "जनाब! आप इनको जाने दीजिए। ख़ानम जान का यहाँ होना इस वक़्त बहुत ज़रूरी और उसकी नेकबख़्ती है।"

बहरहाल, मीरज़ाई तो उधर गई, यहाँ बी जान ने गुलबदन से कहा कि ख़ुदा का नाम लेकर कहती हूँ, मीर साहब बड़े ही ख़ुशमिज़ाज और दिल के बहुत साफ़ हैं। ख़ासकर आपको बहुत सारे शे'र याद हैं और क्या ख़ूब पढ़ते हैं!

वह बोली, "वाक़ई तुमने मेरे मुँह की बात छीन ली। मैं कहने को ही थी कि तब तक जनाब मीर साहब कोई शे'र ही पढ़िए।"

तभी मीरज़ाई ख़ानम जान को लेकर आ पहुँची।

गुलबदन ने मीरज़ाई को सारी बातें बताईं। उसने कहा—

"तो फिर क्या पूछना है! हम भी यही चाहते हैं। कुछ सुनाइए।"

चूँकि हर तरफ़ से इसरार हुआ, मैंने उस वक़्त मौक़े के हिसाब से चन्द शे'र पढ़े।

बहरहाल, सब ख़ुश हुए और सबने तारीफ़ें कीं। मगर उस सितमगर ने एक हर्फ़ भी मुँह से न निकाला। ख़ामोश, सर झुकाए बैठी रही।

दामन की शिकन दूर से लेती हैं बलाएँ।
बल यार के अब्रू[1] का उतरता ही नहीं है॥

मैं हैरान था कि या परवरदिगार किसने उसके कान में कह दिया कि मैं तुम पर मरता हूँ!

मोहम्मद आज़म ने पूछा, "बी ख़ानम जान! ख़ैरियत तो है? मिज़ाज कैसा है?"

बोली, "क्या कहूँ उस्ताद जी! इस वक़्त सर-दर्द शिद्दत से है।"

गुलबदन ने कहा, "जब तक हम बैठे थे, अच्छी-ख़ासी थीं। हम उठे कि इनका मिज़ाज बिगड़ गया। हम इधर चले आए, मालूम नहीं फिर कैसे रहीं?"

मैंने कहा, "यह मेरी ख़ुशक़िस्मती है।"

इस पर सब हंसने लगे। मगर वह मुसकराई तक नहीं। तब गुलबदन ने कहा, "अच्छा तुम चुप बैठी रहो। तकलीफ़ न करो।"

उसने कोई जवाब न दिया और सर झुकाए ख़ामोश बैठी रही।

मेरे नाले[2] से भी मतलब नहीं होता ज़ाहिर।
तेरे चुप रहने से अन्दाज़े-बयाँ होता है॥

---

1. भौंह।
2. विलाप।

5

इसके बाद गाना शुरू हुआ। चूँकि मैं दो-तीन दिन से ज़ब्त कर रहा था शायद इसलिए दिल भर आया। कलेजा उमड़ने लगा। बेइख़्तियार मेरी आँखों से आँसू जारी हो गए और हिचकियाँ बँध गईं। ग़ज़लें भी बड़ी दर्द-भरी और दिल को पिघला देने वाली थीं, जिन्होंने मुझे बेचैन कर दिया और एक समाँ-सा बँध गया।

गुलबदन वग़ैरह ने मुस्करा कर एक-दूसरे को देखा और एक लम्हा भर बाद मेरी उस काफ़िर-अदा[1] ने एक तान इस तरह ली गोया रगों से जान खींच रही हो। उसने हाफ़िज शीराज़[2] की एक ग़ज़ल गाई।

उस ग़ज़ल से आलम ही और हो गया। सबकी हालत बदली हुई थी और वह सितमगर सर झुकाए जिस तरह गा रही थी, अपनी नज़रें नहीं उठा रही थी, मुझे लगा कि उसके दिल पर भी कुछ असर हुआ है। मगर इस बात को जानना चाहती है कि इतनों में किस से उसके हाल का मिलान हो रहा है। इसलिए मैंने मीरज़ाई से कहा, "मैं जो कहूँ, अगर वह ग़ज़ल याद हो तो सुनवाइए।"

उसने कहा, "हम सब इन ग़ज़लों में ख़ानम जान के साथ हैं।" फिर उससे कहा, "बी ख़ानम! यह ग़ज़ल गाओ—

ख़ाक़े[3]-मन्ज़रे-चश्मे मन[4] आशियान:-ऐ-तू अस्त[5]
करम नमा-ओ फ़रूद आ कि ख़ान: ख़ान:-ऐ-तू अस्त।"

भावार्थ : मेरी आँख के सामने का जो मंज़र है, उसमें आशियाने की छत पर तुम हो। मेहरबानी करो और नीचे आ जाओ ताकि लगे कि घर-घर में तुम हो।

उसने गाया। मैंने एक शे'र की तारीफ़ करते हुए कहा, मुक़र्रर इरशाद। उसने उस शे'र को फिर से गाया और पूरी ग़ज़ल गाने के बाद आख़िरी शे'र को गाते वक़्त उसने कनखियों से मेरी तरफ़ देख कर मुस्करा दिया और होंठों ही होंठों में कुछ कहा। तब ऐसा लगा, मानो मुझ पर बिजली-सी गिर पड़ी और मेरा दिल सीने में तड़प गया।

1. प्रिया।
2. ईरान का मशहूर फ़ारसी शाइर।
3. छत, छज्जा।
4. मेरी आँख का मंज़र।
5. तुम हो।

न क्योंकर बस मैं मर जाऊँ कि याद आता है रह-रह कर।
वो तेरा मुस्कराना कुछ मुझे होंठों में कह-कह कर॥

ऐसा मज़ेदार गाना उस वक़्त हुआ कि सबके सब सुध-बुध खो बैठे।

मोहम्मद आज़म ने मीरज़ाई से कहा, "दिन को हर्गिज़ यह लुत्फ़ नहीं हुआ था।"

मीरज़ाई ने कहा, "यह सब आपके क़दमों की बरकत है।"

उसी पल चम्बल जान ने नौकरानी को भेजा कि बी मीरज़ाई ख़ुद आकर अपने सामने यह कहें कि हिस्सा भिजवा दीजिए।

मीरज़ाई ने मुझसे इजाज़त चाही और कहा—

"मैं कभी आपको छोड़ कर न जाती, लेकिन मजबूर हूँ। बग़ैर मेरे हिस्सा तक़्सीम न होगा। अल्लाह जाने, अगर ज़िन्दगी बाक़ी है तो फिर ख़िदमत के लिए हाज़िर हूँ।" और मोहम्मद आज़म से कहा, "मालूम होता है, मीर साहब का किसी से तअल्लुक़ भी है। तभी तो ये दर्द-भरे शे'र और साज़ इनकी तबीअत में है।"

गुलबदन ने कहा, "वाक़ई मुझे भी ऐसा शुब्हा होता है। बेशक किसी परी-पैकर से आँखें लड़ गई हैं।"

मैंने मुस्करा कर मीरज़ाई से कहा, "मैं तुम पर आशिक़ हूँ।"

उसने क़हक़हा लगाया और बोली—

"अपनी ख़ुशक़िस्मती से मुझे ख़ुद रश्क करना चाहिए।"

मैंने फिर कहा, "साहब! मैं कहाँ और इश्क़ कहाँ? मेरा कमज़ोर-सा दिल इस बोझ को कैसे बर्दाश्त कर सकता है? हाँ, तबीअत में ग़म और चोट फ़ितरती है, जिससे बेचैन हो जाता हूँ और आँसू निकल पड़ते हैं।"

दिल में इक दर्द उठा आँखों में आँसू भर आए।
बैठे-बैठे हमें क्या जानिए क्या याद आया॥

गुलबदन ने हँस कर कहा, "ऐ बी! मीर साहब ख़ुद ही सरापा मा'शूक़ हैं, ये भला काहे को किसी पर आशिक़ होने लगे? और बड़े नसीब उसके, जिस पर ये फ़िदा हो जाएँ। उसकी तो क़िस्मत की क़सम खानी चाहिए।"

इस पर मेरी शोख़-मिज़ाज जानाँ ने कहा, "बहन, तुम भी लगे हाथों आशिक़ हो लो। बहती गंगा में हाथ धो लो। बल्कि मुनासिब तो यह है कि आशिक़ी का पैग़ाम भेज दो। ऐसा माल भला कहीं और मिल सकता है!"

गुलबदन ने इस बात को टाल कर फिर कहा—

"आप कुछ भी कहिए, मैं न मानूँगी। बेशक कहीं आप फँसे हुए ज़रूर हैं। वह तो आपका हर अन्दाज़ कहे देता है कि कुछ दाल में काला है!"

इसके बाद बहुत शे'रो-शाइरी हुई। साथ में गप्पबाज़ियाँ भी चलीं। और ऐसी

ही ख़ुशगप्पियाँ हो रही थीं कि दो बार कनीज़ (दासी) आई। बोली, "बीबी गुस्सा करती हैं, जल्द आइए।"

मीरज़ाई उठ खड़ी हुई।

मैंने कहा, "आप सब साहबों ने ऐसी मेह्रबानी की और इस क़दर ध्यान दिया, कि जिसका शुक्रिया अदा नहीं हो सकता। भूख-प्यास तक जाती रही। ख़ुदा सबको हमेशा ख़ुश रक्खे।" चूँकि रात ज़्यादा हो चुकी थी, मीरज़ाई ने मुझसे ज़्यादा इसरार बैठने का तो नहीं किया, मगर कहा, "दो बातें क़बूल फ़रमाएँ—एक तो यह कि हमारे आदमियों ने आपका दौलतख़ाना नहीं देखा है, इसलिए अपना ख़िदमतदार छोड़े जाइए कि आपका हिस्सा-ए-तबर्रुक[1] भेज दिया जाए। दूसरा यह कि कभी इधर भी निकल आया कीजिए।" मैंने कहा—"इंशाअल्लाह, ज़रूर फ़ुर्सत के वक़्त आया करूँगा और आदमी भी छोड़े जाता हूँ।"

मीरज़ाई तो चली गई, मैं भी साथ ही उठ खड़ा हुआ। वहाँ मौजूद लोग भी उठ गए। तब गुलबदन ने कहा, "मीर साहब! आप फिर ज़रूर आइएगा।"

मैंने कहा, "आप सबकी इनायत चाहिए।"

और यह कह कर सब की तरफ़ इशारा किया। तब मेरी उस जाने-जहाँ ने तुनक कर कहा—

"ख़ैरियत रहे बी गुलबदन! ये आप पर आशिक़ हैं। अलबत्ता आप इनकी मेहरबानियों के इन्तज़ार में रहें और ये आपकी।"

मैंने कहा, "ख़ैर, हम यूँ भी अच्छे रहे। कोई आशिक़ है तो कोई माशूक़।"

"सही फ़रमाया कि दोनों यही होंगे। दूसरे को क्या ग़रज़?"

मैंने कहा, "ख़ैर—

वो नादान अनजान भोले हैं ऐसे।
कि सब शेव:-ए-दुश्मनी[2] जानते हैं॥"

अब तो चाहे-अनचाहे चलना ही पड़ा। और रुख़सत होते हुए मैंने यह शे'र पढ़ दिया—

मैं जाता हूँ दिल को तेरे पास छोड़े
मेरी याद तुझको दिलाता रहेगा

चूँकि दिल वहाँ से चलने को चाहता न था, मगर अब कोई बहाना भी नहीं था। लिहाज़ा मैंने गुलबदन से कहा—

"लो, क्या याद करोगी। चलते-चलते चन्द शे'र सुनाए देते हैं।"

---

1. प्रसाद।
2. दुश्मनी के तरीक़े।

उसने कहा, "वाह! नेकी और पूछ-पूछ। ज़रूर इरशाद फ़रमाइए।"

तब मैंने फ़ारसी के कई शे'र सुनाए।

उन्हें सुन कर गुलबदन वग़ैरह बहुत ही ख़ुश हुईं और मोहम्मद आज़म से कहा—

"तुमने ग़ज़ब किया कि अब तक आपका ज़िक्र न किया। आप तो सरापा 'बाग़ो-बहार'* हैं। काश! हमको पहले से आपका हाल मालूम होता तो बड़े लुत्फ़ से हमारी ज़िन्दगी गुज़रती।"

मैंने कहा, "यह सब आपकी मेहरबानी है। चूँकि सब कुछ पहले से ही तय है, इसलिए वक़्त से पहले कैसे मुलाक़ात होती!"

उसने कहा, 'ख़ैर, अब हुई है तो इसका निबाह ज़रूरी है। ऐसा न हो, कि भूल जाइए।'

मैंने कहा, "नहीं, इंशा अल्लाह ज़रूर आऊँगा।"

और इतना कह कर मैं वहाँ से चल पड़ा।

जब घर पहुँचा तो दिल में कहा, 'यह अच्छी बात हुई। बुरे फँसे। ख़ुदा ही हाफ़िज़ है।'

---

* 'बाग़ो-बहार' मीर अम्मन की एक मशहूर किताब का नाम है। यह किताब फ़ारसी के 'किस्स-:-ए-चहार दरवेश' का पुनर्लेखन है। अनुवाद नहीं। (रूपान्तरकार)

6

इस ताज़ा चोट और आशिक़ी का यह नतीजा हुआ कि कभी-कभी रेख़्ता[1] में शे'र भी कह लेता और उस्तादों के भी उर्दू शे'र बहुत पढ़ा करता था। मगर, बहुत लम्बा हो जाने की वजह से उनको लिखा नहीं।

घर में आकर दिल की अजीब हालत हो गई। कभी तो आज की सोहबत और 'उससे' बातचीत होने की ख़ुशी होती थी और कभी अपनी बेक़रारी की हालत पर अफ़सोस होता था। कभी सोचता था कि या ख़ुदा! इसका अंजाम क्या होगा? ख़तो-किताबत, पैग़ाम, सोहबतो-विसाल और मुलाक़ात किस तरह हासिल होगी? यह मुफ़्त का दर्दे-सर और जान की मुसीबत—आख़िर यह क्या रंग लाएगा?

बैठे बिठाए आए जो शामत तो क्या इलाज।
दिल ने कहा कि आओ चलें यार की तरफ़॥

इन्हीं उलझनों और जान पर आई आफ़तों की वजह से मैं बीमार हो गया। मेरे नाना साहब यह ख़बर सुन कर दौड़े चले आए। उन्होंने मेरे सरदर्द और बुख़ार के लिए नुस्ख़ा तजवीज़ किया। मैं अपने जी में हंसता था कि मर्ज़ क्या है और दवा क्या तजवीज़ हो रही है!

पुरसाने-हाले-ज़ार[2] नहीं कोई हिज्र[3] में।
हम दिल का दर्द किसको बताएँ कराह के॥

उन्हीं दिनों मेरा बंगला भी तैयार हो गया। साहब बहादुर ने कहा, "अब इसमें क्यों नहीं आते?" मजबूरन रौशन अली साहब के मकान से चला आया। हालाँकि दिल नहीं चाहता था क्योंकि दोनों वक़्त (सुबह-शाम) उस गली से आने-जाने में उम्मीद थी कि शायद फिर ख़ेमे में जाना होगा। मगर साहब का हुक्म न टाल सका। इतनी मुद्दत में इत्तेफ़ाक़ की बात कि मोहम्मद आज़म से भी मुलाक़ात न हुई कि कुछ हाल ही मालूम होता!

1. टकसाली (गढ़ी हुई) ज़बान।
2. दुख का हाल पूछने वाला।
3. विरह।

मगर जिस दिन मेरा असबाब आ रहा था और मैं उस मकान से रुख़सत हो रहा था, मोहम्मद आज़म को पहले वाली उसी जगह पर खड़ा देखा। मुझसे हालचाल के बाद उसने दरख़्वास्त की—

"अगर फ़ुर्सत हो, दम भर के लिए, होते जाइए।" मैं तो चाहता ही था, मगर वह मुझे अन्दर तो ले नहीं गया, वहीं खड़े-खड़े यह ताज़ा ख़बर सुनाई कि बख़्शी साहब कल दरिया के रास्ते से कलकत्ता जाएँगे और हमको भी जवाब दे दिया। अब हमारा इरादा है, कि चुनारगढ़ जाएँ।

मेरे होश उड़ गए कि या अल्लाह ये क्या ग़ज़ब हुआ?

मुद्दत से लग रही थी लबे-बाम टकटकी।
थक-थक के गिर पड़ी निगहे-इन्तज़ार आज॥

मगर मैंने दिल में कहा, ख़ुदा सबको पैदा करने वाला और सबका रखवाला है; कोई सूरत निकाल ही देगा।

इत्तेफ़ाक़ से उस वक़्त अन्दर भी जाना न हुआ और मेरी माशूक़ भी बाहर न आई। मैं बहुत ही ग़मज़दा हो गया। अपने बंगले पर आया तो यह नया पागलपन साथ लाया। अब मेरी तकलीफ़ का क्या पूछना! किसी तरह चैन नहीं। आराम नहीं। हज़ारों ख़यालात का हुजूम और न कोई चारागर, न अपना हमदम, न दोस्त, न हमराज़...कहूँ तो किससे कहूँ और करूँ तो क्या करूँ?

करवटें बदलते-बदलते पहलू दुख गए। तारे गिनते-गिनते आँखें पथरा गईं। दिन का काटना पहाड़ हो गया और रात का दामन मानो क़यामत के दामन से बँधा था।

रात भर नींद न आई। सुबह होते आँख लगी तो ख़्वाब में देखा कि एक बुज़ुर्ग तशरीफ़ लाए और बोले—उठ। मैं उठा तो क्या देखता हूँ कि जनाब वालिद साहब हैं। बेइख़्तियार उनके क़दमों पर गिर पड़ा। वो कहने लगे, "तुझे इस हाल में देख कर चैन न आया। तुम हर्गिज़ परेशान और दुखी न होओ। ख़ुदा कारसाज़ है। मायूस न होना। उसे याद करो और किताबें पढ़ कर अपना जी बहलाओ।"

इतने में मेरी आँख खुल गई। आँसू भर आए। सोचा, मैंने अपने लिए ज़्यादा कुछ न पूछा। मगर दिल को सुकून था और रात की अपनी उस हालत में फ़र्क़ पाया। दिल में सोचा कि हसन शाह! रोना-धोना नासमझी है। और इससे होता ही क्या है? अगर हो सके तो इस पागलपन को छोड़ो और अपनी राह लो। और अगर ज़ब्त नहीं हो सकता तो ख़ुदा पर भरोसा रखो। देखो, ख़ुदा की मर्ज़ी क्या है? हिम्मत हारना नामर्दी है। अगर इस रोने-धोने और रंजो-ग़म में जान दे दोगे तो क्या फ़ायदा? फिर वियोग कैसा और बिछड़ना कैसा! तुम नए अनोखे तो फँसे नहीं हो।

हज़ारों इस वादी में आए और एक न एक दिन कामयाब हुए। हालाँकि बहुत से नाकाम भी हुए। मगर नामुरादी और नाकामयाबी के यही ढंग हैं, जो तुम कर रहे हो। ज़िन्दगी है तो सब कुछ हो रहेगा।

इन्हीं ख़यालात में सुबह हो गई।

नमाज़ वग़ैरह से फ़ारिग़ होकर मैंने किताबों का सन्दूक़ खोला। जो पहला बंडल दिखा, उसे खोला तो मरहूम वालिद साहब की लिखी कॉपी निकल आई। चूँकि उसमें बहुत कुछ था,उसी को पलंग पर आकर देखने लगा। चन्द पन्ने उलटे ही थे, कि एक जगह दो-तीन अमल* लिखे नज़र आए। एक अमल गाँठ बाँधने (रिश्ता मज़बूत करने) के तरीक़े को लेकर भी था। मेरे जी में आया कि इसे पढ़ना चाहिए, ताकि आज़म जी के यहाँ जाना टल जाए। हिसाब जो करता हूँ तो वही दिन अमल के वास्ते तय निकलता है। उसको नेक शगुन समझ कर मैंने अमल पढ़ा। और अस्र (सूर्यास्त से पहले की नमाज़) के वक़्त घोड़े पर सवार होकर उधर गया। मगर वहाँ कोई न मिला। तब मैं बख़्शी साहब के कूच की ख़बर लेने के बहाने से अपने ख़िदमतगार को मोहम्मद आज़म के पास रवाना किया और ख़ुद अपने घर की तरफ़ चल पड़ा।

मैं जब अपने बंगले में वापस आया, ख़िदमतगार ने बताया—

"मोहम्मद आज़म कहता था कि बख़्शी साहब दो दिन हुए, चले गए। और हमको इनाम-इकराम जो कुछ देना था, दे गए। अब हम भी जल्दी ही जाने वाले हैं। कल ख़ेमा यहाँ से उखाड़ कर चल देंगे। कश्ती की तलाश कर रहे हैं। अभी कुछ तय नहीं है। हालाँकि यहाँ भी कई अंग्रेज़ों ने नौकरी का पैग़ाम दिया, मगर हमको ऐसा कोई भी हौसला रखने वाला साहब नज़र नहीं आता, जो हमारा बोझ उठा सके। इसलिए हमारा पुख़्ता इरादा है कि चुनारगढ़ में होलियर साहब के पास जाएँ। पहले भी उससे वादा कर चुके हैं।"

इस ख़बर से मैं बहुत ज़्यादा परेशान हो गया। मगर किसी ख़ुदाई मदद का भरोसा था।

दो-तीन दिन इसी हाल में गुज़रे। चौथे दिन मैंने अपने ख़ितमतगार को ख़बर लाने के लिए फिर मोहम्मद आज़म के पास भेजा। वह ख़ुद उसी के साथ परेशान हाल चला आया। मैंने पूछा—

"ख़ैर तो है? क्यों इस क़दर बदहवास हो?"

उसने कहा, "हम पर एक नई आफ़त आ गई है, जिससे सबके सब हैरान हैं। कल रात को घर को बरबाद करने वाली गुलबदन किसी अंग्रेज़ के साथ भाग गई है। बहुत तलाश किया, मगर कहीं पता नहीं चला। इतने बड़े कुनबे का दारोमदार

* 'अमल' से यहाँ तात्पर्य है तंत्र-मंत्र। —रूपा.।

उसी की कमाई पर था। अब कहाँ का सफ़र और किसका मुक़ाम! होश उड़े हुए हैं कि यह बोझ कैसे उठेगा और किस तरह बेड़ा पार लगेगा? गुज़र-बसर की सूरत क्या होगी?"

मैंने कहा, "ख़ुदा रिज़्क़ देने वाला है। लेकिन कुछ सोचा भी है या यूँ ही बैठे हो?"

उसने कहा, "सोचा है। आपसी मशवरे से यह तय किया है कि हम सब तो यहीं रहें और चमेली जान चन्द मुलाज़िमों को लेकर किसी तेज़ रफ़्तार कश्ती पर सवार होकर पूरब की तरफ़ जाए। क्योंकि सुना गया है कि वह अंग्रेज़ पूरब की तरफ़ गया है। शायद मिल जाए। मगर हम तब तक यहाँ किस तरह अपना वक़्त गुज़ारेंगे? ख़ानम जान की नौकरी और क़स्बी का काम करने से आज़म जी रज़ामंद नहीं हैं। और बी जान का बाज़ार इस क़दर गर्म नहीं है कि कोई माक़ूल तनख़्वाह दे सके। अगर आप कोई अमल इनायत करें तो बेहतर है।"

मैंने कहा, "एक दिन और रात गुज़र गया, अब अमल काम नहीं दे सकता। हाँ, अगर चार पहर के अन्दर ख़बर हुई होती तो मैं एक आज़माया हुआ तावीज़ दे देता।"

इस तरह मैंने उसके इत्मीनान को एक दस्तक-सी दे दी और कुछ लिख कर भी दे दिया।

वह चला गया।

मगर यह ख़बर सुन कर मुझे थोड़ी तस्कीन हुई और मैं दूसरी तरक़ीब सोचने लगा।

7

मिट्ठू नाम का एक शख़्स हमेशा मिंग साहब के लिए औरतें लाया करता था। उसको मैंने अपने पास बुलवाया, कुछ इनाम दिया और इधर-उधर की बातें करके मैंने पूछा—

"क्या तू किसी गाने-बजाने वाले कश्मीरी ग्रुप को जानता है और उनके यहाँ आता-जाता है?"

उसने कहा, "हाँ, सबको जानता हूँ।"

उस ज़माने में गवैयों के चार कश्मीरी ग्रुप कानपुर में रह रहे थे। उसने सबके हालात बयान किए। गुलबदन का भागना और आज़म जी का चुनारगढ़ की तरफ़ जाने का इरादा करना...यह सब उसने बताया। तब मैंने कहा—

"मैं चाहता हूँ कि तू किसी तरह इस ग्रुप की तारीफ़ साहब के सामने बयान कर, जिससे इस ग्रुप वालों को साहब नौकर रख लें।"

उसने मुस्तैदी के साथ इक़रार किया। मैंने उसको और भी इनामों का लालच देकर रुख़सत किया।

उसने उसी वक़्त साहब के बंगले में जाकर बातें बतानी शुरू कीं और इस तरह ख़ुशामद की कि साहब को रज़ामंद कर लिया। मगर साहब ने कहा—

"वो लोग बहुत ज़्यादा तनख़्वाह माँगेंगे। उनके ख़र्चे भी बहुत बढ़े हुए हैं। इस तरह के अख़राजात को पूरा करना मुझसे न हो सकेगा।"

मिट्ठू मियाँ ने कहा—

"जो औरत उस ग्रुप में रोज़ी-रोज़गार को ख़ासतौर पर सँभाले हुए थी और बड़े-बड़े सरदार उस पर फ़िदा थे, वह तो भाग गई। अब कम और वाजिब तनख़्वाह पर भी रज़ामंद हो जाएँगे। इसके अलावा, उनके ख़र्च ज़्यादा सही, मगर जबकि हुज़ूर का नाम तमाम अंग्रेज़ों में अय्याशी के लिए मशहूर है, तो ऐसे ग्रुप को नौकर रखना आपकी नामवरी का सबब समझा जाएगा। अगर हुक्म हो तो मैं उन लोगों से बातचीत करके मामला तय करूँ।"

साहब ने कहा, "अच्छा, आज मैं सोच कर कल जवाब दूँगा।"

तीसरे पहर को, जब साहब सो कर उठे, मुझे बुलवा कर कहा—

"मैंने तय कर लिया था कि अब कभी मुस्तिक़ल तौर पर हिन्दोस्तानी औरत

को न रखूँगा। खड़ा खेल फ़र्रुख़ाबादी का कोई मतलब नहीं! मगर आज मिट्ठू ने यह शगूफ़ा छोड़ा है। तुम्हारी क्या सलाह है?"

मैंने कहा—

"आप मुख़्तार हैं। हालाँकि उनका नाम तो बहुत है, मगर ख़र्च ज़्यादा पड़ेगा। उसे पूरा करना दुश्वार है।"

साहब ने कहा, "मैं भी यही सोचता हूँ।"

मैंने कहा, "मैं तो कभी इस बात की सलाह न दूँगा। फ़िज़ूलख़र्ची से क्या फ़ायदा? हालाँकि जानता हूँ कि आपकी तबीअत जिस तरफ़ आ जाती है, फिर उसके अंजाम के बारे में नहीं सोचते ओर अपनी मर्ज़ी के मुवाफ़िक़ कर गुज़रते हैं। मगर मैं तो यही कहूँगा कि यह बेहतर नहीं है।"

तब वह कहने लगा—

"मैंने दो दफ़ा बख़्शी साहब के यहाँ उनका नाच देखा और गाना सुना है। फ़ारसी ग़ज़लें निहायत ख़ूबी से गाती हैं और इस तरह उनका भाव बताती हैं कि तबीअत बेचैन हो जाती है।"

मैंने कहा, "तो बस, मालूम हो गया कि आपका लगाव पहले से ही उनके साथ हो गया है। तब मेरे मशवरे की क्या ज़रूरत? और यह भी अर्ज़ कर चुका हूँ कि जिस तरफ़ आपकी तबीअत आ जाती है, उसे पूरा करके ही छोड़ते हैं। मगर मैं अपने चलते तो इसकी राय न दूँगा। वैसे आप मालिक हैं।"

साहब ने हँस कर कहा, "तुम ख़फ़ा न होओ। मैं वही करूँगा जो तुम कहोगे। मगर कल उनका एक दफ़ा गाना सुन लें। अगर तुम्हें भी पसन्द आ जाए तो मैं नौकर रख लूँगा। वरना..."

मैंने कहा, "यूँ तो मैं आपका ताबेदार हूँ, लेकिन मैं इस बात में अपनी रज़ामंदी कभी ज़ाहिर न करूँगा। अगर आपकी ख़ुशी इसी में है तो पहले उनके गवैयों को बुला कर सुनिए। अगर पसन्द आए तो ठीक, वरना कुछ इनाम देकर उन्हें रुख़्सत कर दीजिएगा। मगर फिर एक बार ग़ौर कर लीजिए कि अगर पसन्द आने पर उन्हें नौकर रख लेंगे तो फिर यह भी सोच लेना चाहिए कि उनके अख़राजात किस क़दर हैं? और क्या उन्हें पूरा कर पाएँगे? ऐसा न हो कि चन्द रोज़ नौकर रख कर फिर उन्हें हटा दें! फिर तो बेइज़्ज़ती भी होगी और जगहँसाई भी।"

साहब राय बहादुर इस पर ज़रा तेज़ हुए। बोले—

"मैं इस क़दर तंग हौसले वाला नहीं हूँ। बार-बार अख़राजात के बारे में बात करने की क्या ज़रूरत?"

मैंने कहा, "अगर ऐसा है तो फिर ठीक है।"

साहब ने उसी वक़्त मिट्ठू को बुला कर हुक्म दिया—"कल पहले हम मर्दाना ग्रुप का गाना सुनेंगे। उन्हें इत्तेला कर दो।"

वह वहाँ से मेरे पास आया और सब हाल बयान किया। मैंने कहा, "हाँ, मुझसे भी ज़िक्र किया गया था ओर मैंने उसके ख़िलाफ़ मशवरा दिया था। इसमें एक मसलहत है।"

उसने कहा, "अच्छा मैं अब चलता हूँ। सुबह उनको ले आऊँगा।"

सुबह मैं उठ कर बैठा ही था कि मोहम्मद अफ़ज़ल—मोहम्मद आज़म का बेटा मेरे पास आया और मीरज़ाई व मोहम्मद आज़म की तरफ़ से सलाम कहा। फिर बोला, "उन्होंने कहलवाया है कि आज हमारा मुजरा आपके साहब बहादुर के यहाँ होगा। यक़ीन है कि आप भी उस वक़्त वहाँ होंगे। आपसे गुज़ारिश है कि आप हमारी तारीफ़ कर दीजिएगा। क्योंकि हमने सुना है कि साहब आपको बहुत मानता है। और उसके मिज़ाज को आप अच्छी तरह समझते हैं।"

मैंने कहा, "कह देना, तुम ख़ातिरजमा रक्खो। मैं जहाँ तक हो सकेगा, अपनी कोशिश से पीछे नहीं हटूँगा।"

उसने कहा, "मिट्ठू कहता था कि बग़ैर मुंशी साहब की मर्ज़ी के तुम्हारा नौकर होना मुमकिन नहीं है। इसलिए हम बहुत इसरार से अर्ज़ करते हैं कि हम आपके ताबेदार और आपके ख़ानदान के पुराने नियाज़मंद हैं। आप ज़रूर हमारे हक़ में एहसान और नेकी फ़रमाएँगे। इन दिनों हम लोग बहुत ही परेशान और बे-सरो-सामान हो रहे हैं।"

मैंने उसे दिलासा और इत्मीनान देकर रुख़्सत किया और ख़ुदा का शुक्र किया कि ये लोग ख़ुद-बख़ुद मेरे भरोसे हो गए।

दोपहर को साहब बहादुर जब सभी ज़रूरियात से फ़ारिग़ हुए, मर्दाना ग्रुप आ पहुँचा। साहब ने मुझे भी बुलवा लिया। चूँकि यह उनका पहला मुजरा था, जो एक तरह से उनका इम्तहान भी था; उन्होंने अपना ख़ूब कमाल दिखाया। उन्होंने अपने फ़न (कला) को उस्तादों की तरह पेश किया। ग़ज़लें भी मारिके की गाईं। ऐसी, कि साहब का यह हाल हुआ कि वह सर भी हिलाता था, पाँव भी ज़मीन पर मारता था और मेरी तो पूछो ही नहीं।

"चूँकि दिल ताज़ा चोट खाए हुए था, मैं बेइख़्तियार रो पड़ा...। साहब मुझसे बार-बार अशआ'र के मानी (अर्थ) पूछता जाता था। दो घंटे तक मुजरा चला। उसके बाद साहब उठ कर अन्दर चला गया।" फिर मुझे बुला कर उसने कहा—

"देखा तुमने! कैसा अच्छा ये लोग गाते हैं!"

मैंने कहा, "वाक़ई, मैंने भी बड़े-बड़े कलावंतों को सुना है, मगर ये अपने फ़न में एकदम अलग हैं!"

साहब ने कहा, "मैं न कहता था, कि तुम बहुत पसन्द करोगे।"

तब मैंने कहा, "अगर ऐसा मैं जानता तो उनके मुजरे की भी सलाह न देता।"

उसने कहा, "आख़िर क्यों?"

मैंने कहा, "हालाँकि आपने इन्हें इस क़दर पसन्द कर लिया है कि अब ख़्वाहमख़्वाह आप इन्हें नौकर रख लेंगे। और मेरा दिल गवारा नहीं करता कि आपका सर नीचा हो।"

उसने कहा, "जबकि तुम भी इस क़दर उनके गाने से ख़ुश हो गए हो, फिर क्यों रवादार नहीं होते?"

मैंने अर्ज़ किया, "इसलिए कि क्या पता, आप चन्द रोज़ के बाद उन्हें निकाल दें।"

इस पर बिगड़ कर उसने कहा, "यह बात बार-बार मत कहो। मुझे निरा कमज़र्फ़ समझ तुमने लिया है?"

मैंने कहा, "तो फिर अब मुझे कोई हुज्जत नहीं है।"

साहब ने कहा, "अब इनको इनाम देकर रुख़सत कर दो।"

मैंने कहा, "इस वक़्त यूँ ही जाने दीजिए। रात में ज़नाना ग्रुप का भी मुजरा देख लीजिए। उस वक़्त इकट्ठा इनाम दे दीजिएगा।"

और मिट्ठू को अलग से बुला कर मैंने कहा दिया—

"मोहम्मद आज़म को समझा देना कि मैंने वाक़ई उनकी सिफ़ारिश कर दी है। अब तुम सलाम करके चले जाओ। रात में ज़नाना ग्रुप का मुजरा होगा।"

वो सब चले गए। तब साहब ने पूछा—

"तुमने कुछ इनाम भी दिया?"

मैंने कहा, "इस वक़्त क्या देता? रात को एकमुश्त दे दिया जाएगा।"

साहब ने कहा, "अच्छा, जो तुम्हारा जी चाहे, करो।"

मारिक: [1] *है आज हुस्नो-इश्क़ का।*
देखिए वो क्या करें, हम क्या करें॥

1. संग्राम।

8

रात को साहब ने अपने चन्द अंग्रेज़ दोस्तों को भी बुलवाया और खाने के बाद आठ बजे नाच शुरू हुआ। साहब ने मेरे पास हरकारा भेजा। उसने कहा—

"साहब ने आपको बुलाया है।"

मैंने कह दिया, "जब काम से फ़ुर्सत होगी, आऊँगा।"

साहब ने फिर आदमी भेजा कि सब काम छोड़ के चले आओ। तब मैं गया। साहब ने अपने बराबर, कुर्सी पर मुझे बिठाया और गाने का हुक्म दिया।

ख़ानम जान ने पहले 'मुबारकबाद' गाई। फिर एक ग़ज़ल शुरू की—

ख़ुशतर ज़ ऐशो-सोहबत बाग़ो-बहार चीस्त[1]

चूँकि मुझे मालूम था कि मेरी माशूक़ा को 'हाफ़िज' की ग़ज़लें याद हैं और उन दिनों मैं भी दीवाने-हाफ़िज़ को अक्सर देखता था, लिहाज़ा एक दूसरी ग़ज़ल की फ़रमाइश के लिए साहब से कहा, जो इस तरह शुरू होती है—

हाले-दिल बा तू गुफ़्तम हवस अस्त।
ख़बरे-दिल शफ़ीतनम हवस अस्त॥[2]

आगे वही ग़ज़ल गाई गई।

साहब बहादुर बार-बार मुझसे मानी (अर्थ) पूछता था और अपनी ज़बान में दूसरे अंग्रेज़ों को समझाता था।

इसके बाद ख़ानम जान ने दूसरी ग़ज़ल शुरू कर दी।

अब, एक-दो बार तो साहब ने मुझसे मानी पूछे, फिर ऐसा कुछ हुआ मानो वो कहीं डूब गए हों। दूसरे अंग्रेज़ भी सुरूर में आ गए और हाथ-पाँव पटकने लगे।

जॉन हीड साहब और वारांट साहब ने दो-दो अशर्फ़ियाँ मीरज़ाई को इनाम दीं और बहुत ही तारीफ़ की। आधी रात तक जलसा रहा। साहब ने घड़ी देख कर कहा, "मुंशी साहब! बारह बज गए।"

---

1. ऐश और दोस्ती के ख़ुशगवार माहौल में बाग़ और बहार का क्या मतलब है? (यानी बहार तो वैसे ही आई हुई है।)
2. दिल की हालत के बारे में जो तू बता रहा है, उसमें दीवानगी है मगर दिलों की ख़बर जिसमें एक-दूसरे के होंठ मिले हुए हैं (चुंबन), उसकी दीवानगी भी तो है।

मैंने कहा, "अब आप अपने हाथ से 'पानदान और चौघड़ा'* इनको दे दीजिए, ये रुख़्सत हो जाएँगे।"

बहरहाल, ऐसा ही किया गया।

सुबह जब मैं साहब के पास गया, उन्होंने मुझसे कहा—

"हसन शाह! तुम रात को बेशक आशिक़ हो गए।"

मैंने कहा, "ये आप क्या कहते हैं?"

"सबसे ज़्यादा तुम रोते थे। मालूम हुआ, गाना तुम्हें बहुत पसन्द आया।"

मैंने कहा, "गाना चीज़ ही ऐसी है कि मैं क्या हैवान तक सुन कर मस्त हो जाते हैं। और मेरे रोने की ख़ास वजह औरतों का गाना ही नहीं था, जब दिन में मर्दों ने गाया था तब भी मैं बेहाल हो गया था।"

साहब ने कहा, "तुम बहुत नाज़ुक-दिल हो।"

मैंने कहा, "मेरे दिल का हाल तो यह है—

जहाँ देखा हसीं बस पिस गया दिल।
न दे दुश्मन को भी ऐसा ख़ुदा दिल॥"

कहने को तो मैं कह गया, मगर शर्मिंदगी महसूस हुई कि मैंने ज़ब्त क्यों न किया!

ख़ैर...साहब ने कहा, "मैं मिट्ठू को हुक्म देता हूँ कि उन सब लोगों को मय-असबाब उठा लाए। मगर उनके रहने के लिए कोई जगह तजवीज़ करनी चाहिए। ज़नाना मकान में तो उनका गुज़र न हो सकेगा।"

मैंने कहा, "जो ख़ेमा उनके पास है, उसको खड़ा कर देना चाहिए।"

साहब ने कहा, "किस जगह ख़ेमे को खड़ा किया जाए?"

मैंने कहा, "आपके बंगले के सामने मुनासिब है।"

उसने कहा, "वह जगह इतनी बड़ी नहीं है। हाँ, उस मैदान में हो सकता है जो कबूतरख़ाने और ज़नाना मकान के दरम्यान तुम्हारे बंगले के सामने है। वह जगह बड़ी भी है और एक कोने में भी।"

मैंने कहा, "वहाँ ज़मीन ऊँची-नीची है, बिलकुल उस मैदान से उल्टी जो आपके बंगले के सामने है।"

साहब ने कहा, "हाँ, मगर ठीक रास्ते पर है और करनैल साहब बहादुर उधर ही से आते-जाते हैं। यहाँ मुनासिब नहीं। वही मैदान साफ़ करा दो।"

मैंने कहा, "आपकी मर्ज़ी यही है तो मुझे क्या उज्र? अगर हुक्म हो तो मैं अपना बंगला तक ख़ाली कर दूँ।"

इस पर झल्ला कर उसने कहा, "शायद तुमको उनका रहना पसन्द नहीं है, इसीलिए ऐसी बातें करते हो।"

---

* चार खानों वाली ट्रे।

जब मैंने देखा कि वो नाख़ुश हो रहे हैं तो उसी वक़्त बेलदारों को बुलवा कर मैदान की दुरुस्ती का हुक्म दिया।

इतने में मिट्ठू ने ख़बर दी कि उनका रथ आ गया। साहब हँसता हुआ बंगले से उनकी तरफ़ गया और उनको उतरवा कर ले आया। फिर वे गर्मागर्म गुफ़्तगू करने लगे।

मैंने बेलदारों को काम में लगा दिया और अपने बंगले में आकर फ़िक्र में डूबा हुआ बैठ गया। सोचने लगा कि अब क्या होगा? गुलबदन है नहीं कि वह नौकर हो सके। अब रही ख़ानम जान!

मेरी शर्मालिहाज़ी पर थू है कि सब कुछ जान-बूझ कर उसको गवारा करूँ। आज तक तो वह बची हुई थी, अब ख़ुदा ही है जो उसे महफ़ूज़ रख सके। काश! मैं इन लोगों से नावाक़िफ़ रहता, या इनकी मुलाज़िमत को मंज़ूर न करता। अपने हाथों मैंने यह मुसीबत मोल ले ली।

अब उनके घर का रंग देखिए। आपस में यह ज़िक्र था कि ख़ानम जान के हाथ में हमारी बसर-औक़ात है। अगर यह नौकर न होगी तो कोई सूरत बसर-औक़ात की नहीं है। इसलिए आज़म जी को भी इस बात पर राज़ी कर लिया और मिट्ठू के मारिफ़त ढाई सौ रुपया माहवार और तीस रुपया हर मुजरे का इनाम ख़ानम जान के नाम पर तय हो गया। जब यह ख़बर मुझ तक पहुँची, मैं उस वक़्त की अपनी ग़ैरत और तड़प का हाल बयान नहीं कर सकता। मगर ख़ुदा की मर्ज़ी पर छोड़े हुए ख़ामोश बैठा रहा। दिल के दुख और उलझन का हाल तो ख़ुदा ही जाने।

तभी हरकारा आया और बोला, "साहब बुलाते हैं।"

मैं बाहर गया तो देखा, उसी मैदान में आप मजमे के साथ खड़े थे। चूँकि मुझे ताब न थी और भी मेरा चेहरा बुरा-सा हो गया।

मुझे देखते ही ख़ानम जान से चुपके-चुपके साहब ने कहा, "देखो हमारा मुंशी कैसा ख़फ़ा है। तुम लोगों का यहाँ रहना उसे पसन्द नहीं है।"

उसने कहा, "मुझे उनकी और उनके ग़ुस्से की क्या परवाह?"

साहब ने कहा, "ग़ज़ब करती हो। ऐसा न कहो। मैं मुंशी से बहुत डरता हूँ। कहीं मुझे और तुम्हें—दोनों को मार न बैठे।"

उसने कहा, "आप मार खाया करें, मगर क्या मजाल कि मेरी तरफ़ आँख भी उठा के देख लें।"

इतने में मीरज़ाई ने आकर मुझे सलाम किया। साहब ने वही बातें मीरज़ाई से कहीं।

उसने कहा, "क्या हरज है? वो सैयद* हैं। अगर हमको कोई सीख दें तो

---

* मुसलमानों में 'सैयद' लोग सर्वश्रेष्ठ माने जाते हैं। —रूपा.।

यह हमारी ख़ुशिक़स्मी है। हम उनकी लौंडियों (दासियों) की बराबरी भी नहीं कर सकते।"

साहब ने कहा, "तुम यह कहती हो! और ख़ानम जान कुछ और कहती है।"

उसने कहा, "वह बेवक़ूफ़ है। कहने दीजिए। नादानी से कहती है।"

साहब ने हँस कर कहा, "हम ख़ानम जान को हसन शाह के हवाले करते हैं," और फिर मेरी तरफ़ इशारा करके कहा, "लो हसन शाह, तुम इसके उस्ताद बनो। इसे हमने तुम्हें दे दिया।"

हालाँकि इन बातों को मैंने अच्छा शगुन समझा, मगर बज़ाहिर मैंने साहब से कहा, "आप औरतों को देख कर इस क़दर ख़ुश हुए कि मुझसे भी दिल्लगी करते हैं। इनके उस्ताद आप होंगे, या मोहम्मद आज़म। मुझको क्या वास्ता?"

यह कह कर मैं अपने बंगले को चला।

साहब ने कहा, "जाते कहाँ हो ? मैंने ख़ेमा लगाने की तजवीज़ के लिए तुम्हें बुलाया और तुम चले जा रहे हो!"

मैंने कहा, "क्या-क्या करूँ, आपका मिज़ाज इस वक़्त मज़ाक़ करने पर आमादा है। ख़ैर...आप अपने बंगले में तशरीफ़ ले जाएँ, मैं ख़ेमा खड़ा करा दूँगा।"

साहब ने कहा, "बेहतर है, मैं जाता हूँ।"

और फिर आहिस्ता के साथ ख़ानम जान से बोले—

"देखो, हमारे मुंशी कैसे बिगड़ते हैं?"

उसने कहा, "साहब! आप शायद उन पर आशिक़ हैं, जो इस क़दर नाज़बरदारी करते हैं।"

साहब ने कहा, "तुमको मालूम नहीं, मेरे सारे कारोबार की दुरुस्ती सिर्फ़ उसी की वजह से है। अगर मैं ज़रा भी लापरवाही करूँ, वो अभी नौकरी छोड़ कर चला जाए। बहुत ही नाज़ुक-मिज़ाज है।"

हालाँकि ये बातें बहुत ही आहिस्ता-आहिस्ता हो रही थीं, मगर मैंने सब सुन लीं और अनजान बना रहा। फिर ख़ेमे के इन्तज़ाम वग़ैरह से फ़ारिग़ होकर मैं अपने बंगले में चला आया और दिन भर बेहद बेचैन रहा। तीसरे पहर तक उन लोगों का तमाम असबाब और उनके साथी वग़ैरह सब आ गए। और ज्यों-ज्यों दिन तमाम होता था, मेरे हवास जाते थे, क़लक़ बढ़ता था कि यह क्या फ़िज़ूल हरकत मुझसे हुई!

यूँ ही बेचैनी में रात हो गई और मैं इशा(रात) की नमाज़ से फ़ारिग़ होकर वालिद साहब की लिखी हुई जंत्री से एक दुआ निकाल कर पढ़ने लगा—अपनी माशूक़ा की आबरू की हिफ़ाज़त और किसी हराम काम से बचाव के लिए।

सय्याद[1] को जो या रब मुझपे तरस न आए।
बाग़ों में मौसमे-गुल लाखों बरस न आए॥

अब वहाँ का माजरा सुनिए।

हालाँकि वो सब रज़ामंद थे, मगर ख़ानम जान अपने दिल में हर्गिज़ इस बात से राज़ी न थी। वह एकदम ख़ामोशी की हालत में ख़ुदा से अपनी शर्मो-हया की हिफ़ाज़त के लिए दुआ करती थी।

रात को उन हरामख़ोरों ने दस्तूर के मुताबिक़ उस पाक तबीअत वाली को बना-चुना के साहब के पास पहुँचा दिया। वह चली तो गई, मगर जब साहब ने कुछ और ही इरादा किया तो उसने ख़ूब शोर-शराबा मचाया और ज़ारो-क़तार रोना शुरू किया। इससे साहब बहादुर के होशो-हवास ग़ायब हो गए।

आधी रात तक यही हालत रही। आख़िर मीरज़ाई को बुला कर साहब ने कहा, "जब यह बीबी (स्त्री) राज़ी न थी तो क्यों तुमने भेजा?"

मीरज़ाई ख़ानम जान के क़दमों पर गिर पड़ी और इन्तिहा से भी ज़्यादा मिन्नत-समाजत की कि आज की रात राज़ी हो जाओ; मगर वह नहीं मानी। तब साहब ने कहा, "इसको ले जाओ, वरना अपनी जान दे देगी। हमें इस क़दर ज़बरदस्ती करने की ज़रूरत नहीं है और इस वक़्त बी जान को भेज दो। मगर मैं सौ रुपये से ज़्यादा माहवार न दूँगा।"

मीरज़ाई ने उस वक़्त यही ग़नीमत समझा। बी जान को साहब के पास पहुँचा दिया और ख़ानम जान बच गई।

रात तो ख़ैर कट गई, मगर सुबह उनमें कौं-कौं-झौं-झौं शुरू हो गई। ख़ानम जान पर हर तरफ़ से बौछार होने लगी। वह किसी को कोई जवाब नहीं दे रही थी, मगर बराबर रोये जा रही थी। यहाँ तक कि उसकी आँखें सूज गईं। मगर आँसू नहीं थमते थे।

तभी मिंग साहब आया और ख़ानम जान को रोते देख कर पूछा, "अब क्यों रोती है?"

मीरज़ाई ने तंज़ (व्यंग्य) से कहा, "रोती नहीं है, हमको ख़राब करती है। ऐसी असगुनी ज़िन्दा रही तो क्या और मरी तो क्या! यह टेसुए बहाने बैठी है और हम इसको रोते हैं कि हमारी गुज़र सौ रुपये में कैसे होगी?"

अब ख़ुदा की रहमत देखिए।

साहब ने कहा, "अच्छा, ख़ानम जान अगर रोये नहीं तो हम उसकी तनख़्वाह मुक़र्रर कर देंगे।"

---

1. बहेलिया।

यह सुनते ही वह झटपट आँसू-वाँसू पोंछ कर साहब के पास जा बैठी और बोली—

"मैं सिर्फ़ दो बातों के वास्ते रोती थी। एक यह कि चन्द रोज़ मुझे यह बात मंज़ूर नहीं है, वरना तो जानती ही हूँ कि हर वक़्त इन लोगों के साथ रहती हूँ। कब तक बचूँगी? दूसरे यह कि सौ रुपये में इनकी गुज़र-बसर कैसे होगी, जिसकी वजह मैं ही कमबख़्त हूँ।"

साहब ने कहा, "अच्छा पचास रुपया माहवार तुमको भी मेवा वग़ैरह खाने के लिए देंगे।"

ख़ानम जान ने कहा, "मेरी ग़ैरत को यह गवारा नहीं। बी जान को सौ रुपये और मुझे पचास मिलें!"

साहब ने कहा, "वह मुझसे दोस्ती के लिए राज़ी हो गई। अगर तुम राज़ी होतीं तो तुमको मैं ढाई सौ रुपये माहवार देता।"

उसने कहा, "फिर पचास भी किसलिए आप देते हैं?"

साहब ने कहा, "इसलिए कि तुम रोओ नहीं और दुखी न होओ। दूसरे यह कि बी जान की बातों से जी नहीं बहलता। तुम्हारी प्यारी-प्यारी बातें अच्छी लगती हैं।"

इस पर उस शोख़ मिज़ाज वाली ने कहा, "जब यह बात है तो तनख़्वाह मेरी कम क्यों करते हो। जो लोग सीरत (सद्गुणों) और ख़ुशबयानी के क़द्रदान होते हैं वो दूसरी बातों को दरकिनार कर देते हैं।"

साहब ने हँस कर कहा, "मालूम होता है कि अपनी ग़ैरत की वजह से तुमको बी जान से कमतर रहना गवारा नहीं। ख़ैर, तो तुमको भी सौ रुपया माहवार हम देंगे। मगर ख़बरदार! अब रोना नहीं।"

उसने उठ कर बंदगी की और कहा, "अब रोने-धोने की क्या ज़रूरत है। ख़ुदा आप जैसे क़द्रदान को सलामत रखे।"

जब साहब बंगले में चला आया, ख़ानम जान ने अपने महफ़ूज रहने और इसके अलावा माहवारी तनख़्वाह तय हो जाने के लिए शुक्रिया के तौर पर तोहफ़े वग़ैरह दिए। वरना सिर्फ़ अपने बचाव के लिए तो ख़ुशी का मौक़ा था, वरना वो लोग मारे तानों और तंज़ के साथ बिचारी को बावला कर देते। दोपहर को साहब ने मुझे तलब करके कहा, "मैंने सौ रुपये बी जान के और सौ रुपया ख़ानम जान के मुक़र्रर कर दिए।"

मैंने कहा, "यह क्या किया?"

साहब ने कहा, "ख़ानम जान ने मुझसे दोस्ती का रुख़ नहीं अपनाया, इसलिए यह फ़र्क़ किया गया।"

मैंने कहा, "जब वह राज़ी न हुई तो फिर तनख़्वाह क्यों मुक़र्रर की?"

साहब ने कहा, "ख़ानम रोती बहुत थी और उसका रोना अच्छा न मालूम

हुआ। इसके सिवाय सौ रुपयों में उन लोगों की बसर भी न होती। लिहाज़ा दोनों की बराबर तनख़्वाह मुक़र्रर कर दी। ख़ैर अब भी पचास रुपये की बचत हुई।"

मैं अपने बंगले पर आया और शुक्रिया का सजदा किया।

बहरहाल अब सब तरह इत्मीनान हो गया। मैंने बंगले की सजावट कराई और ख़ेमे की तरफ़ बरामदे में फ़र्श पर बिछावन कराके उसी तरफ़ बैठना तय किया और वक़्त का इन्तज़ार करने लगा।

9

मोहब्बत के पेंग बढ़ते हैं। आपस में नोक-झोंक और ख़तो-किताबत की शुरुआत होती है।*

राह पर उनको लगा लाए तो हैं बातों में।
और खुल जाएँगे दो-चार मुलाक़ातों में॥

चन्द रोज़ इसी तरह गुज़र गए। मैं अपने बंगले के बरामदे में बैठा रहता था और दिन में कई बार इधर-उधर चलते-फिरते उस निगार (प्रिया) को देख लेता। या जब ख़ेमे में तालीम होती थी, बी जान और ख़ानम जान मिल कर गाती थीं, मैं अपने बंगले में सुना करता था। कभी साहब के यहाँ भी उसे देख लेता था।

मगर ख़ेमे में जाने का इत्तेफ़ाक़ न होता था। इसलिए एक महीना इसी तरह गुज़र गया और कोई सूरत (उपाय) पयामो-सलाम की न निकली। बातचीत होना कहाँ? इस वजह से मुझे निहायत क़लक़ और दुख था। मगर कुछ बन न पड़ता था। बस, जब कभी मैं साहब के पास होता और वो भी आतीं तो कुछ ऐसा छेड़ करतीं कि ख़्वामख़्वाह मुझसे और साहब से तकरार हो, मगर ख़ुदा की इनायत से सब कुछ ख़ैरियत से गुज़रता था। और मैं चुप रहता कि यह उसका नाज़ है।

एक दिन उसने साहब से बाग़ की सैर के लिए इजाज़त ली। साहब ख़ुद उसे अपने साथ लेकर बाग़ में गया। हर क़िस्म के फूल दिखलाए। गुले-ला'ला जो वादियों में खिलते थे और चमेली के वो फूल, जो खिले हुए थे। उस वक़्त उसने चलते-फिरते 'हाफ़िज़' की एक ग़ज़ल शुरू की ओर यह शे'र पढ़ा—

दरे-बूसिताने [1]-हरीफ़ाने-मानिंद [2] लाल:-ओ-गुल [3]।
हर यक गिरफ़्त: [4] जाए बर-यादे [5] रूये-यारी [6]॥

---

* ख़तो-किताबत आगे चल कर शुरू होती है। अध्याय संख्या 11 (ग्यारह) से।

1. फुलवारी।
2. प्रतिद्वंद्वी की भाँति।
3. लाल: (एक प्रकार का फूल) और गुलाब।
4. गिरफ़्तार।
5. याद में।
6. प्रियतम का चेहरा।

फिर साहब से कहा, "इसके मानी तो फ़रमाइए।"

साहब की समझ में जो कुछ आया, बयान कर दिया। उसने कहा, "इसके मानी ये हर्गिज़ नहीं हो सकते।"

तब तो साहब ने रामकिशन बाग़बान को बुलाया और कहा, "मुंशी साहब को बुला लाओ।"

ख़ैर, मैं गया तो वहाँ अजब तमाशा देखा कि हर तरफ़ फूल खिले हुए हैं। चमन की जवानी अपना जोबन दिखा रही है। उसमें एक मजमा किलोल कर रहा है।

साहब ने मुझसे तमाम माजरा बयान किया और ख़ानम जान से कहा, "हाँ, वह शे'र फिर तो पढ़ना।"

फिर मुझसे कहा, "तुम इसके मानी बयान करो और फ़ैसला करो कि मैंने सही मानी बयान किए हैं या ख़ानम जान ने!"

मैं बड़ी मुश्किल में पड़ा कि किसको झुठलाऊँ और किसे सच्चा साबित करूँ? मैंने आख़िर सोच कर साहब से कहा, "एक शे'र मुझको भी इस ग़ज़ल का याद आ गया है, पहले वह सुन लीजिए—

चूँ ईं गिरह कुशायम व ईं राज़ चूँ नुमायम।
दर्दी-ओ-सख़्त दर्दी कारी-ओ-सख़्त कारी॥"

भावार्थ : जैसे ही इस गाँठ को खोलता हूँ और इस राज़ का पर्दाफ़ाश करता हूँ, दर्द और सख़्त दर्द देने वाले के लिए वह दुश्वार हो जाता है।

ख़ानम जान इसको सुनते ही क़हक़हा मार के बोल उठी, "लो, और सुनो। आप कुछ समझे? आपके मुंशी साहब फ़रमाते हैं कि साहब ने मानी तो कहे ग़लत, अब मैं क्योंकर उसे ग़लत कहूँ? सख़्त मुश्किल और दर्द में फँसा हूँ।"

साहब ने खिसिया कर कहा, "क्यों हसन शाह! ख़ानम जान सच कहती है?"

मैंने कहा, "फ़िक्र हर कस बक़द्रे-हिम्मतो-अस्त।[1]

फिर बोला, "अलबत्ता मैं हैरान बेशक हूँ कि हर शख़्स ने अपनी समझ के मुवाफ़िक़ मानी कहे। अब मैं किसको ठीक बताऊँ? इसलिए सोचता हूँ कि कोई तीसरा मानी बयानी करूँ। क्योंकि ख़ुद 'हाफ़िज़' फ़रमाते हैं कि बाग़ में हर हरीफ़ (प्रेमिका का प्रतिद्वंद्वी) ने अपनी माशूक़ा की याद में जाम लिया है और मानी भी हर शख़्स ने अपनी समझ के मुआफ़िक़ किया है। इसलिए तक़ाज़ा तो यह है कि जिस तरह अपनी पसन्द पर जाम लिया गया है, मानी भी अपनी पसन्द के लिए। यानी दोनों ही सही कहते हैं। आप कहते हैं कि हर शख़्स ने अपने माशूक़ की याद में शराब पी और बी ख़ानम कहती हैं, हर आशिक़ ने तरह-तरह के फूलों को

1. हर कोई अपनी क्षमता के अनुसार सोचता है।

देख कर अपने माशूक़ के रंग जैसे फूल से मिलती-जुलती शराब का जाम लिया। इसलिए उन दोनों मानियों में किसी को सही नहीं कह सकता।"

साहब ने हंसकर कहा, "हसन शाह! तुमने ख़ूब फ़ैसला किया।" और चन्द फूल गेंदे के लेकर मुझे दिए कि इनसे ख़ानम जान को ख़ूब मारो, क्योंकि मुझे बड़ी देर से चिढ़ा रही थी कि तुमने शे'र के माने ग़लत कहे।

मैंने कहा, "मुझे क्या ज़रूरत है कि किसी को मारूँ?"

तब उन्होंने कहा, "साहब जान को 'हज़ारे'* के फूल न दीजिए। चूँकि उन्होंने आपकी नाफ़रमानी की, लिहाज़ा उनको नाफ़रमानी का फूल देना चाहिए।" तब नाफ़रमानी के फूल साहब को दिए गए और यह कहा कि "ये फूल मुंशी साहब को दे दीजिए।"

साहब सादगी से वो फूल मुझे देना चाहते थे, मगर मैंने कहा, "मैं तो किसी फूल के लायक़ नहीं हूँ। अगर आप ऐसा चाहते हैं तो मुझे मंज़ूर है। मगर मुझे गुले-लाल: देने की मेहरबानी करें। और ये फूल तो औरों का हिस्सा हैं।"

गुले बदसितम चे: वही और कफ़े-मन ख़ुश अस्त।
*ईं गुल-ताज़ा बराने-गोशा दस्तार ख़ुश अस्त॥"***

साहब ने कहा, "देखो, मुंशी ने क्या अच्छा शे'र इस वक़्त पढ़ा है!"

बी जान ने कहा, "आपकी तारीफ़ क्या हो सके? बड़े मज़ेदार आदमी हैं।"

इसके बाद साहब ने दो गुलदस्ते मुझे दिए और रामकृश्न बाग़बान को मेरे साथ किया। मैं वहाँ से चला आया।

बाद में सुना कि ख़ानम जान साहब से कहती थी कि आपके मुंशी साहब तो बड़े मुसाहिब और दाना (समझदार) आदमी हैं।

साहब ने कहा, "मैं उसकी क़द्र जानता हूँ। तुम्हें क्या मालूम?"

रास्ते में मीरज़ाई बाग़ की तरफ़ आती हुई मिली। मुझसे बहुत तपाक से बातें करने लगी। फिर बोली, "यहाँ से तो हम वहीं अच्छे थे कि दो-एक बार आपके क़दम आए। अब क़रीब में आकर भी आपकी सूरत देखने को तरस गई। इतनी बेरहमी ओर बेमुरव्वती अच्छी नहीं है। ख़ुदा जानता है, कोई दिन ऐसा नहीं होता कि आपका ज़िक्रे-ख़ैर न आता हो। मगर आप नहीं आए।"

मैंने कहा, "सरकारी ज़रूरतों से बिलकुल फ़ुर्सत नहीं होती। इतना ज़्यादा काम है कि सर उठाने की मुहलत नहीं है।"

उसने कहा, "यह सिर्फ़ हीला (बहाना) है। अल्लाह! आप रात-दिन सरकारी काम ही किया करते हैं!"

---

* हज़ार पंखुड़ियों वाला फूल यानी 'हजारा' —रूपा.।

** ये वही बुरी तरह सितम ढाए हुए फूल हैं जिन्होंने मेरे मन को ख़ुशी बख़्शी है। और ये जो ताज़ा फूल हैं, ये तो किसी की पगड़ी में खोंसे जाने लायक़ हैं।

तब मैंने कहा, "सच तो यह है कि अब तुम हमारे आक़ा (स्वामी) की नौकर हो। तुमको तकलीफ़ देना और मेरा आना-जाना मुनासिब नहीं है। इसमें बहुत-सी क़बाहतों का अन्देशा है।"

उसने कहा, "यह क्या बात है? तो मैं आज ही साहब से इजाज़त ले लूँगी।"

मैंने कहा, "ख़बरदार! ऐसा न करना। इसमें और भी क़बाहत है। मैं ख़ुद ही कभी-कभी चला आया करूँगा।"

इन बातों के बाद वह चली गई और मैं अपने बंगले में आ गया।

मैं हैरान था कि या इलाही! जिस पर मैं मरता हूँ, वह इस तरह मेरे दरवाज़े पर आकर भी दुखी है। और साहब के सामने ख़्वामख़्वाह ऐसी हरकतें करती है, जिससे वह ख़फ़ा हो जाए! क्या मेरे दर्दे-दिल में असर ही नहीं है या जान-बूझ कर मुझे सताने के लिए ये बातें कहती है! देखूँ, आख़िर इसका अंजाम क्या होता है?

दिल को उनके भी करे इश्क़ की तासीर[1] गुदाज़[2]।
हम तो हाज़िर हैं तबीअत भी बदलने के लिए॥

मैं इसी उलझन में था कि साहब ने बाहर से पुकारा, "मुंशी साहब! हम सब तुम्हारे बाग़ की सैर को आए हैं। आप बाहर ही नहीं निकलते।"

मैंने बाहर आकर देखा तो साहब सबको लिए हुए मौजूद थे। मुझसे कहा, "ख़ानम जान और बी मीरज़ाई तुम्हारे बाग़ीचे की सैर करना चाहती हैं।"

मैंने अर्ज़ किया, "यह बुझा-बुझा सा चमन इस लायक़ कहाँ हैं कि कोई इसकी सैर करे और ख़ुश हो! मगर जो कुछ है, आपका ही दिया हुआ है।"

मैंने बाग़ीचे का दरवाज़ा खुलवा दिया और फ़व्वारे छोड़वा दिए।

मीरज़ाई ने कहा, "हुज़ूर! मुंशी साहब कैसे सलीक़ेदार हैं! देखिए, किस ख़ूबी से चमनबन्दी की है और क्यारियाँ बनवाई हैं। बेइख़्तियार जी लोटा जाता है, मगर अफ़सोस कि मुंशी साहब की हम पर इनायत नहीं है। कभी हमारे यहाँ तशरीफ़ नहीं लाते। अलग ही अलग रहते हैं।"

साहब ने कहा, "हमारे मुंशी जी झेंपू और बड़े तंग-मिज़ाज हैं। अगर कोई सौ बार ख़ुशामद करे तो शायद एक बार उसके घर जाएँ। किसी को ख़ातिर में थोड़े ही लाते हैं। मेरे अंग्रेज़ दोस्तों से भी इसी तरह लापरवाही बरतते हैं। बल्कि, ख़ुद मुझसे दूर-दूर रहते हैं। फिर औरों का क्या ज़िक्र?"

थोड़ी देर के बाद जब सब चलने को हुए तो ख़ानम जान ने कहा, "अब तो हम आए हैं, दो फूल ज़रूर लेंगे। चाहे मुंशी साहब ख़ुश हों या नाख़ुश।" और लगी फूल तोड़ने।

---

1. गुण, असर।
2. मांसल।

मैंने अपने दिल में कहा, "फूल तो क्या मेरी जान भी क़ुर्बान है।"

उसने फूल तोड़ कर सबको थोड़े-थोड़े दिए और दो-चार अपने कानों में भी पहन लिए।

मीरज़ाई ने कहा, "बस करो बीबी, अब कितने फूल तोड़ोगी?"

उसने कहा, "हम तो इसी चमन से फूल लेंगे। मुंशी साहब बुरा मानें तो ख़ुश रहें।"

इसके बाद साहब से बोली, "आप भी लीजिए।" और गेंदे का फूल उसके हाथ में दे दिया कि लो खेलो। फिर एक फूल लाल: का ख़ूब मल-दल कर मेरी तरफ़ मुख़ातिब हुई और बोली, "यह आप लीजिए।"

मैंने ले लिया और उसको देखते ही मेरे आँसू निकल आए। मैंने उसका यह मतलब निकाला कि—

'ऐ दिल-ख़ून शुद: ख़ुश बाश व इज़्तिराम मकुन।'*

आख़िर उस परीवश ने कहा, "अब सैर कर चुके। जाते हैं। मुंशी साहब का बाग़, ख़ुदा करे हमेशा फला-फूला रहे।"

सैर की, फूल चुने, ख़ूब फिरे, शाद रहे।
बाग़बां! जाते हैं, गुलशन तेरा आबाद रहे॥

* ऐ ख़ून में डूबा दिल! ख़ुश होओ और ग़म न करो।

10

क़रीब शाम के वे सब वहाँ से गए।

मैं आज के वाक़ेआत पर ख़ौफ़ की हालत में मुब्तिला अपने बंगले में आया और सारी रात तड़प-तड़प के काटी।

क़रीब सुबह, उसको ख़्वाब में देखा, गोया कह रही हो कि कहिए! क्या हाल है? मिज़ाज कैसा है? मैंने कहा, तुम्हारे लिए मरता हूँ और तुम ख़बर नहीं लेतीं। इस पर फ़रमाया कि अपने नाज़ुक दिल को परीशान मत करो।'

मैं चाहता था कि उसका हाथ पकड़ लूँ। उठा कि आँख खुल गई और अपने को तन्हा देख के बेक़रार हो गया। सुबह तक फिर नींद न आई। ख़्वाब में वादा तो मुझसे कर गई है ज़रूर, देखिए ख़्वाब की ताबीर (फल) क्या मुझे मिलती है? नमाज़ पढ़ कर, घोड़े पर सवार हुआ और दरिया की तरफ़ जी बहलाने चला गया।

थोड़ी देर के बाद वापस आया और तय किया कि शाम को फिर निकलूँगा। इसलिए अपने उस बूचे* को बरामदे में ही रखवा दिया। ज़ुहर (दोपहर) की नमाज़ के वक़्त बरामदे में टहलता-टहलता उसी बूचे पर बैठ गया और उसके सारे आईने** चढ़ा दिए। फिर अपनी महबूबा की याद में शे'र पढ़ने लगा। मैं उसी हाल में था कि अचानक ख़ेमे की तरफ़ से कोई चीज़ ज़ोर से आई और आईने पर पड़ी। छन्न से शीशा टूट गया। मैं घबरा कर बाहर निकल आया। चारों तरफ़ देखा। कोई न था। आख़िर ढूँढ़ने लगा, किस चीज़ से शीशा टूटा है? एक तरफ़ ज़मीन पर एक अंगूठी भी पड़ी हुई देखी। उसको मैंने उठा लिया। सोने की अँगूठी पर याक़ूत का नग जड़ा हुआ था। मैंने उसको अच्छा शगुन समझा और ख़ेमे की तरफ़ देखने लगा।

थोड़ी देर के बाद मालूम हुआ कि कोई शख़्स क़नात को चाक करके झाँक रहा है। मैं उधर बढ़ चला।

***फिर ठिठक कर फ़ारसी का एक शे'र पढ़ा। उधर से शे'र का जवाब शे'र से आया।

मैंने फिगर दूसरा शे'र पढ़ा और उसका जवाब भी शे'र से मिला।

यह सिलसिला काफ़ी देर तक चला। उसके बाद वह शक्ल ग़ायब हो गई।

---

* एक प्रकार की छोटी-सी पालकी (Litter)

** काँच-लगी खिड़कियाँ।

*** मूल में यहाँ शे'रो-शाइरी है, जिसे छोड़ दिया गया है।

मैंने हज़ारों शुक्र अदा किए कि मेरा ख़याल उसको भी है; यह बात मालूम हो गई। और सुबह के वक़्त मैंने जो ख़्वाब देखा था उसकी ताबीर (प्रतिफल) इतनी जल्दी ज़ाहिर हो गई। अब उम्मीद है कि ख़तो-किताबत और पैग़ाम वग़ैरह की कोई न कोई सूरत निकल आएगी।

सामने भी कभी आ जाएँगे, इतना तो हुआ।
जलवा दिखलाने लगे वो पसे-चिलमन[1] अपना॥

अस्र (सूर्यास्त के पूर्व की नमाज़) के वक़्त मेरा इरादा हुआ कि बूचे पर सवार होकर सैर को जाऊँ, मगर फिर समझा कि शायद वह सितम ढाने वाली फिर न आए। इसलिए बरामदे में बैठ गया।

थोड़ी देर में सुना कि साहब ने बूचा मँगवाया है। मैंने सोचा, ग़ज़ब हुआ। सुबह के वक़्त ठीक रहता। अब इस वक़्त नाहक़ अपने आदमियों पर ख़फ़ा होगा। मेरी ख़ैरियत न जानने का भी ख़याल होगा!

अभी मैं यह सब सोच ही रहा था कि नेकराम नाम का हरकारा आया और बोला, "साहब बुलाते हैं।"

मैं गया तो देखा कि बी ख़ानम जान और बी जान मौजूद हैं। मेरा माथा ठनका कि हो न हो यह इन्हीं साहब का शोशा छोड़ा हुआ है। साहब ने कहा, "मुंशी! तुम मेरी चीज़ों की कुछ भी ख़बर नहीं रखते। मैंने देखा कि तुम्हारे बंगले में किसी ने बूचा का शीशा तोड़ डाला। अभी एक महीना भी नहीं हुआ कि छः सौ रुपये का उसे मोल लिया है।"

मैंने कहा, "उसी वक़्त मैंने भी देखा और चाहता था कि कारीगर बुला कर दुरुस्त करवा दूँ, मगर आपने मँगवा लिया इसलिए मजबूर हो गया।"

इस पर साहब ने कहा, "मैंने नहीं मँगवाया है। ख़ानम जान चाहती है कि हवाख़ोरी के लिए उस पर सवार होकर जाए।"

मैंने अपने दिल में कहा, हुआ न मेरा ख़याल सही! यह आप ही की शरारत है। फिर मैंने साहब से कहा, "क्या हरज है, सैर में शीशे की मनाही नहीं है। सवार हो जाएँ। कल शीशा भी दुरुस्त हो जाएगा।"

उसने कहा, "आख़िर यह भी कुछ मालूम है कि शीशा टूटा क्योंकर?"

मैंने कहा, "यह मुझे भी मालूम नहीं। अलबत्ता यह जानता हूँ कि दोपहर को मैं सो रहा था। ख़्वाब में देखा, गोया मैं बूचा पर सवार होकर दरिया की तरफ़ से आ रहा हूँ। बंगले के पास जब पहुँचा तो आपको और इन दोनों बी साहबों को देखा, जो आपके पास खड़ी हैं।"

ज़माने के क़ातिल ख़ुदाई के सरकश।
यही हैं जो गर्दन झुकाए हुए हैं॥

1. पर्दे के पीछे से।

बी ख़ानम जान ने मुझसे कहा, "इस बूचे पर तुम क्यों सवार हुए? यह तो साहब से मैंने ले लिया है।"

मैंने कहा, "तुम्हें मुबारक! मगर जब तक मैं बूचे पर सवार हूँ, यह मेरा है। जब तुम साहब से ले लेना, मुझे कोई ग़रज़ नहीं।"

इस पर वह इस क़दर बिगड़ीं कि जो चीज़ उनके हाथ में थी, मेरी तरफ़ फेंक मारी। मैं तो बच गया, मगर शीशे के माथे पड़ी और वह चूर-चूर हो गया। साहब ने समझा कि दिल्लगी में यह ख़्वाब गढ़ा गया है और ख़ानम जान के सर पड़ गया। बोला—

"ख़ानम जान! बेशक मुंशी सच कहते हैं। तुमने शीशा तोड़ा है। अब दुरुस्त करा दो।" और उसका हाथ ऐसे पकड़ लिया जैसे कि 'बग़ैर दुरुस्त हुए मैं न छोड़ूँगा।'

उसने झल्ला कर हाथ झटक दिया और कहा—

"एक आप सच्चे, एक आपके मुंशी साहब! साफ़-साफ़ क्यों नहीं कहते कि आपके मुंशी साहब की मर्ज़ी नहीं है कि मैं इस पर सवार होऊँ। अगर मैं यह जानती कि यह बूचा हज़रत ही का है तो कभी नाम भी न लेती।"

साहब ने कहा, "ख़ानम जान! तुम दिल्लगी में बिगड़ती क्यों हो? अच्छा वक़्त बहुत थोड़ा होता है। सवार हो जाओ। जाना-आना तो ख़ाक-पत्थर, मंज़ूर ही किसे था? सिर्फ़ शरारत और छेड़खानी थी।"

उसने कहा, "अब वक़्त नहीं रहा। मैं नहीं जाऊँगी। कल देखा जाएगा।"

इतना कह कर वह ख़ेमे की तरफ़ चम्पत हो गई।

मैं हैरान था कि, या ख़ुदा! यह क्या इसको सूझी है कि साहब के सामने ज़लील करना चाहती है। हालाँकि आज किसी क़दर तस्कीन भी कर दी फिर यह अय्यारों जैसी हरकत और शरारतें किसलिए हैं?

इत्तेफ़ाक़ से उसी दिन, दस-बारह अंग्रेज़ों की हमारे साहब के यहाँ दावत थी। रात को मुजरे के वक़्त मैं हमेशा की तरह साहब के बराबर में कुर्सी पर बैठा था। साहब ने मीरज़ाई से 'हाफ़िज़' की एक ग़ज़ल की फ़रमाइश की।

मीरज़ाई ने वह ग़ज़ल सुनाई। और जब रंग जमने लगा, मैंने मीरज़ाई से 'हाफ़िज़' की ही एक और ख़ास ग़ज़ल गाने के लिए कहा।

मीरज़ाई ने वह ग़ज़ल भी सुना दी। इसके बाद उस काफ़िर अदा ने 'हाफ़िज़' की ही एक और ग़ज़ल शुरू कर दी।

आख़ीर में मक़्ते (ग़ज़ल का आख़िरी शेर) को ज़ोर देकर गाया—

सब्र कुन 'हाफ़िज़' बसख़्ती रोज़ो-शब।
आक़बत रोज़े-बयाबी कामरा॥ *

---

* यानी ऐ हाफ़िज़! दिन-रात सख़्ती के साथ सब्र कर, तभी क़यामत के दिन (परलोक में) तेरी ख़्वाहिश पूरी होगी।

फिर उसे गाते-गाते आगे बढ़ी। मेरे और साहब के दरम्यान की तिपाई पर जो चौघड़ा* रखा हुआ था, उसको उठा लिया और मेरी तरफ़ गौर से देख कर हिन्दी में आहिस्ता से कहा, "सुना तुमने?" और यह कह कर पलट गई और इलायची वग़ैरह जो कुछ उसमें था सबको बाँट दिया।

मैंने जी कड़ा करके ख़ुद उससे एक और ख़ास ग़ज़ल के लिए कहा कि अगर यह ग़ज़ल याद हो तो सुनाइए। मीरज़ाई ने पूछा कि "मीर साहब क्या कह रहे हैं?" तो वह फ़रमाती क्या हैं कि "मेरी समझ में कुछ नहीं आया, कि क्या कहा?" हालाँकि ज़ालिम ने अच्छी तरह सुना था। फिर मीरज़ाई ने मुझसे पूछा, "मीर साहब क्या इरशाद हुआ?" मैंने कहा, "वही ग़ज़ल।"

और उसने ग़ज़ल गानी शुरू कर दी।

ग़रज़ कि यह जलसा बड़े लुत्फ़ में गुज़रा। जो शे'र सुनाए गए, उन्हीं के ज़रिए किसी क़दर मैं अपने दिल को तस्कीन दे लेता था और रात-दिन ख़ुदा-ए-कारसाज़ की इनायत का इन्तज़ार किया करता था।

---

* चार ख़ानों वाली ट्रे

11

चली आती है इठलाती हुई क्यों
कोई पैग़ाम लाई है सबा[1] क्या?

मैं एक दिन सुबह की नमाज़ और वज़ीफ़ा[2] से फ़ारिग़ होकर अपने बंगले के बरामदे में बैठा था कि एक लड़का खेलता हुआ मेरे क़रीब आया और सलाम किया। मैंने पूछा, "तू कौन है?"

उसने कहा, "फ़लाने बावर्ची का लड़का हूँ, जो आज़म जी के यहाँ नौकर है।"

मैंने नाम पूछा। बोला, "रहमअल्लाह।"

मैंने कहा, "इधर आज क्यों आया?"

बोला, "यूँ ही खेलता-खेलता आ निकला।* मैंने अक्सर आपको यहाँ बैठा हुआ देखा है। अकेला और उदास। क्या मैं आपकी कोई मदद कर सकता हूँ?"

"तुम अभी बच्चे हो। तुम क्या कर सकते हो?"

"बच्चे बहुत कुछ कर सकते हैं।"

"मैं उन दोशीज़ाओं (किशोरियों) में से किसी एक से मुहब्बत करता हूँ।"

"मैं इस बारे में काफ़ी-कुछ सोच चुका हूँ।"

"बैठो। सुनो। उसका नाम ख़ानम जान है।"

ऐसा लगा, मानो बच्चा अच्छी तरह ट्रेण्ड हो चुका है। उसने ख़ेमे की तरफ़ इशारा किया। बोला—"उससे क्यों? वह बहुत घमंडी है। वह अपने अंजाम के बारे में कुछ नहीं सोचती। मैं उसका दूध-भाई हूँ। मैंने उसकी माँ का दूध पिया है। इसलिए मैं क्यों झूठ बोलूँ? वह बहुत घमंडी है। उसके मुक़ाबिले बी जान तमाम ख़ूबियों की पैकर (मूर्तिमान, आदर्श) है। ख़ुशमिज़ाज और सीधी-सादी। और वह आपको बहुत चाहती है। सच तो यह है कि एक दिन उसने कहा, 'मुंशी जी बहुत भले इंसान हैं और ख़ूबसूरत भी।' जबकि ख़ानम जान ने मुँहतोड़ जवाब दिया कि

1. सुबह की हवा।
2. माला फेरने की क्रिया।
* यहाँ से आगे का प्रसंग *इसी निशान से *इसी निशान तक उर्दू अनुवाद में जो प्रति मुझे मिली है उसमें ग़ायब है (पृष्ठ 48-49)। अत: इसे मैंने क़ुर्रतुल ऐन हैदर के द्वारा किए गए अंग्रेज़ी अनुवाद The Nautch Girl से लिया है।

'मैं नहीं सोचती कि वो इतनी ख़ूबियों के मालिक हैं।' "इसलिए, मुंशी जी", लड़के ने अपनी बात जारी रखी, "आपको बी जान से ही अपनी मुहब्बत को जारी रखना चाहिए।"

"मुहब्बत कभी-कभी अचानक हो जाती है और वह अंधी होती है। यहाँ तक कि, अगर तुम्हारी दूध-बहन मेरा कोई ख़याल नहीं रखती, तो भी मैं उसे अपने दिल से निकाल नहीं सकता।" इसके बाद मैंने उससे कहा, "तुम मेरी तरफ़ से उसे 'हाफ़िज़' का एक शे'र सुना देना।"

"आप क्यों नहीं उसे एक काग़ज़ पर लिख देते? मैं उन्हें दे दूँगा।" उसने सुझाया।

मैंने उसे दो रुपये दिए, जिन्हें उसने नहीं लिया। एक रोज़ वह फिर आ टपका।* मैंने पूछा, "सच कहना, पहली बार भी उन्हीं ने भेजा था?"

उसने कहा, "नहीं। मैं ख़ुद आया था।"

मैंने कहा, "झूठ कहता है। मैंने ख़ुद देखा तो, वो झाँक रही थीं।

उसने कहा, "फिर जान-बूझ कर आप क्यों पूछते हैं? और इसका फ़ायदा ही क्या है?"

मैंने कहा, "अबकी बार फिर मेरा सलाम कह देना। और कहना, मेरी बात का सुकून-भरा जवाब तुमने न दिया।"

उसने कहा, "आप एक नायाब मुंशी हैं और ख़ुदा की इनायत से बी ख़ानम साहिबा भी लिखने-पढ़ने का शौक़ रखती हैं। फिर ज़बानी पैग़ाम और सलाम की ज़रूरत क्या? मुझे याद रहे या न रहे, जो कुछ कहना हो, लिख दीजिए। मैं पहुँचा दूँगा।"

मैंने कहा, "सुबह को आना रुक्क़ा (ख़त) लिख रखूँगा।"

जब वह चला गया, मैंने शुक्रिया का सजदा अदा किया कि आख़िरकार ख़तो-किताबत और पैग़ाम की सूरत तो निकल आई। अब उम्मीद है कि मिलन भी हासिल हो जाए और रात को ही रुक्क़ा लिख लिया।

पहला रुक्क़ा (ख़त)

शम्मा शबिस्तान, ख़ूबी व मरग़ूबी गुले-गुलिस्तान, महबूबी व मतलूबी, ज़ाद लुत्फ़हा...[1]

सलाम के बाद, मुहब्बत को सूँघ लेने वाली, नज़ाकत की साफ़ राय रखने वाली, काफ़ी मुद्दत के बाद, आपने मेहरबानी करके जो पयाम भेजा था, उससे मैंने ख़ुदा का शुक्र किया और आपके रहमो-करम का शुक्रगुज़ार हुआ। आपने दरयाफ़्त किया है कि क्या पहले भी आपकी तबीअत किसी पर आई, तो प्यारी मेहरबान,

1. शयनकक्ष का दीपक, बाग़ीचे के फूलों को पसन्द करने वाले गुणों वाली, प्यार और ख़्वाहिशों से भरी हुई, आनंद प्रदान करने वाली...

मेरा हाल क्या पूछती हो? और मेरी ख़्वाहिश के बारे में जो आप पूछती हो, उसको क्या अर्ज करूँ? किस-किस आरज़ू को बयान करूँ। तन-बदन से एकदम तमन्ना हो रहा हूँ। मेरी जान! मेरा हाल तुमसे छुपा हुआ नहीं है और मेरे दर्द की दवा तुम्हारे ही इख़्तियार में है। बाक़ी आप जानें। मुझे तो यही आरज़ू है कि तुम्हें देखा करूँ, मगर यह मेरी क़िस्मत कहाँ? अपना बाक़ी हाल बाद में लिखूँगा।"

अगली सुबह रहमअल्लाह आया और यह जवाब लाया—

पहले रुक़्क़े का जवाब

सरे-हल्क़:-ए तलबगारान, दिले-अफ़गारान व सरोफ़ित्र दिलबस्तगान, बेक़रार सलामत—*

बाद सलाम और अपनी ख़ैरियत बताते हुए आपका इनायतनामा रहमअल्लाह के हाथ पहुँचा। मानीख़ेज (अर्थ भरे) मज़मून (विषयवस्तु) से दिल ख़ुश हुआ और मालूम हुआ कि यह पहला क़दम है, जिसे आपने सलामती के साथ काँटों-भरी इस वादी में रक्खा है। चूँकि आप ख़ुदा के फ़ज़्ल से समझदार और दूरंदेश मालूम होते हैं, लिहाज़ा मैं नहीं समझती कि किसलिए बरदाश्त के क़ाबिल यह ज़हमत अपने ऊपर गवारा की है? क्या आपको मालूम नहीं कि सर पर उठाए हुए आशिक़ों की जान के बारे में 'हाफ़िज़' शीराज़ ने अपने दीवान (कविता-संग्रह) में क्या फ़रमाया है? कमबख़्त इश्क़ की शुरुआत बहुत ही-बहुत ही ख़ुशी देने वाली और दिलफ़रेब होती है। मगर जब लोग उस लक़दक़ जुनून में फँस जाते हैं तो बड़े-बड़ों के छक्के छूट जाते हैं। तपे पानी हो जाते हैं। दिन को सितारे नज़र आते हैं दाँतों पसीना आ जाता है।

मशहूर है कि इश्क़ ज़ाहिरी तौर पर ठंडी हवा है, मगर तबीअत उसकी आग है। जान के खलिहान को भड़का-भड़का कर फूँक देती है। अक़्ल जाती रहती है। जान तकलीफ़ में पड़ जाती है। बदनामियों का ज़ोर, नाकामियों का शोर। यानी, यह बहुत ही बुरी बला है। इसलिए मैं समझाती हूँ, अभी कुछ नहीं गया है। इससे किनारा कीजिए और मौजूदा ऐशो-आराम को ग़नीमत समझिए। आप भी इस मुसीबत में न पड़िए और दूसरे को भी अपने साथ न ले डूबिए। आह! इश्क़ की ख़तरनाक मंज़िल में बड़ी-बड़ी उलझनें हैं, कि रास्ता मिलना दुश्वार है। इस ख़तरे-भरी राह में हर क़दम पर एक जान और एक सर नज़राना माँगता है। फिर कहाँ से आप इतनी ताक़त लाइएगा?

जाँच लो हाथ में पहले दिले-शैदा लेकर।
नहीं फिरने का मेरी जान ये सौदा लेकर॥

---

* चाहने वालों के सरों का दायरा, ज़ख़्मी दिलों को उंगली उठाकर उन्हें क़ैद में लेकर बेक़रार कर देने वाले, सलामत रहें...

बस बैठे-बिठाए अपने ऊपर मुसीबत लेना और ऐशो-आराम को छोड़ देना सख़्त हिमाक़त है। मगर ख़्वामख़्वाह जो इज़्ज़तदार घर का हो और अपनी जान से बेज़ार हो, उसका ज़िक्र ही नहीं। आपने अपने दिल के दर्द की जो दवा फ़रमाई है, उसकी दवा यही है जो मैंने बताई। इससे ज़्यादा आज़माई हुई दवा आपको कोई न मिलेगी। ज़्यादा क्या लिखूँ, वस्सलाम।

उस रुक़्क़े (ख़त) को पढ़ कर मैं ज़ार-ज़ार रोने लगा और रहमअल्लाह से कहा कि कल इसका जवाब दूँगा।

उसने कहा, "आप रोते क्यों हैं? और तअज्जुब है कि ख़ानम साहिबा भी बाज़ वक़्त देर तक अकेली रोया करती हैं। मालूम नहीं, दोनों के रोने का क्या सबब है?"

मैंने कहा, "तुझे इन बातों से क्या मतलब?"

किसी के इश्क़ में आफ़त है उनका मुब्तिला होना
ख़ुदा जाने गुज़रती होगी क्या-क्या उन हसीनों पर॥

रहमअल्लाह ने बातों-बातों में पूछा—

"आपकी शादी भी हुई है?"

"नहीं। तू क्यों पूछता है?"

"यूँ ही पूछ लिया।"

मैंने रात में उस रुक़्क़े (ख़त) को तन्हाई में ग़ौर से पढ़ा और सोचा कि जो कुछ उसने लिखा है, सब सच है और बेशक़ इसमें हज़ारों क़बाहतें और आफ़तें पेश आएँगी। और फिर सँभलना दुश्वार हो जाएगा।

मगर जिस क़दर मैंने दिल को टटोला, ठीक पाया और उसकी कड़ियों को छीलने पर आमादा हो गया।

मैंने उस रुक़्क़े का जवाब इस तरह दिया—

दूसरा रुक़्क़ा

मेरी दूरंदेश प्यारी! आपका मोहब्बतनामा, जिसका हर लफ़्ज़ और हर हर्फ़ किसी नोटबुक में रखने लायक़ है, पहुँचा। जो कुछ आपने लिखा है, बिलकुल सच है मगर मैं क्या करूँ? मेरा जो हाल है वह बयान के क़ाबिल नहीं है। मेरे दिल पर मेरा ज़रा-भी क़ाबू नहीं है कि इस राह से उसे फेर दूँ।"

इश्क़ में तेरे कोहे-ग़म [1] सर पे लिया जो हो सो हो।
ऐशो-निशाते-ज़िन्दगी [2] छोड़ दिया जो हो सो हो॥

1. दुख का पहाड़।
2. ज़िन्दगी का ऐश और आनन्द।

तुम्हारी मुहब्बत दुनिया के शुरू होने के रोज़ से ही मुक़द्दर में थी। क्योंकर न होती? मैं इससे किस तरह बच सकता? बहरहाल जो कुछ हो, मेरी तक़दीर की ख़ूबी है। अब मेरे बस से बाहर है कि मैं अपनी तबीअत को सँभालूँ और दिल को समझाऊँ। मेरा अच्छा-बुरा और मुझे मारना-जिलाना सब तुम्हारे हाथ में है। और ज़्यादा क्या, बस!

सवेरे रहमअल्लाह आया। मैंने उसको ख़त दे दिया। वह चला गया।

अब एक अजीब वाक़िया सुनिए—

उस दिन ख़ानम जान ने मीरज़ाई से कहा कि जाड़े गुज़रे जाते हैं, अबकी साल शबदेग* का मामूली जलसा नहीं हुआ है। लाओ आज कर डालें।

इन लोगों का दस्तूर है कि जाड़ों में हर एक अपने यहाँ एक दिन मुक़र्रर करके नाच-गाने की महफ़िल करता है। रात भर शबदेग पकती है। सुबह को सब खा-पी कर अपने-अपने घर जाते हैं। इसीलिए ख़ानम जान ने उसी जलसे का ज़िक्र किया और जलसा होना तय हो गया।

तीसरे पहर को मेहमानों का आना शुरू हुआ। मैंने रहमअल्लाह को बुलाकर दरयाफ़्त किया। उसने वही हाल बयान किया।

अब सुनिए, कानपुर में मेवाजान नाम की एक शिकारी क़िस्म की क़स्बी (नाचने-गाने का पेशा करने वाली) थी, जो बहुत ही धनवान और ऊँची रंडी समझी जाती थी। उसके यहाँ एक सैयदानी (सैयद ख़ानदान की औरत) उस्तानीगिरी (अध्यापकी) पर क़ुरआन पढ़ाने के लिए नौकर थी। चन्द रोज़ में उस्तानी जी मर गईं और एक कमसिन लड़की छोड़ गईं। चूँकि उसका कोई वारिस न था, इसलिए मरते वक़्त उसने मेवाजान को कुछ वसीयत करके वह लड़की सुपुर्द कर दी थी। मेवाजान ने उसकी बच्चों की तरह बहुत ही नाज़ो-नेमत[1] से परवरिश की थी। अब वह लड़की समझदार हो गई थी। मेवाजान ने वादा किया था कि उसका निकाह किसी शरीफ़ सैयद से करूँगी और उसके लिए जहेज़ (दहेज) वग़ैरह भी बहुत-सा तजवीज़ कर लिया था। बल्कि उसी मक़सद से लखनऊ जाने का इरादा था कि वहाँ तलाश करूँगी।

उस रोज़ मेवाजान और वह लड़की मेहमान बन कर आईं। चूँकि वह हसीना पर्दानशीन थी, उसके लिए पर्दे का ख़ास इन्तज़ाम किया गया, जिसका ज़िम्मा बी ख़ानम जान ने लिया था।

दो घड़ी दिन बाक़ी होगा। रहमअल्लाह आया और उसका ख़त मेरे हाथ में देकर बोला कि रुक़्क़ा पढ़ने से पहले ख़ेमे के पीछे, ज़रा हट कर आप खड़े हो जाइए।

---

* कश्मीर का एक प्रसिद्ध व्यंजन। यह रात भर देग यानी बहुत बड़े बर्तन में पकता है और अगले दिन खाया-खिलाया जाता है। —रूपा.

1. लाड़-प्यार।

अभी चुप हूँ, महशर[1] में अफ़शा[2] करूँगा।
हसीनों के राज़े-निहां[3] कैसे कैसे॥

मैं उधर चला गया और रहमअल्लाह ख़ेमे में गया। यकायक क़नात उठी। मैंने देखा कि ख़ानम जान और एक हूर[4] की तरह निहायत हसीन और जमील[5] लड़की हाथ में हाथ दिए टहल रही हैं। मैंने अच्छी तरह उसको देखा। वाक़ई बहुत ही दिलफ़रेब सूरत थी। जैसे ही मेरी और उसकी आँखें चार हो गईं, ख़ानम जान ने झपट कर क़नात गिरा दी। मैं भी वहाँ से पलट आया।

शिकवा है यह कलीम, तो हाज़िर हों तूर पर।*
आएँ न हम क़रीब तेरे जलवागाह के॥

रहमअल्लाह ने आकर पूछा, "कुछ आपने देखा?"

मैंने कहा, "हाँ। ख़ानम जान के साथ एक कमसिन और को देखा।

उसने कहा, "अब रुक़्क़ा पढ़िए।"

मैंने उसका हाल तफ़सील से, जो कुछ मैंने लिखा था, बयान कर दिया।

दूसरे रुक़्क़े का जवाब

मेरे सर पर बैठ जाने वाले और मुझे अपना दिल दे देने वाले, सलामत!

सलाम लीजिए! आपका ख़त, जिसमें मुहब्बत की बू आती है, पहुँचा। उसके मज़मून से मालूम हुआ कि आप जी पर खेल गए हैं और इश्क़ की आफ़तों को बख़ुशी आपने अपने ऊपर लिया है। ख़ुदा मुबारक करे। लेकिन पहले यह फ़रमाइए कि आप मेरी किस-किस चीज़ पर आशिक़-हुए हैं? अगर महज़ जोशे-जवानी और मतवाला कर देने वाली मेरी जवानी ने आपको दीवाना कर रक्खा है, तो वैसा फ़रमाइए। अगर मेरी सूरत और जमाल पर लहट हुए हैं तो इस नाचीज़ को इसी वक़्त एक जाल का फंदा समझिए। क्योंकि अगर मैं बड़ी उम्र पर पहुँच जाऊँगी तो यह हुस्नो-जमाल उस वक़्त ख़ाक भी न रहेगा।

दो रोज़:[6] है बहारे नौजवानी।
न इतराए बहुत जोबन किसी का।

---

1. क़यामत के दिन।
2. स्पष्ट।
3. गोपनीय रहस्य।
4. जन्नत की ख़ूबसूरत लड़की।
5. सद्गुणों से युक्त।
* हज़रत मूसा।
6. दो दिनों का।

इसी तरह मेरी हर चीज़ कामयाब नहीं। ख़ूबसूरती एक नापाएदार और कच्चा रंग है। चन्द रोज़ में तो कुछ भी न रहेगा। मेरी अच्छी बोली-बानी भी कुछ दिन की मेहमान है। फिर तो फूटा घड़ा भी अच्छा मालो-दौलत! न तो मैं इस क़दर रखती हूँ और न ख़ुदा की इनायत से आपको उसकी परवाह है। फिर फ़रमाइए, किस चीज़ पर आप आशिक़ हुए हैं? अगर इन्हीं बातों पर आप रीझे हैं तो यह इश्क़ नहीं है। पागलपन है। यह उबाल उठा है और बैठ जाएगा। ऐसी सरसरी और जज़्बाती मुहब्बत का एतबार ही क्या? और आप ख़ुदा की इनायत से ख़ानदानी शरीफ़ आदमी हैं। आपके बुज़ुर्ग, अज़ीज़ और क़रीबी लोग सब मौजूद हैं। वो इसको कभी न गवारा करेंगे और ख़्वाहमख़्वाह आपकी शादी आपके हसब व नसब (जात-पांत) और अपनी बराबरी में करेंगे। इसलिए मुनासिब है कि जल्द अपनी शादी कर लीजिए। और अगर जी चाहे तो उस लड़की के साथ, जिसको मैंने अभी-अभी आपको बहाने से दिखला दिया है। मुमकिन है, रहमअल्लाह की ज़बानी मैंने उसका तफ़सीली हाल आपको ज़ाहिर कर दिया है। वह ख़ूबसूरत भी है, हसब व नसब में भी कम नहीं है। बल्कि सैयदज़ादी है। जहेज़ (दहेज) में नक़द और सामान वग़ैरह भी माक़ूल मिलेगा। और यह बात बहुत आसानी से मुमकिन हो जाने वाली है। उसके वारिस आपके साथ शादी कर देने में अपना फ़ख़्र समझेंगे। और इस वक़्त यही सही है।

ऐसा आदमी उनको कहाँ मिलेगा? या अगर कहीं आपकी निस्बत (सम्बन्ध) ठहरी हो तो उसे फ़ौरन कर लेना चाहिए। इससे ज़्यादा मुनासिब कोई काम नहीं है। वरना याद रखिए, ख़ुदा के वास्ते यह सौदा मोल लेना महज़ नादानी है। इसको तमाशा न समझिए। तमाम उम्र का वबाले-जान है। क़ब्र तक इससे छुटकारा मिलना दुश्वार है। वरना, आपको अख़्तियार है। मैंने साफ़-साफ़ लिख दिया है। अब तुम जानो, तुम्हारा काम जाने।

कोहकन[1] को हुक्मे-जूए-शीर[2] है।
इश्क़बाज़ी सख़्त टेढ़ी खीर है॥

ख़त पढ़कर मेरे होश उड़ गए, कि बड़े बेढब और मुँहफट आदमी से साबक़ा पड़ा है। ऐसे शातिर से बाज़ी ले जाना बड़ा काम है। उसका फ़लसफ़ा ही निराला है। देखो, क्योंकर यह वहशी हिरनी जाल में आती है।

रात को तन्हाई में लगातार मुश्किलों-भरा ख़त देखता था और जवाब की फ़िक्र में बेचैन रहता था। आख़ीर में जो कुछ बन पड़ा, लिख दिया।

---

1. पहाड़ काटने वाले (आशय है : फ़रहाद, जिसे शीरीं से इश्क़ हो गया था।)
2. दूध के लिए नहर बनाने का आदेश (यह आदेश फ़रहाद को शीरीं के पति बादशाह ख़ुसरू ने दिया था।)

12

तीसरा रुक़्क़ा

अख़्तरे-बुर्ज रा'नाई-ज़ाद लुत्फ़हा!*

मेहरबानी की अर्ज़ है। रहमअल्लाह के हाथ भेजा हुआ आपका रुक़्क़ा (ख़त), जो कि नसीहतों का तूमार बाँधने वाला है, पहुँचा। उसके नाज़ुक मज़मून और दूरंदेशी के कमाल को देख कर मैं दंग हो गया। वाक़ई तुमने जो कुछ लिखा है, सब दुरुस्त है। और यह भी सच है कि सभी मुश्किलों को पहले ही सोच लेना चाहिए, ताकि ऐन मंझधार में ग़ोता न खाना पड़े और अपने किए पर पछताना न हो।

अब मेरी कैफ़ियत सुनिए कि जब मैं पहले-पहल आज़म जी के मकान में आया, सबसे पहले गुलबदन को देखा। वह हुस्नो-जमाल में अकेली और पूरी थी। अगर मैं बाहरी हुस्न का भूखा होता तो उस पर फ़िदा होने के लिए कोई दिक़्क़त नहीं थी, मगर तुमसे उसकी क्या मिसाल?

हुआ क्या वस्फ़[1] चीते ने अगर पाई कमर पतली।
तुम्हारे होंठ पतले, उंगलियाँ पतली कमर पतली॥

इसी तरह अपने तमाम सवालों का जवाब समझ लीजिए। और अब भी दुनिया में माशूक़ों और ख़ूबसूरतियों का तोड़ा नहीं है। सब जगह मौजूद हैं और मिल सकती हैं। मगर मैं ऐसी दिखावे की चमक-दमक की ख़्वाहिश नहीं रखता। रुपया-पैसा हथेली का मैल है। उसकी हक़ीक़त ही क्या है? आज आया, कल गया। और तुमने ख़ुद ही उसके बारे में लिख दिया है। फिर मैं क्या लिखूँ?

मेरी जान, मेरी तबीअत तुम्हारी ही तरफ़ है। सच तो यह है कि एक ऐसी मुहब्बत है, जिसने निगाहें चार होते ही घायल कर दिया है। दूसरे यह कि मुहम्मद आज़म से तुम्हारी लताफ़त, नज़ाकत और बहुत-सी ख़ूबियों का ज़िक्र सुन कर मैं लहालोट हो गया। मुझे यक़ीन हुआ कि जैसा आदमी मैं चाहता था वे सब बातें तुममें ख़ुदा ने पैदा की हैं। मैंने ख़ुदा से दुआ की कि या परवरदिगार! तमाम ख़ूबियों

---

* ऊँचाई पर चमक रहे तारे से पैदा हुई ख़ुशी।

1. तारीफ़।

से भरी इसको मुझे देना। अलहमदुलिल्लाह, मेरी दुआ क़ुबूल हुई। अगर मैं सारा ज़माना ढूँढ़ मारूँ तो तुम-सा आदमी मिलना मुहाल है। तुम्हारी ख़ूबियों का बयान मेरी ताक़त से बाहर है। कोई मेरे दिल से पूछे—

हमारी आँखों में आओ तो हम दिखाएँ तुम्हें।
अदा तुम्हारी जो तुम भी कहो कि हाँ कुछ है॥

ये चन्द बातें तो तुममें ख़ास तौर पर ख़ुदा ने पैदा की हैं—

1. ग़ैरत और शर्म—मुनासिब हद तक।
2. इज़्ज़त और परहेज़।
3. ब्योहार, बोली में मिठास, तेज़ी और बेहतरीन ज़ेहन।
4. वादे को पूरा करना और मिज़ाज की आज़ादी।
5. झुकी हुई आँखें और नज़रों की बुलंदी।
6. अच्छे और बुरे में फ़र्क़ करना, जौहरी-जैसी पहचान और किसी की सूरत से ही उसे जान लेना।
7. वफ़ादारी, जो चोटी की ख़ुसूसियत है।

हालाँकि सातवीं ख़ुसूसियत का इम्तहान नहीं हुआ है, लेकिन जिस शख़्स में ये ख़ूबियाँ होंगी, इसका होना भी लाज़िमी है।

यू भी हज़ारों लाखों में तुम इन्तेख़ाब[1] हो।
पूरा करो सवाल तो फिर लाजवाब हो॥

और अफ़सोस, जिन लोगों में तुम फँसी हो, इन बातों का उन्हें कोई एहसास ही नहीं। अब इंसाफ़ करो कि जिस शख़्स में ये ख़ूबियाँ हों, उस पर क्योंकर कोई क़ुर्बान न हो जाए? तुमने आज परी की तरह जिस चेहरे को दिखाया, हाँ दिलरुबाई और ख़ुशअदाई में उसका सानी नहीं, मगर ख़ुदा की क़सम! तुम्हारे पाँव पोंछने के बराबर भी उसे मैं नहीं समझता। तबीअत का मिलना तो दरकिनार!

दो बर्क़े-तजल्ली[2] से किसी और को धोक:[3]।
आँखें नहीं क्या तालिबे-दीदार[4] के मुँह पर॥

मैं किस-किस ख़ूबी का बयान करूँ। तुम तारीफ़ की सभी ख़ूबियों से भरी हुई हो। उसे बयान करना मुश्किल है। फिर तुम्हीं बताओ कि मैं तुम्हें छोड़ कर दूसरे पर फ़िदा होऊँ?

---

1. चुने हुए।
2. बिजली की रौशनी।
3. धोखा।
4. दर्शन का इच्छुक।

हूर पे आँख न डाले कभी शैदा[1] तेरा।
सबसे बेगाना है ऐ दोस्त शनासा[2] तेरा॥

हज़रत अमीर ख़ुसरू ने मेरी ज़बान से तुम्हारे बारे में एक शे'र कहा है, जिसका मतलब है कि—

मुझे अपने तअल्लुक़ात पर नाज़ है कि तुम्हारा-सा मा'शूक़ सिर्फ़ एक ही है। उससे मेरा मिलन तुम्हारे हाथ में है। तुम चाहो तो सब कुछ हो सकता है।

जो मिलने पे आओ, बहाने बहुत हैं।
जिगर सैकड़ों हैं, ठिकाने बहुत हैं॥

मेरी शादी के बारे में जो कुछ पूछा गया है, उसका जवाब मैं दे चुका हूँ। अगर एतबार न हो तो क़ौलो-क़सम ले लो।

मेरी बातों का न बावर[3] हो नविश्त:[4] ले लो।
शाहिद-इंसां[5] के एवज़ चाहे फ़रिश्त: ले लो॥

आइंदा सब तुम्हारी मर्ज़ी पर छोड़ दिया है।

सुब्ह को रहमअल्लाह आया। उसको मैंने रुक़्क़ा दिया।

दूसरे दिन जवाब आया।

तीसरे ख़त का जवाब

कलेजा थाम लोगे जब सुनोगे
न सुनवाए ख़ुदा शैवन[6] किसी का

मेरे जल्दबाज़! ख़ुश रहो।

कलेजा पकड़ कर वहीं बैठ जाते
सुना ही नहीं तुमने ना'ल:[7] किसी का

---

1. मुग्ध ('शैदा' एक शाइर का नाम भी है।)
2. परिचित।
3. विश्वास।
4. क़सम।
5. इंसान की गवाही।
6. विलाप।
7. रुदन।

आपका रुक़्क़ा, क़समों और वादों से भरा हुआ मुझे पहुँचा। मैं समझती थी कि मेरी तहरीर और कुछ सख़्त फ़िक़रों से—हालाँकि वो ज़ाहिरी तौर पर तल्ख़ थे, मगर हक़ीक़त यह है कि उनकी ख़ूबी में कोई कलाम है ही नहीं। आप रंजीदा होंगे, मगर ख़ुदा का शुक्र है कि आपके जवाब ने मुझे मुतमइन कर दिया कि आप इंसाफ़ करने वाले और अक़्लमंद आदमी हैं। मैंने जो कुछ लिखा था वो बहुत ज़रूरी बातें थीं और किसी मामले को पहले ही पहल साफ़ कर लेना समझदारी है। ख़ैर, मुझे यक़ीन हुआ कि आप दिखावा-पसन्द नहीं हैं, बल्कि अन्दरूनी ख़ूबियों के परखने वाले हैं। मेरी जो कुछ तारीफ़ और अच्छाइयाँ आपने बयान की हैं, वो ख़ुद अपनी ही तारीफ़ है। मैं तो एक नाकारा और अक़्ल में बहुत छोटी चीज़ हूँ। और हक़ीक़त यह है कि मर्दों की अक़्ल और समझदारी से औरतों को क्या लेना-देना? अक़्ल में कमज़ोर और नासमझदारी औरतों की पहचान है। हाँ, यह ज़रूर है कि दोस्त की सब चीज़ें—यहाँ तक कि बुराइयाँ भी अच्छी मालूम होती हैं। इसी नज़र से आपकी तारीफ़ एतराज़ के क़ाबिल नहीं है। आपने वादा और क़सम के बारे में जो कुछ लिखा है, उसकी ज़रूरत नहीं। झूठा आदमी अगर हज़ार क़समें खाए, बेकार है। और सच्चा सिर्फ़ ज़बान से इक़रार कर ले, उम्र भर को काफ़ी है। आप अगर सच्चे हैं, क़सम ले के क्या करूँगी? और अगर ऐसा नहीं है तो आपकी क़समें मुझे क्या मदद दे सकती हैं?

अब ज़रा जी लगा कर मेरा हाल सुनिए—

हाँ जिगर थाम के बैठो, मेरी बारी आई। यक़ीन जानो, जबसे मैं समझदारी की उम्र को पहुँची हूँ अजब उलझन और ख़ौफ़ में मेरी जान पड़ी है। मेरा मिज़ाज कुछ ऐसा हो गया है जो उस गिरोह से, जिसके हाथ में मैं पड़ी हूँ, बिलकुल अलहदा है।

आशियाँ [1] भूले से भी आता नहीं है याद में।
परवरिश पाई है हमने ख़ान:-ए-सय्याद [2] में॥

बचपने में ही यतीम हो गई। आज़म जी और मीरज़ाई ने मुझे बच्चों की तरह पाला और हमेशा यही दावा करते रहे कि इसको कसब[3] न करने देंगे। इस ख़ुशिक़स्मत की शादी किसी शरीफ़ के साथ कर देंगे। लेकिन मुझे जो ज़रा भी कभी इस पर एतबार हुआ हो। इन जैसे पार लगाने वालों के हथकंडों से मैं बख़ूबी वाक़िफ़ हूँ। और मुश्किल यह थी कि अगर मैं इनकी बात का कभी यक़ीन भी कर लेती थी तो दूसरे ख़यालात चैन नहीं लेने देते थे। या ख़ुदा! पता नहीं कैसे

---

1. घोंसला।
2. बहेलिए के घर में।
3. नाचने-गाने का काम।

शख़्स से मेरा साबक़ा हो कि मेरा मिज़ाज उसके मिज़ाज से मिलता हो या नहीं। कहीं बेपरवाह, आवारा न हो। बदतमीज़, जाहिल न हो। अगर ऐसा हुआ तो तमाम उम्र का वबाल होगा।

सौ बार मौत आई है अह्दे-शबाब [1] में।
इस दिल के हाथों जान पड़ी है अज़ाब[2] में॥

आख़िर उस वादे, इक़रार और लम्बी-चौड़ी बातों का नतीजा आपने भी देख लिया कि इन हरामख़ोरों ने कोई कोशिश मेरी आबरू लेने की उठा नहीं रक्खी। हाथ-पाँव बाँधकर आग में झोंक दिया। मगर परवरदिगार! तेरा शुक्रिया कि नमरूद[3] की वह आग मुझ पर ख़लील[4] की फुलवारी बन कर भड़की। मेरा रोंगटा मैला न हुआ और मेरी आबरू का दामन गुनहगार न होने पाया। क़ुर्बान तेरी बंदानवाज़ी और ज़र्रापरवरी के।

इस तरह मेरी जिस क़दर बदनामी हुई उसी के सदमे में मेरी हड्डियाँ पिघली जाती हैं। और मेरी रूह तक पर उस सदमे का असर है। ख़ुदा की क़सम एक पल भी इन लोगों के साथ रहना मेरे लिए क़यामत है। मगर मजबूरी और बेकसी को क्या कोसूं? ज़मीन सख़्त, आसमान दूर है। अगर हराम मौत और क़यामत के बाद की तकलीफ़ का ख़ौफ़ न होता तो मैं सच कहती हूँ, अब तक जान दे दी होती। मगर ख़ामोशी और सब्र के अलावा कोई चारा नहीं है। मैंने जिस दिन पहलेपहल आपको देखा और आपकी तारीफ़ सुनी, मैंने ख़ुदा से दुआ माँगी कि इस शख़्स से मेरा दामन बाँध दे तो तेरा बड़ा रहम होगा। अल्लाह का शुक्र है कि मेरी दुआ क़ुबूल हुई।

जो तलब [5] मैंने किया अपनी इनायत [6] से दिया।
तेरे क़ुर्बान मेरे नाज़ उठाने वाले॥

जिस दिन मिंग साहब की सरकार में नौकरी का पैग़ाम मिला, मैंने फ़ौरन ताड़ लिया था कि इस नाचीज़ की मुलाक़ात आपसे होगी। और इसी वजह से यह जलसा हुआ। मेरा गुमान सही निकला।

---

1. जवानी की उम्र।
2. विपत्ति।
3. एक विधर्मी बादशाह, जिसने हज़रत इब्राहीम को आग में डाला था।
4. हज़रत इब्राहीम का दूसरा नाम (शाब्दिक अर्थ है : सच्चा दोस्त।)
5. इच्छा।
6. कृपा।

तभी से मैंने यह अन्दाज़ अख़्तियार कर लिया है कि मिंग साहब वग़ैरह के सामने आपसे जली-कटी और दूर ही दूर रहती हूँ, ताकि किसी को बदगुमानी का मौक़ा न मिले। आपकी मुहब्बत का बोझ, मेरे कमज़ोर दिल पर जिस क़दर है उसको मैं ख़ुदा जाने किस तरह उठाए हुए हूँ और बर्दाश्त के मारे उफ़ नहीं करती। चूँकि औरतों के लिए शर्म और पर्दे का रिवाज बनाया गया है, मगर बार-बार दिल उमड़ा और दर्द ने पाँव फैलाए, फिर भी मैंने अपनी तरफ़ से शुरुआत को मुनासिब नहीं समझा और जिस तरह हो सका कलेजा मसोस-मसोस कर रह गई।

इसके अलावा यह भी एक सख़्त मनाही थी कि कुछ सब्र करके आपके चालचलन और अक़्लमंदी का इम्तेहान करूँ कि अगर यह शख़्स सिर्फ़ एक दीवाना बंदा और मामूली तौर का आदमी है तो दूर भी करो। और दिल पर जब्र करके जिस तरह हो सके नज़र फेर लो। क्योंकि मैं सिर्फ़ जिस्मानी ज़रूरत और हवस से भरी हुई नहीं हूँ। मगर ख़ुदा का शुक्र है कि मेरी ख़्वाहिश के मुवाफ़िक़ आपने अपने को साबित कर दिया।

मुझे अपनी ख़ुशक़िस्मती पर नाज़ है कि ऐसा आदमी मिला। आपको मुझ सी सैकड़ों औरतें मिलतीं, मगर मुझे बहुत मुश्किल थी। यह 'हिन्दी पट्टा' बिलकुल मेरे हाल जैसा है—

हम सी तुमको बेहतरी।
तुम सा हमको कोई न मिलता,
ढूँढ फिरी चौहेरी[1] ॥

चूँकि मैंने तमाम उम्र आपके साथ बसर करने की नीयत कर ली है इसलिए कच्चा-कच्चा अपना सारा हाल लिख दिया है। और ऐसी सूरत में इसकी ज़रूरत भी थी। मगर आप इस राज़ को छुपा कर रखियेगा। इसके खुल जाने में हज़ारों क़बाहतें हैं।

आपने शादी के मामले में जो कुछ जवाब लिखा है यक़ीन जानिए, मैंने मना करने की नीयत से नहीं लिखा था। अलबत्ता आज़माइश ज़रूर मंज़ूर थी कि आप कितनी दूर हैं और किस क़िस्म की मुहब्बत और क्या ख़्वाहिश है। वरना ख़ुदा की क़सम मैं ऐसी शर्त न करूँगी और न उसको पसन्द करती हूँ। अगर आप मुझसे सच्चे वादे और मुहब्बत पर क़ायम रहे तो किसी और वादे और क़सम की ज़रूरत नहीं है। आपको ख़ुद ही गवारा न होगा। और अगर इस मुहब्बत में किसी दूसरी वजह से फ़र्क़ आया तो क़सम एक नहीं हज़ारों हों तो क्या काम आ सकती हैं? कोई अक़्लमंद इसको गवारा न करेगा। बल्कि मेरे सर की क़सम, अगर आपके

1. चारों तरफ़।

वारिस लोग शादी के लिए कहें तो हर्गिज़ मेरी वजह से इनकार न करना। मेरी तरफ़ से आपको पूरी आज़ादी है। मैं कभी इस मामले में कोई वादा नहीं करना चाहती। मेरी तरफ़ से यह पुख़्ता है और दूरंदेशी से दूर है कि मर्दों को ऐसी शर्तों के साथ बाँधा जाए और मजबूर किया जाए। बल्कि दोस्ती के पर्दे में दुश्मनी है क्योंकि मर्दों को तमाम उम्र इस बात से बचना बहुत मुश्किल है। फिर अपने ही दर पे मुहाल होना हिमाक़त नहीं तो क्या है? अलबत्ता मैं चन्द शर्तें और करूँगी, जो मुहब्बत और उल्फ़त में लाज़िमी है और इसकी पाबन्दी भी आपको और मुझे दोनों को करनी पड़ेगी। ख़ैर, शर्त है—

मेरे राज़ की इज़्ज़त रखने वाले! मैंने अपने दिल का हाल तफ़सील से लिख दिया है। इससे आप घमंड में न आ जाइएगा। आप जानते हैं कि मैंने कितना बर्दाश्त किया है और किस क़दर एहतियात के बाद अपने दिल का हाल बयान कर दिया है। वगरना क्या मुमकिन था कि एक हर्फ़ भी मेरे मुँह से कोई सुन लेता, अगर होंठ हिलते। मुँह बिगाड़ देती, अगर दिल मचलता। पहलू से चीर कर फेंक देती।

तुझ पर क़ाबू नहीं दिल पर तो है क़ाबू अपना।

हालाँकि मुझ पर आशिक़ी या माशूक़ी दोनों लफ़्ज़ नहीं फबते मगर फिर भी देखना चाहिए कि वफ़ादारी का हक़ किसकी तरफ़ से अदा होता है? मैं नाचीज़ क्या मुँह रखती हूँ जो किसी क़िस्म का दावा करूँ?

इस ख़त को पढ़ कर मैं बेइन्तिहा ख़ुश हुआ और फूला न समाया। क़रीब था कि मेरे लिए शादी, मौत के बराबर हो जावे। उसके दिली हालत दरयाफ़्त होने से मैं बहुत ही ख़ुदा का शुक्रगुज़ार हुआ।

रात को जवाब लिखा—

चौथा रुक़्क़ा

मेरे महबूब और मेरे दिल को आराम देने वाली! तुम्हारा प्यारा ख़त मेरे लिए मसीहा* होकर पहुँचा। जो कुछ तुमने मुझ पर मेहरबानी करके अपना तफ़सीली हाल लिखा है उससे मैं बेइन्तिहा शुक्रगुज़ार हुआ। मेरी जान! मैं मग़रूर क्यों होने लगा। हालाँकि ग़ुरूर का मौक़ा ज़रूर है। नहीं-नहीं, फ़ख़्र का, नाज़ का, ग़ुरूर ख़राब चीज़ है। इस ख़त ने मेरे दिल को बड़ी ढारस दिलाई। और बेशक मैं अपनी कामयाबी का बहुत ही जल्द नतीजा देखूँगा। यह मेरी सच्ची मुहब्बत का असर है, जो तुमको रहम आ गया।

---

* मुर्दे को ज़िन्दा कर देने वाला।

घबराए हुए बाम[1] *पे अब फिरते हैं वो भी।*
इतना तो हुआ है मेरे नालों[2] *के असर से॥*

मैंने जिस दिन से तुमको अपना दिल दिया, बहुत ही ख़ौफ़ और उम्मीद में ज़िन्दगी गुज़रती थी कि देखूँ इसका अंजाम क्या होगा? और कहीं मेरी आह बेअसर होकर तो नहीं रह जाएगी? अल्लाह का करम, कि यह उलझन चली गई। मैं अपने सच्चे जज़्बात पर न्योछावर हूँ जिसने तुम्हारे दिल को नरम कर दिया और तुमको भी बेचैनी पैदा हुई।

लाए उस बुत को इल्तिजा करके
कुफ़्र तोड़ा ख़ुदा ख़ुदा करके॥

मैं इसके लिए शर्मिंदा हूँ कि तुमको मेरी वजह से तकलीफ़ हुई। माफ़ करो।

मैं तुम्हारा बेदाम का बंदा हूँ। इंशाअल्लाह कभी हुक्म-उदूली न करूँगा। और मेरी वफ़ा तुम देख लोगी। तुमने अपने बारे में ख़ुद को छोटा समझ कर बहुत ही अदब के साथ लिक्खा है। यह इन्तिहा दर्जे की ख़ूबी है। मगर मेरी जान! तुम्हारी उम्दगियाँ और दिलफ़रेब क़ाबिलेतारीफ़ ख़ूबियाँ अपना जवाब नहीं रखतीं। तुम अपने को जो चाहो समझो, मगर मैं इसे ज़माने की निराली और बयान से बाहर की ख़ूबी कहूँगा। इससे ज़्यादा इंसानी कमालों का एक साथ पूरी तरह होना—ख़ासकर माशूक़ों में मुहाल (दुर्लभ) या मुहाल के क़रीब तो ज़रूर है।

सुबह रहमअल्लाह आया। रुक़्क़ा उसको दे दिया। और अब ख़तो-किताबत और पैग़ाम वग़ैरह भेजने का सिलसिला शुरू हो गया। ये चन्द ख़त यहाँ बातचीत के सिलसिले को बताने के लिए लिख दिए गए हैं। आइंदा भी मौक़े के हिसाब से लिख दूँगा। यह भी मा'मूल सा (नियम-सा) बन गया था कि अस्र (सूर्यास्त से पहले की नमाज़) के वक़्त वह, दिल को सुकून देने वाली क़नात के क़रीब आकर खड़ी होती थी और मैं बरामदे में कुर्सी पर बैठा उसे देखा करता था। कभी मज़े-मज़े के शे'र पढ़े जाते थे। कभी दोनों रोया करते थे। यानी अजब लुत्फ़ और कैफ़ियत से हम गुज़रते थे, जिसको बयान करने की ताक़त नहीं। हाँ, जिस पर गुज़री हो वह समझ ले।

उल्फ़त का जब मज़ा है कि वो भी हों बेक़रार।
दोनों तरफ़ हो आग बराबर लगी हुई॥

---

1. छत।
2. विलाप।

13

राज़दारी और ख़्वाहिशों का मुक़ाबला

एक रोज़ मिंग साहब ने अपने कई अंग्रेज़ दोस्तों की दावत (डिनर) की। रात का मुजरा हुआ। क़ायदा यह था कि बीच में कुर्सियों पर सब अंग्रेज़ बैठते थे और बाईं तरफ़ दूसरे सब लोग। आख़िर में मिंग साहब की कुर्सी होती थी और उसी के क़रीब मेरी कुर्सी। सीधे हाथ की तरफ़ ग्रुप खड़ा होता था और ख़ानम जान उनके सीधे हाथ की तरफ़ होती थी।

उस दिन इतने ज़्यादा लोग थे कि मिंग साहब की कुर्सी बहुत आख़ीर में थी। मैं भी उनके पास बिलकुल पीछे दीवार से मिला हुआ बैठा था। जिससे यह हुआ कि मेरा ख़ानम जान से बहुत ही थोड़ा फ़ासला रह गया था। जब गाना शुरू हुआ, साहब बार-बार मुझसे मानी (अर्थ) पूछता था और अंग्रेज़ी में दूसरे अंग्रेज़ों को समझाता था। चूँकि ख़ानम जान बड़ी मिठबोली और हँसमुख औरत थी, अक्सर अंग्रेज़ उससे बातें करने लगते थे जिससे मुझको निहायत जलन और ग़ुस्सा मालूम होता था। मगर मैं मसलहतन ख़ामोश था। थोड़ी देर में ख़ानम जान ने चौघड़े पर हाथ मारा और बहुत-सा मसाला-इलायची वग़ैरह ले गईं और मेरी तरफ़ एक ख़ास अदा से देखा।

देखा जिधर कनखियों से उस मस्त नाज़ ने।
ग़मज़ा [1] पुकार उट्ठा कि वो बेहोश हो गए॥

मैंने मीरज़ाई से 'हाफ़िज़' की एक ग़ज़ल की फ़रमाइश की। वह ग़ज़ल गाई गई। उसके बाद ख़ानम जान ने 'हाफ़िज' की ही एक ग़ज़ल और गाई।

उस ग़ज़ल का आख़िरी शे'र गाती हुई फिर ख़ानम जान चौघड़े के पास आकर बाक़ी मसाला भी ले गई और अपने साथ वालों को इलाइचियाँ, लौंग, चिकनी डली (सुपारी) वग़ैरह थोड़ी-थोड़ी बाँट दी। बाक़ी मुट्ठी में लिए रही।

---

1. प्रेमिका की आँखों की झुकी हुई भौहें।

मेरे जी में आया कि मेरी माशूक़ा अगर मुझे भी इलायची वग़ैरह दे तो उस ग़ज़ल के एक शे'र का दूसरा मतलब सही हो जाए। और आहिस्ता से मैंने वह शे'र उसको सुना दिया।

वह फ़ौरन समझ गई और एक चिकनी छाली (सुपारी) दो उंगलियों पर रख कर अँगूठे से इस तरह उड़ाई कि मेरी गोद में आ पड़ी। मैंने मुँह में रख ली। ये दोनों हरकतें मिंग साहब ने अच्छी तरह देख लीं। मैं तो सहम कर रह गया। मगर उस पर ज़रा-सा भी असर नहीं हुआ। इसी तरह ठोकरें ले-लेकर[1] गाती रही। हालाँकि मिंग साहब का देखना उसे भी मालूम हो गया था। उसने फिर उस ग़ज़ल का वह शे'र भी गाया।

उस शे'र को पढ़कर उसने एक डली और फेंकी, मगर मुझे बचाती हुई वह ज़मीन पर पड़ी। फिर तीसरी, चौथी, पाँचवीं...कई डलियाँ लगातार फेंकती रही। आख़िर एक डली मेरे क़रीब तिपाई पर जो फ़ानूस रखा हुआ था, उस पर पड़ी और छन्न से आवाज़ आई। उसने कहा, "वह मारा।"[2]

सब की आँखें उधर उठ गईं। मिंग साहब ने कहा, "ख़ानम जान! मेरा फ़ानूस तोड़ोगी?"

मीरज़ाई ने भी कहा, "बी! ख़ैरियत तो है? यह क्या लड़कपन है?"

उसने किसी का जवाब नहीं दिया, मगर बहुत ही बेपरवाही से अँगूठा दिखा दिया। मेरे ठेंगे से! और साहब से कहा, "आप इस शे'र के मानी समझे?"

बे मअरफ़त मबाश अल्ख़: [3]

साहब ने मुझसे पूछा कि "हसन शाह! इसके क्या माने हैं?" मैं साहब को समझा ही रहा था कि उसने एक ग़ज़ल और शुरू कर दी।

फिर जब वह एक शे'र पर पहुँची, तो एक क़हक़हा लगा कर साहब बेचारे से कहा, "अगर उस शे'र का मानी समझे हो तो इस शे'र के मानी बताओ ताकि दोनों का मतलब खुल जाए।" वह बेचारा उस बारीकी और राज़दारी को क्या समझता? तब वह मुझसे इसके मानी भी पूछने लगा। अभी मैंने अच्छी तरह समझाया न था कि उसने उसको बनाना शुरू किया और मानी बताने का इसरार किया। वह मुझसे उलझा कि जल्द समझाओ। मैं हैरान था कि क्या बताऊँ? मगर फ़ौरन मेरे ख़याल में एक बात आ गई। मैंने कहा, "ख़ानम जान ने आख़िरी शे'र

---

1. बार-बार।
2. ['अह्ले-नज़र मुआलमा बा आशना कुनद।' यानी यह क़यामत की अदाशनासी देखिए—सच है—ऐसे आदमी जल्द मर जाते हैं। और वही हुआ—उर्दू अनु.]
3. ऐ नामसझ! आख़िर तक ठहर।

में अपना हाल पूछा है। देखिए, अभी-अभी फ़ानूस तोड़े डालती थीं। इस पर कुछ नतीजा तो हुआ नहीं। बल्कि बेपरवाही से जवाब तक न दिया गया। यह दिलावरी नहीं तो क्या है?"

साहब ने हँस कर कहा कि "वाक़ई यही मतलब ख़ानम जान का है।"

और जब वह गाते-गाते एक शे'र पर पहुँची, तो मेरी तरफ़ मुस्करा कर मिंग साहब से कहा—

"ऐ साहब! तुम्हारे विलायत में तमाम कौवे गोरे होते हैं और हिन्दोस्तान तक पहुँचते हैं।"

उसने सादगी से कह दिया कि—

"हाँ हमारे मुल्क में सफ़ेद कौवे भी होते हैं।"

मैंने साहब से कहा—

"आप कुछ समझे भी? यह आप लोगों पर चोट है। यानी आप ही गोरे कौवे हैं।"

साहब ने कहा, "ख़ानम जान! तुम हमको कौवा कहती हो!"

इस पर सब हँस रहे थे, मगर वो तेवरियाँ चढ़ा कर ख़ामोश रही। मैंने साहब से कहा कि अब इस ग़ज़ल की फ़रमाइश कीजिए।

ख़ैर वह फ़रमाइशी ग़ज़ल पेश की गई।

मक़्ता[1] पर मैंने मुस्करा कर उसकी तरफ़ देखा। उसने एक ख़ास अदा से उसका जवाब मुस्कराते हुए इस तरह दिया कि मेरा ही दिल जानता है!

ख़ैर मजलिस ख़त्म हुई और मैं एक चुप्पी की हालत में वहाँ से उठा। फिर सब चले गए।

दूसरे दिन जब क़नात के पास मुलाक़ात हुई, मैंने कहा—

"रात को तुमने ग़ज़ब ही किया।"

कहने लगी—

"क्या मैंने किया?"

"अजी वही चिकनी डली, जो तुमने फेंकी थी। वह तो कहो तुमने उसे और ही ढंग पर डाला। मगर तरीक़ा यह अपनाया कि एक तो इशारों से भरे शे'र गाए,

---

1. ग़ज़ल का आख़िरी शे'र, जिसमें शाइर अपने उपनाम का प्रयोग करता है।
मक़्ते का शे'र यह है :

गुफ़्त ख़ुशगुफ़्त बर-ओ खिरक: बसो जान 'हाफ़िज'।
या रबईं कल्ब-शनासी ज़ के: आमोख़्त: बूद॥

यानी : ऐ 'हाफ़िज़' ! बातें, अच्छी-अच्छी बातें और बुलंद सीने पर जलन-भरा चीथड़ा!
या अल्लाह! यह दिल की पहचान थी कि कोई सीख थी?

फिर साहब से मतलब बताने का इसरार किया। लेकिन ख़ैरियत हुई कि समझा ख़ाक नहीं।"

हँस कर बोली, "कोई भी, जो काम छोटा-बड़ा करता है उसका आग़ाज़ और अंजाम सोच लेता है। अगर मैंने उसको टालने की तदबीर (उपाय) न सोच ली होती तो ऐसी हरकत ही न करती। अशआ'र के मतलब पूछने की वजह सिर्फ़ यह थी कि आपकी दानिशमंदी और अदा की पहचान ज़ाहिर हो। वरना कोई बात न थी।"

मैंने कहा, "ख़ैर जो हुआ अच्छा हुआ।"

14

एक दिन मैं कुछ काग़ज़ात लेकर साहब के पास गया। उन्हें देखने के बाद साहब ने कहा—

"मेरी किताब (सम्भवत: नोटबुक) के फ़लां काग़ज़ की नक़्ल कर दो।"

मैं दूसरे कमरे में मेज़ के सामने बैठ कर नक़्ल कर रहा था और साहब किसी अंग्रेज़ के साथ टहल रहा था। इतने में बी जान और ख़ानम जान साहब के पास आईं।

जब वह अंग्रेज़ चला गया, साहब ने बी जान के साथ सगों जैसा बर्ताव शुरू किया और उसे गोद में उठा लिया। मैं अनजान बना हुआ सर झुकाए हुए लिख रहा था कि ख़ानम जान मेरे पास चली आई और पूछा, "क्या लिख रहे हो?"

मैंने कहा, "तनख़्वाह का काग़ज़ है।"

उसने काग़ज़ उठा लिया और देखने लगी।

मैंने कहा, "देखो, साहब और बी जान कैसे मज़े में हैं। अगर तुम भी मुझे एक बोसा (चुंबन) इनायत करो तो क्या अच्छी बात है!"

उसने यह सुनकर मेरे दोनों होंठ मल दिए।

तुम्हारी तैग़ [1] का मुँह चढ़ के ले लिया बोसा।
कभी किसी से न हम दब के बांकपन में रहे॥

इत्तेफ़ाक़ से उसकी यह ढिठाई साहब ने भी देख ली और बोला, "ख़ानम जान! यह क्या है?"

उसने साहब को देखा न था। उसके पूछने पर फ़ौरन गढ़ा हुआ जवाब दिया, "आपके मुंशी साहब अजीब चीज़ हैं। मुझे ऐसी सख़्त बात कह बैठे कि क्या कहूँ?"

साहब ने कहा, "क्या सख़्त बात कही, हम भी सुनें।"

बोली, "उनके पास आए, काग़ज़ उठा कर मैंने उनसे पूछा कि क्या कर रहे हो? तो कहने लगे, चलो आगे बढ़ो। साहब ने तुमको क़ुबूल नहीं किया, मैं भी तुमसे बात नहीं करता।"

मुझको भी ग़ुस्सा आ गया। ज़बान का जवाब हाथ से दिया। उनका मुँह मल दिया।

1. तलवार।

साहब ने कहा, "तुम हसन शाह से डरती नहीं हो? वो मेरी वजह से चुप रहते हैं और तुम बढ़ती ही जाती हो।"

"आपने बिगड़ कर कहा और मैंने भी आप ही की वजह से टाल दिया। ख़ून पीकर रह गई। ऐसी बात इन्होंने मुझे कही थी कि टुकड़ा-सा तोड़ कर जवाब देती तो अपना-सा मुँह लेकर रह जाते।"

साहब ने हंसकर कहा, "हसन शाह! तुमने सच कहा कि हमारे साहब ने क़ुबूल नहीं किया। यह हमेशा मुझको कहा करती है कि मैंने तुमको मुँह न लगाया।"

मैंने कहा, "हुज़ूर! अब यह ज़िक्र जाने दीजिए, मुझे उस वक़्त अपने जिगर का ख़ून पीना पड़ा। ये ढिठाई कर गई हैं, मगर सिर्फ़ आपके लिहाज़ से चुप रहा।"

साहब ने कहा, "तुम भी बदला ले लो।"

मैंने कहा, "मैं ऐसा कुछ नहीं करूँगा। मुझे इसी तरह जीने दें। इनकी बड़ी इनायत होगी कि ये मेरे पास से तशरीफ़ ले जाएँ।"

साहब ने कहा, "ख़ानम जान! तुमने अच्छा न किया। तुमको मालूम है कि हमारे मुंशी तुम लोगों से किस क़दर नफ़रत करते हैं!"

उसने कहा, "फिर मुझे क्यों सख़्त बात कही?"

साहब ने कहा, "वह दिल्लगी थी। तुम भी वैसा ही जवाब देतीं।"

बहरहाल यह क़िस्सा इसी तरह ख़त्म हो गया।

एक दिन ख़ानम जान और बी जान वग़ैरह सब साहब के पास आईं। उस सितमगर ने दिल्लगी का एक नया तरीक़ा यह निकाला कि साहब से कहने लगी, "आपके मुंशी साहब बड़े सख़्त और बेरहम हैं। और मुझसे तो जानी दुश्मनी रखते हैं। मालूम नहीं मैंने इनका क्या बिगाड़ा है?"

मुझसे क़ातिल को अगर लाग[1] नहीं, महशर[2] में।
देख कर आँख में क्यों ख़ून उतर आता है॥

"मैं आज उन पर ख़ून का दावा करने आई हूँ।"

साहब ने कहा, "ख़ैरियत तो है। क्या कुछ तुमको बुरा-भला कहा?"

फ़रमाने लगीं, "मैंने रात को ख़्वाब देखा,गोया मैं आपके बंगले में आई हूँ। मुंशी साहब तमंचा लिए हुए बंगले की तरफ़ आ रहे हैं। मेरे क़रीब पहुँच कर कहने लगे, तुम साहब के पास क्यों आई हो? मैंने कहा कि मैं अपने आप नहीं आती हूँ।

---

1. दुश्मनी।
2. क़यामत के बाद (मगर यहाँ तात्पर्य यह है कि जहाँ कई लोग एकत्र हों। 'महशर' शब्द का एक अर्थ यह भी है। —रूपा.)

साहब बुलाते हैं। मेहरबानी करते हैं। इसलिए आती हूँ। इस पर फ़रमाते हैं, कि ख़बरदार! अब आईं तो आईं, फिर न आना। मुझको सख़्त नागवार होता है। मैंने कहा, तो आप साहब से मना करा दीजिए। मुझे न बुलवाया करें। मैं ख़ुदा के वास्ते क्यों आने लगी? उसका जवाब तो दिया नहीं और उठा कर तमंचा मार दिया और कहा कि लो अगर नहीं मानतीं तो यह तुम्हारी सज़ा है।

जहाँ रक्खी गले पर तेग़ दम लेने नहीं देता।
तड़पने का मज़ा खोती है जल्दी मेरे क़ातिल की॥

"मैं गोली खाके गिर पड़ी और लोटने लगी और मैं अपना नाम आप ही ले ले कर रो रही थी, कि हाय! हाय! ख़ानम जान मार डाली गई। और चाहती थी कि आपको इत्तेला करूँ कि देखिये आपके मुंशी साहब ने मुझे बेक़ुसूर क़त्ल किया। इतने में मेरी आँख खुल गई। अब आप मेरा जो ख़ूँबहा है, मुंशी साहब से दिलवा दीजिए।"

साहब ने कहा, "दीवानी हुईं! कहीं ऐसी दिल्लगी हसन शाह से न करना। वो इन बातों से दूर भागते हैं।"

उस शरारती ने शोख़ी से कहा, "मैं कुछ नहीं जानती। आप डरते हैं, डरा कीजिए। मैं तो ख़ूँबहा लेके ही उट्ठूँगी।"

भोली-भोली वो क़यामत बातें।*
झूठ कह दे तो यक़ीन आ जाए॥

साहब ने टीका राम हरकारा को मेरे पास भेजा।

उसने कहा, "आपको बुलाया है।"

मैं गया तो साहब को देखते ही मन में सोचा कि ख़ुदा ख़ैर करे! लगता है आज ये कोई नई बात बना कर लाई है! मैंने कल अस्त्र (सूर्यास्त से पहले की नमाज़) के वक़्त उससे कहा था कि "जब साहब तुमसे हँसता-बोलता है या तुम्हारा हाथ पकड़ता है, मुझे बहुत ज़्यादा से भी ज़्यादा जलन होती है और जी चाहता है कि अपनी जान दे दूँ। अजब नहीं कि किसी दिन ख़ुद को ख़ंजर मार कर हलाक हो जाऊँ!"

ख़ैर, साहब ने मुझसे कहा कि ख़ानम जान ने तुम पर ख़ून का दावा दायर किया है और उसकी हक़ीक़त भी बयान की।

मैंने कहा, "आपसे अक्सर अर्ज़ कर चुका हूँ कि मुझसे दिल्लगी न किया कीजिए।"

उसने कहा, "मैं अपनी तरफ़ से कुछ नहीं कहता, मगर ख़ानम जान हक़ीक़त में दावा करती है। चाहो तो पूछ लो।"

---

* यहाँ 'क़यामत' से तात्पर्य है—प्रहार करने वाली। —रूपा.

मैंने कहा, "ख़ैर, मैं तो ऐसे ही औरतों का दुश्मन हूँ। ख़ासकर उनका, जैसा कि उन्होंने ख़्वाब में देख ही लिया है। फिर क्यों यहाँ आती हैं? मैं तो वाक़ई उनके आने को रोकने वाला नहीं हूँ। हाँ, मुमकिन है कि मुझसे ऐसी कोई हरकत हो गई हो!"

साहब ने कहा, "आप इक़रारी (स्वीकृत) मुजरिम हैं। फिर तो ख़ूँबहा देना चाहिए।"

मैंने कहा, "उनसे कह दीजिए, ख़्वाब में मैंने क़त्ल किया है तो ख़्वाब में ही ख़ूँबहा दें या बदला ले लें। जो चाहें कर लें। क्योंकि हमारे मज़हब में कहा गया है कि जिस तरह का जुर्म हो उसी तरह का बदला भी हो। इस एतबार से वो जिस वक़्त पर जो कुछ भी हुआ हो, उसी वक़्त और वारदात के हिसाब से अपना बदला ले लें। लेकिन ख़्वाब का बदला जागते हुए नहीं हो सकता।"

साहब ने कहा, "ख़ानम जान! हसन शाह ने क्या माक़ूल जवाब दिया है!"

उसने कहा, "ये लीजिए, अब आप दोनों मिलकर मेरी बात को दिल्लगी में उड़ाते हैं। हालाँकि मैं यक़ीनन ख़ूँबहा लूँगी। ये कहते हैं कि ख़्वाब में तुमसे हो सके तो बदला ले लो। मैं इसका मतलब तो जानती नहीं। ख़ून बहलवाना हो तो बहलवा दीजिए, वरना मैं कोई और राह निकालूँ!"

ऐसी ज़िद है तो उन्हें कौन मनाए या रब।
उस पर मचले हैं कि कोई मुझे क्यों याद आया॥

तब तो साहब ने मुझसे कहा, "हसन शाह! ख़ानम जान नहीं मानतीं। हमने तो फ़ैसले के सब तरीक़े समझा दिए। मगर वो इन बातों पर आती ही नहीं हैं।"

मैंने कहा, "तो मालूम हो गया कि उनको किसी लालच ने घेर रक्खा है, जो उन लोगों की आदत है। अब उन्हें बात करने की मजाल नहीं है। दावा तो उन्होंने कर दिया था, मगर मिला कुछ नहीं। इसलिए हठधर्मी पर आ गईं।"

यह सुनते ही उसका चेहरा सुर्ख़ हो गया और मालूम हुआ कि अपने आपे में नहीं रही। मगर जब ख़ामोश होकर रह गई तो मुझे यक़ीन हुआ कि मेरा यह सब कहना नागवार हुआ।

इसलिए साहब से रुख़्सत होकर चला आया।

उस दिन मैंने देखा कि रोज़ाना के मा'मूल के हिसाब से वो तशरीफ़ नहीं लाईं। इससे मुझे फ़िक्र हुआ और रहमअल्लाह को तलाश कराया। इत्तेफ़ाक़ से वह भी न मिला, कि कुछ कहला भेजता। मैं इस तरह के झगड़े की हरकतों पर हैरान था, कि ऐसी बातों से क्या मतलब?

सारी रात मैंने तड़प-तड़प कर काटी। सुबह बरामदे में बैठा था कि रहमअल्लाह आया।

मैंने कहा, "कल ख़ानम साहिबा शाम के वक़्त क़नात के पास नहीं आईं!"

उसने जवाब दिया कि "वो कहती थीं कि उन्होंने साहब के सामने मुझे बुरी-बुरी बातें कहीं। हालाँकि मैं उनकी शिकायत को दूर कर रही थी। ख़ैर, इसका मज़ा मैं भी उन्हें अच्छी तरह न चखाऊँ तो मेरा नाम ख़ानम जान नहीं।"

मैंने बहुत ही मजबूरी के साथ हाथ जोड़ कर कहला भेजा और क़नात की तरफ़ देखा तो कुछ साया-सा मालूम हुआ। मैं समझ गया, वही होंगी। इसलिए मैंने फ़ारसी का एक शे'र पढ़ा। फिर क़नात के नज़दीक जाकर दूसरा शे'र पढ़ा। उसके जवाब में और तो कुछ न कहा, उसने भी एक शे'र पढ़ा और चली गई।

मग़रिब (सूर्यास्त के समय की नमाज़) के बाद गाने की तालीम का रिवाज ख़ेमे में उसी ने डाला। मीरज़ाई से कहा कि "दरयाफ़्त करना चाहिए, अगर साहब हों तो बुलवा भेजें।" मीरज़ाई ने साहब को बुलवा भेजा।

वो आए तो ख़ानम जान ने अशआ'र (शे'र का बहुवचन) के मा'नी (अर्थ) पूछने पर साहब को धर लिया। जो कुछ सटर-पटर हो सका, पहले तो साहब ने जवाब दिया। मगर जब उसने बोलती ही बंद कर दी तो नाचार (मजबूरन) मुझे बुलवाने के लिए मीरज़ाई से कहा।

उसने कहा, "ज़रूर बुलवाइए। मगर वो हमारे इसरार के बावजूद कभी नहीं आते।"

साहब ने कहा, "वो हालाँकि जवान हैं, मगर औरतों से बहुत शरमाते हैं।"

ख़ैर, दो हरकारे एक के बाद एक आए। मैं जान-बूझ कर देर कर रहा था। आख़िर थोड़ी देर के बाद ख़ेमे में गया।

मीरज़ाई ने कहा, "आप ही की कसर थी।"

मैंने साहब से पूछा, "आपने यहाँ मुझे क्यों बुलवाया है?"

साहब ने कहा, "फिर ग़ज़ब किया। तुम्हारा कैसा मिज़ाज है?" बी मीरज़ाई तुम्हारी शिकायत करती हैं, कि कभी इधर होकर नहीं निकलते। मैं नहीं समझता, किसलिए नहीं आते हो?

मैंने कहा, "आपको मालूम है, मुझे ऐसे मुक़ामों पर जाने की आदत नहीं है।"

उसने कहा, "हाँ मैं जानता हूँ, मगर यहाँ कुछ हरज नहीं है। यहाँ आने से आपकी शख़्सियत जाती न रहेगी।"

मैं बैठा तो उसकी बग़ल में ही बैठने का इत्तेफ़ाक़ हुआ।

मैंने चुपके से कहा कि "इस वक़्त तो ख़ूब तुमने शोशा छोड़ा।"

जवाब दिया, "जी हाँ! आपने जिस तरह उस वक़्त बातें बनाईं, अनजान होकर बनाईं।"

इस पर मैंने फ़ारसी का एक शे'र पढ़ दिया।

इसके बाद ख़ानम जान ने 'हाफ़िज़' की एक ग़ज़ल शुरू कर दी।

ग़ज़ल के आख़िरी शे'र को उसने तरह-तरह से गाया, फिर मेरी तरफ़ देख कर साहब से कहा, "सेज तो है, गुले-बेख़ार (कांटा-रहित) नहीं। जैसे हम और आप।"

पहले तो साहब जल्दी में कह गया, "हाँ, सच है।"

फिर समझा और कहा, "ख़ानम जान! मुझे ख़ार (कांटा) कहती हो!"

उसने कहा, "बेशक! मेरी नज़र में आप ख़ार हैं।"

साहब ने हाथ पकड़ लिया, कि "अच्छा हम ख़ार हैं तो नाख़ुन से तुम्हारा लहू निकालते हैं।"

फूल लें वो बुलबुलें मिन्क़ार[1] में।
तिनके जो चुनती फिरें गुलज़ार में॥

उसने हाथ झटक दिया और हंसी में बात उड़ गई।

मैंने बी जान से 'हाफ़िज़' की एक ख़ास ग़ज़ल सुनाने के लिए कहा।

और उस ग़ज़ल के ख़त्म होते ही ख़ानम जान ने 'हाफ़िज़' ही की दूसरी ग़ज़ल शुरू कर दी।

मेरी हालत बदल गई और आँसू जारी हो गए।

मैंने मीरज़ाई से कहा, "अब दूसरी ग़ज़ल गाओ।"

उसने दूसरी ग़ज़ल गाई और एक शे'र पर पहुँच कर मुझसे चुपके से कहा कि मेरी हालत इसी तरह की है। फिर, उस ग़ज़ल के ख़त्म होते ही ख़ानम जान ने दूसरी ग़ज़ल गाई। और उस ग़ज़ल के एक शे'र को इस तरह दर्द से अदा किया कि सबके-सब बेताब हो गए। मेरी आँखों से मुसलसल आँसू जारी हो गए और उसकी भी आँखें इस तरह डबडबा आईं जैसे नर्गिस के फूल में ओस की बूँदें हों। मगर एक आँसू भी गिरने न दिया और इस तरह ज़ब्त किया, गोया कुछ था ही नहीं।

फिर चुपके-से कहा, आमीन (तथास्तु)। मैंने भी कहा, आमीन।

उस दिन गाना बहुत ही असरदार हुआ। साहब बहादुर भी डूबे हुए थे। गाना ख़त्म होने के बाद मुझसे बोले—

"हसन शाह! बेशक आज आशिक़ हो गए। इन औरतों में से जिसे तुम पसन्द करो, ले लो।"

फिर चुपके से बी जान से कहा, "देखो, मुंशी कैसे चिढ़ते हैं!"

मीरज़ाई ने कहा, "आप अगर हममें से किसी को क़बूल कर लें तो हमारी ख़ुशक़िस्मती है।"

मैंने कहा, "साहब! आपसे कई बार अर्ज़ कर चुका हूँ कि मुझसे दिल्लगी न किया कीजिए। मगर आप नहीं मानते। हालाँकि यह मामला मालिक और नौकर में बहुत ही बुरा है।"

उसने कहा, "इसमें हरज ही क्या है! और मैं तो सच कहता हूँ। क्योंकि तुम गाने पर रोते बहुत हो।"

---

1. चोंच।

मीरज़ाई ने कहा, "मीर साहब कमज़ोर दिल के आदमी हैं। इसमें आशिक़ी की कौन-सी बात है!"

मैंने कहा, "रोना-तड़पना तो मेरी रूह में बसा है। इसको मैं क्या करूँ। मगर अफ़सोस! मेरे रोने में असरख़ाक नहीं।

कहाँ सोज़े-उल्फ़त[1] में क़द्र आँसुओं की।
ये मोती हैं, लेकिन जलाए हुए हैं॥"

बहरहाल, इन अच्छी-अच्छी बातों के बाद साहब घड़ी देख कर उठ खड़े हुए। मैं भी उठने को तैयार हुआ। मीरज़ाई ने कहा, "अगर कुछ शे'र पढ़िए तो बहुत मेहरबानी होगी।"

लिहाज़ा मैंने चन्द अशआ'र पढ़े। और आख़िर में फ़ारसी के मशहूर शाइर 'हज़ीं' का एक शे'र ख़ानम जान की तरफ़ ग़ौर से देखते हुए मैंने सुनाया।

उसने गोया सुना ही नहीं और मुँह फेर लिया। मैंने ज़रा क़रीब खिसक कर कहा—

इक ज़रा-सी बात पर ये ख़फ़गियां[2]।
वो हँसी होंठों पर आई देखिए॥

इसका भी जवाब नदारद। मगर मुस्करा दिया। और कनखियों से मुझे देख कर, वह उठ कर सायबन में बैठ रही।

मैं अपने घर चला आया।

उस दिन से ख़ेमे में आना-जाना शुरू हो गया और सबसे बेतकल्लुफ़ी की नौबत आ पहुँची। पहरों जा कर बैठता था। अगर किसी दिन कोई दिक़्क़त हो गई और जाने में देर हुई तो मीरज़ाई ख़ुद क़नात के क़रीब आकर पुकारती थी या आदमी भेजती थी। अक्सर आधी-आधी रात तक शतरंज, गंजीफ़ा, चौसर या सनम से बात करने के रिवाज के हिसाब से बैतबाज़ी (अन्त्याक्षरी), चीस्तान (पहेली) वग़ैरह में गुज़र जाती थी। चूँकि बी जान वग़ैरह सभी बेतकल्लुफ़ हो गई थीं, इस वजह से जिस औरत के पास जी चाहता, मैं बैठा रहता। मगर इसके बावजूद ख़ानम जान फटकी-फटकी रहती थी। लोगों के सामने बहुत ही कम बात करती थी। मानो सब कुछ ज़ब्त रख कर बहुत एहतियात से इस क़िस्म का बर्ताव करती कि मजाल नहीं किसी को गुमान तक हो सके।

कौन ऐसा है भला, उसका जिगर देखें तो।
यार हो सामने, देखे न उधर देखें तो॥

---

1. प्रेम की ज्वाला।
2. नाराज़गियाँ।

उस रात को मैं ख़ेमे से आया तो उसकी रंजिश का ख़याल बेचैन किए हुए था और तबीअत सख़्त परेशान थी। रह-रह कर कलेजा धड़कता था और बैठा जाता था। दिल चाहता था, फिर ख़ेमे में चला जाऊँ। बग़ैर कोई सफ़ाई दिए मैं क्यों चला आया?

महफ़िले-यार से उठने को उठे तो लेकिन।
दर्द की तरह उठे, गिर पड़े आँसू की तरह॥

जब सुबह को रहमअल्लाह आया, मैंने कहा, "उन्होंने कुछ कहा है?"

बोला, "नहीं। सिर्फ़ सलाम कह दिया है। और मुझसे कहती थीं, रात को मैंने उनकी तस्कीन (शान्ति) कर दी है।"

मैंने सोचा, दिल तो उसका साफ़ हो गया है। मगर माफ़ी की ख़्वाहिश है। इसलिए यह रुक़्क़ा मैंने लिखा—

माफ़ी का ख़त

मेरी नाज़ुक-मिजाज नाज़नीन! मैं निहायत शर्मिंदा हूँ। मगर इस मामले में ज़्यादा लिखना और शर्म की वजह बयान करना गुनाह करने के बहाने से भी ज़्यादा गुनाह है। लिहाज़ा सिर्फ़ एक शे'र 'हाफ़िज़' शीराज़ी का लिखे देता हूँ। ख़ुदा के लिए मुआफ़ कीजिए।

गर ख़ातिरे-शरीफ़त रंजीदः शुदज़ हाफ़िज़
बाज़ आ के: तौब: करदम अज़ ग़ुफ़्त:-ओ-शुनीद:

भावार्थ : अगर 'हाफ़िज़' अपनी शराफ़त की वजह से ग़मगीन है, तो जो कुछ बोला है या सुना है उससे तौब: (पश्चात्ताप) कर और ऐसी हरकतों से बाज आ...

शाम के वक़्त रहमअल्लाह आया और जवाब भी बिलकुल दुरुस्त ले आया—ऐ ज़ालिम! आपका माफ़ी से भरा ख़त पहुँचा। हाय! अगर माफ़ी क़बूल न करूँ तो क्या करूँ?

इनको न चुन-चुन के तेरे जिगर में रख लूँ।
किस मज़े से ये उड़ाते हैं निशाना दिल का॥

याद रहे—

ज़माने में हैं यादगारे - ज़माना।
वफ़ाएँ हमारी जफ़ाएँ तुम्हारी॥

तुमने इतना न ख़याल किया कि इस बात में क्या बात निकलेगी और तड़ से मुझे सख़्त कह दिया। ख़ैर, मैं तो अब दरगुज़र करती हूँ। लेकिन ख़ुदा के लिए आइंदा ज़रा बदले की बात और अक़्लमंदी पर अपनी तबीअत पर ज़ोर न दिया कीजिए। बग़ैर समझे-बूझे कोई बात कह देना अक़्लमंदी नहीं है। आप इत्मीनान रखिए, मैं नाख़ुश नहीं हूँ। अगर ऐसे ही रंजिशों को मैं ले के बैठूं, फिर पनाह कहाँ मिलेगी, मालूम है?

मगर गिनते हैं हम ख़ताएँ तुम्हारी।

जनाबे-आली! आपको याद होगा, मैंने पहले किसी ख़त में लिखा है कि चन्द शर्तें मेरे और आपके दरम्यान करनी होंगी, जो मुहब्बत को क़ायम और उल्फ़त को हमेशा बनाए रखने के लिए ज़रूरी हैं। भेजती हूँ। इसको मुलाहिज़ा करके दोनों पर मुहर और दस्तख़त कर दीजिए। मैंने भी कर दिए हैं। एक अपने पास रखिए, एक मुझे वापस भेज दीजिए।

बाहम[1] इक वाद:-ए-फ़र्दा[2] पे नविश्ता[3] हो जाए।
कि मेरी सह्व[4] की आदत है, मुझे याद रहे॥

अहदनामे की नक़्ल (प्रतिलिपि)

1. अगर आपस में किसी वजह से रंज आ जाए तो उसे दूर करने की फ़ौरन कोशिश करनी चाहिए। यह ज़िद न हो कि क़सूर किसका है? माफ़ी कौन पहले माँगे? और जब कोई इनकार करे तो बेहुज्जत क़बूल कर लेना चाहिए।
2. किसी बात को, चाहे वह कैसी भी हल्की क्यों न हो, एक-दूसरे से छिपाएँ नहीं। बल्कि कोई काम बग़ैर आपसी राय के न करना चाहिए। अगर ज़ाहिरी तौर पर इसमें नुक़सान मालूम होगा तो आपसी सलाह-मशवरे से वह साफ़ हो सकेगा।
3. जो सामने है और जो सामने नहीं दिख रहा है—एक-दूसरे की रज़ामंदी और दिलजोई के लिए मुनासिब तौर से उसका लिहाज़ रखना चाहिए।
4. झूठ न बोला जाय, हालाँकि ग़लती ही हो गई हो।
5. एक-दूसरे की बात को झुठलाना न चाहिए और बेहूदा गवाहियाँ और बदगुमानियाँ बिलकुल न आने पाएँ।

---

1. परस्पर।
2. भविष्य का वादा।
3. प्रामाणिक।
4. भूल जाना।

6. चुग़लख़ोरों और जलने वालों की बातों पर पहले तो एतबार ही न करना चाहिए और अगर ख़याल आ जाए तो फ़ौरन कह देना चाहिए, जिसकी सफ़ाई हो जाए। दिल में रख छोड़ना और घात में लगे रहना सख़्त बुरी बात है।
7. मुहब्बत की तरक़्क़ी और उसके निबाह में हर वक़्त कोशिश करते रहना चाहिए। मौजूदा हालात को ग़नीमत समझ कर, आइंदा का ख़याल छोड़ देना हिमाक़त है।

जो कुछ इसमें लिखा है, दिलो-जान से मंज़ूर है।
जो कुछ इसमें लिखा है, क़बूल है।

दस्तख़त
हसन शाह
(मुहर)

दस्तखत
ख़ानम जान

मैंने यह अहदनामा देख कर उसकी अक़्ल पर शाबासी दी और फ़ौरन मुहर और दस्तख़त करके एक कॉपी उसके पास वापस कर दी।

15

निकाह और वस्ल (मिलन) की बेताबियाँ

ख़ेमे में मेरा आना-जाना पूरी तरह शुरू हो गया था और पहरों उसके साथ रहने का इत्तेफ़ाक़ होता था। तन्हाई में भी कभी-कभी वह मिल जाती थी। इक़रार भी होता था, तसल्ली भी की जाती थी। मगर इन ऊपरी बातों और ख़ाली दिल बहलाने से और भी बेचैनी बढ़ती थी। और जिस क़दर जुदाई लम्बी होती थी, मेरी उलझन बढ़ जाती थी।

मार डाला इन्तज़ारे-यार ने।
इस क़दर भी आरज़ू अच्छी नहीं॥

हर वक़्त आह भरने और रोने-तड़पने से ही काम था। उसकी याद में तड़पता और अशआ'र पढ़ा करता। आख़िर मैंने उसे एक ख़त लिखा—

> मेरी फ़रियाद सुनो प्यारी। मालूम हो कि अपनी बेचैनी का हाल मैं लिख नहीं सकता। तुम्हारे वस्ल (मिलन) की तमन्ना में तारे गिन-गिन कर रातें काटता हूँ। मगर हाय! वस्ल की कोई सूरत नज़र नहीं आती। मुझे दुनियावी बातों की ख़बर नहीं। सिवाय तुम्हारे वस्ल की कोई ख़्वाहिश नहीं।
>
> अगर चन्द रोज़ और इसी तरह मैं महरूम रहा तो यक़ीन जानो, दीवाना होकर जंगल को निकल जाऊँगा। या कोई जानलेवा बीमारी में मुब्तिला हो जाऊँगा। इसलिए अगर ख़बर लेना हो तो जल्द लो। वरना फिर अफ़सोस करोगी।
>
> तुमको तमाम बातों का सलीक़ा ख़ुदा ने दिया है। मगर विसाल (मिलन, संयोग) की तदबीर में आपकी कोई चालाकी मैंने नहीं देखी। गोया इस बात का कोई सबक़ ही नहीं पढ़ा। हाँ, तुमको तो सब कुछ आता है। मेरी बदक़िस्मती का क्या इलाज है?
>
> इसका ठीक-ठीक जवाब जल्द भेजो। वरना मुझसे हाथ धो डालो।

इस ख़त का जवाब ज़ुहर (दोपहर की नमाज़) के वक़्त रहमअल्लाह ले आया—

> मेरे बेक़रार दोस्त! आपका ख़त पहुँचा। बेचैनी और तड़प का हाल मालूम हुआ। मुझे बड़ा सदमा हुआ। मगर मुहब्बत करने वालों को हमेशा यह दुखड़ा रहता है। आपकी कुछ ख़ुसूसियत नहीं है। आप जानते हैं कि मैं इस फ़िक्र से बेख़बर हूँ, ऐसा नहीं है। मगर यह भी नहीं कि जल्दी में आइंदा के ख़यालात छोड़ दूँ और मौजूदा वक़्त को ही ग़नीमत समझूं! जल्दबाज़ी का मतलब बहुत बड़ी ठोकर खाना है। फिर सँभलना दुश्वार होता है। लिहाज़ा सब्र करना और ख़ुदा पर भरोसा रखना चाहिए। यक़ीन है कि कोई सूरत निकल आए।
>
> *ग़म उठाने के वास्ते दम है।*
> *ज़िन्दगी है अगर तो क्या ग़म है॥*

रात को मैंने दूसरा ख़त लिखा—

> मेरे ज़ख़्मे-जिगर पर मरहम रखने वाली! ख़ुश रहो। आपका रुक़्क़ा (ख़त) देखा। ये तस्कीन और तसल्ली की बातें मेरे दर्दे-दिल की दवा नहीं हो सकतीं।
>
> *नतीजा ये निकला, थके सब पयामी[1]।*
> *यहाँ आते-आते, वहाँ जाते-जाते॥*

मुझमें अब सब्र की ताक़त नहीं। दिल घबराता है। बर्दाश्त हो नहीं सकता। दीवानगी बढ़ रही है। ग़म और नाउम्मीदी ने मुझे घेर लिया है।

इतनी है अर्ज़ गर्दिशे-लैलो-निहार से।
रातें हो वस्ले-यार की, दिन हों शबाब के॥

तुम तो मौक़ा और वक़्त के इन्तज़ार में हो और यहाँ मेरा बुरा हाल हुआ जा रहा है। आख़िर वह वक़्त कब आएगा? क्या बरहमनों, नजूमियों (ज्योतिषियों) से पूछने की ज़रूरत है? जब तक वक़्त आए, ख़ुदा जाने क्या हो क्या न हो। कल की ख़बर किसे है? अब और क्या लिखूँ! तुम्हारी इनायत का उम्मीदवार हूँ। टाले-बाले जाने दीजिए।

---

1. सन्देशवाहक।

सुबह को रहमअल्लाह रुक़्क़ा ले गया और शाम के वक़्त यह जवाब ले आया—

मेरे बहुत ही बेक़रार होने वाले! आपके ख़ुश करने वाले शौक़ को देख कर मुझे तअज्जुब होता है। यह सच है कि आपको बहुत बेचैनी है और ठीक से वस्ल के सिवा और कोई बात अच्छी नहीं मालूम होती। मगर मैं भी ग़ाफ़िल नहीं हूँ और न बेदर्द हूँ। बल्कि मेरे दिल का हाल तुम्हें नहीं मालूम। मैं हाय!-वाय! तो करती नहीं, मगर अन्दर ही अन्दर जल कर काली राख होती जाती हूँ।

रंजे-फ़ुर्कत[1] को पहुँचती नहीं ईज़ा[2] कोई।
दिल में बैठा हुआ मलता है कलेजा कोई॥

बर्दाश्त करने पर मेरा बेशक क़ाबू है, चाहे जान चली जाए मगर उफ़ न निकालूँगी।

सोज़े-तपे-फ़िराक़[3] का लब पर बयाँ नहीं।
मैं चुपके-चुपके जलता हूँ, लेकिन धुआँ नहीं॥

मैं हर वक़्त इन्हीं फ़िक्रों में रहती हूँ, मगर कोई तदबीर (उपाय) नहीं सूझती। शायद ख़ुदा ने कोई ख़ास वक़्त इसके लिए मुक़र्रर किया होगा। अब तो सिवाय ख़ामोशी और सब्र के कोई चारा नहीं।

मेरे प्यारे! यह मैं जानती हूँ कि दिल की ख़्वाहिश के हिसाब से हमारा मिलना बहुत ही मुश्किल से हो सकेगा। आपको मालूम है कि इस गुनहगार को हराम का काम हर्गिज़ गवारा नहीं है। अगर ख़ुदा-न-ख़्वास्ता ऐसा मुझे मंज़ूर होता तो ये मुसीबतें क्यों उठाती? लोगों की बातें क्यों सुनती? ज़ुल्म मुझ पर हुए, ताने मुझे दिए गए, फ़ब्तियाँ मुझ पर उड़ीं। मैंने सब शर्बत के-से घूंट पी लिए मगर अपनी आबरू ख़राब न होने दी। मुझ पर इस क़दर जो पर्दे की पाबन्दी है, वह मेरी बदक़िस्मती से है। ख़ुदा जाने किस मसलहत से गवारा करती हूँ! वरना क्या मजाल थी कि मेरा रोंगटा भी कोई देख सकता! ग़ैर लोगों के सामने बैठने या उनसे बात करने का जब मुझे इत्तेफ़ाक़ होता है, जी चाहता है ज़मीन फटे और मैं उसमें समा जाऊँ। मगर मजबूर हूँ। लाचार हूँ। इन हरामख़ोरों के हाथ में पड़ी हूँ। ख़ुदा ही निजात दे तो दे। आक़िबत (परलोक) का ख़ौफ़ न

1. वियोग का दुख।
2. पीड़ा।
3. दुख, ताप, बिछोह।

होता तो मैं अपनी जान दे देती। ऐसी बेहया ज़िन्दगी से हज़ार दर्जा मौत बेहतर! यह भी इरादा नहीं है कि इन ज़ालिमों से अपना हाल ज़ाहिर करूँ, या कोई मदद चाहूँ। बल्कि इनको अगर ज़रा भी ख़बर हो जाए तो कमबख़्त आफ़त जोत दें।

अल्लाह किस क़दर रहे-मक़सूद [1] दूर है।
पैके-ख़याल[2] राह में थक-थक के रह गया॥

इसलिए ऐसी सूरत में आपकी ख़्वाहिश पूरी होती नहीं मालूम होती। लेकिन साथ ही दो-चार बातें ऐसी मेरे ख़याल में आई हैं जिससे बिलकुल पूरी तरह मिलन की फ़िक्र में पड़ी हूँ और एक निहायत ज़रूरी बात इसको समझती हूँ। यानी—

1. औरत और शौहर में ख़ून का कोई मेल नहीं होता। मगर इसके बावजूद क़रीब में रहने वाले ग़ैर लोगों से ज़्यादा एक-दूसरे से मुहब्बत और हिफ़ाज़त का ख़याल होता है। हकीमी की हिकमत भी यही बताती है है कि उसने आपसी मिलन के हीले (बहाने) को सारी ख़ुसूसियतों और क़राबतों (निकटताओं) से ज़्यादा असरदार और मज़बूत कर दिया है। इसलिए मिलन ज़रूरी चीज़ ठहरी।
2. वाक़ई, आगे क्या अंजाम होगा, इसकी ख़बर किसको है और ज़िन्दगी का क्या भरोसा? लिहाज़ा जो कुछ हो जाए, वही बहुत है।

इस जवाब से काफ़ी तस्कीन हुई। सुबह को परी जमाल क़नात के क़रीब आई और मुझसे कहा,

"आज अपना बंगला ख़ाली कर रक्खो और चार शख़्स मिल सकें तो बेहतर होगा। वरना दो ही आदमी तजवीज़ कर रखो। रात को एक ज़रूरत पड़ने वाली है।*

1. इच्छित मार्ग।
2. विचारों का हरकारा

* इसके बाद का सारा पत्र व्यवहार फ़ारसी में है। सम्भवत: उर्दू अनुवादक से चूकवश उसका अनुवाद छूट गया है। मगर उसे प्रस्तुत करना ज़रूरी नहीं है। क्योंकि इससे कहानी पर कोई फ़र्क़ नहीं पड़ता। हालाँकि फ़ारसी वाले अंश से पहले के भी दो पृष्ठ (82-83) नहीं हैं, जो कि उर्दू में रहे होंगे। उन पृष्ठों में क्या लिखा था, यह ज्ञात नहीं हो सका। अत: इस रूपान्तर में वह सामग्री भी शामिल नहीं की जा सकी।

मैंने कहा, "बेहतर है।" और रहमअल्लाह से पूछा, "तुम्हारे यहाँ आज कोई नई तक़रीब (उत्सव) है?"

उसने कहा, "नहीं। अलबत्ता मेवा जान की लड़की की मिस्सी* है। वहाँ जाने की सब तैयारियाँ कर रहे हैं।"

मैंने कहा, "ख़ानम जान भी जाएँगी?"

उसने कहा, "ज़रूर। क्योंकि जिसकी मिस्सी है वह ख़ानम जान साहिबा की सहेली है और बहुत ही आपस में मुहब्बत है।"

मैं हैरान हुआ कि यह क्या इसरार है? मुझसे तो बंगला ख़ाली कर रखने को कहा और आप जलसे में जाने को तैयार हैं। कहीं फ़रेब तो नहीं दे दिया।

वो वादे के सच्चे, वो पैमां[1] के पूरे।
मज़ा हाय! देगा मुकरना किसी का॥

बहरहाल, मैंने किसी बहाने से अपने भाइयों को, जो अक्सर यहाँ ठहरते थे, जाजमऊ[2] भिजवा दिया और एक ख़ौफ़ की हालत में रात का इन्तज़ार करता रहा।

किस ने वादा घर में आने का किया।
आप से बाहर हुए जाते हैं हम॥

तमन्नाएँ मचली जाती थीं। आरज़ूएं फूली न समाती थीं। दिल उछलता था। छाती धड़कती थी। किसी बात पर क़रार न आता था। बदगुमानियाँ सौ-सौ ख़याल पैदा करती थीं

ख़याल गुज़रे हुआ इरादा कहाँ का उनका हो गर यहीं का।
न कुछ ठिकाना मेरे गुमां का न कुछ ठिकाना मेरे यक़ीं का॥

अब वहाँ का तमाशा सुनिए, कि सारे दिन तो वह लड़ाई जो तैयारियों में रही—कभी कपड़ों की देखभाल, कभी ज़ेवर की ठीक-ठाक, बनाव-सिंगार, कंघी-चोटी करके सर से पाँव तक आफ़त ढाती हुई क़यामत बन गई।

---

* मुस्लिम औरतों का एक रिवाज, जिसमें लड़की के दांतों में मिस्सी—अर्थात् काले रंग का पाउडर लगाया जाता है। इस पाउडर का पत्थर कोहे-तूर (तूर के पहाड़) पर मिलता है, जो हजरत मूसा अ.स. की इस ज़िद से जल गया था कि अल्लाह ख़ुद आकर उन्हें दर्शन दें। —रूपा.

1. माप।
2. कानपुर के पास का एक शहर।

रंग निखरा जोबन उमगा फ़ित्ने बरपा हो चुके।
क़ाबिले-ताज़ीम[1] है उठती जवानी आपकी॥

बहारों पे है हुस्न ज़ेबा[2] किसी का।
उठानों पे है जोबन आया किसी का॥
जो सीने से ढलका दुपट्टा किसी का।
मसल डाला ज़ालिम कलेजा किसी का॥
उसे पीसा पामाल[3] उसको किया है।
मचाए है अंधेर सुर्मा किसी का॥
ग़ज़ब दुख़्ते-रज़[4] आज निखरी है साक़ी।
तमाशा है टूटे जो तक़वा[5] किसी का॥
दुपट्टे की तक़दीर हैकल[6] की क़िस्मत।
कि हाथ आ गया जोबन उभरा किसी का॥
सरे-तूर[7] क्या ख़ाक बाक़ी है मूसा।
इधर आओ दिखलाएँ जलवा किसी का॥

चलो हम भी पूछें मिज़ाजे-मुबारक।
सरे-तूर 'अंजुम'[8] है ज़लवा किसी का॥

जब चलने का वक़्त आया, वह खटवाई ले लिहाफ़ ओढ़ कर पलंग पर लेट गई। मीरज़ाई ने पूछा—

"बिटिया ख़ानम! ख़ैरियत तो है? यह तुम्हें क्या हो गया?"

जवाब दिया—"अभी मेरे सर में शिद्दत का दर्द होने लगा और बदन टूटता-सा मालूम होता है। जी भी मितलाता है।"

वे सब ज़रा थम गए।

इतने में आपने थोड़ी-सी क़ै भी की।

---

1. सम्मान के योग्य।
2. सुशोभित।
3. तबाह।
4. अंगूर की बेटी (अर्थात् शराब)
5. सिद्धांत
6. बाज़ूबंद, कंगन।
7. 'तूर' नामक पहाड़ पर (पैग़म्बरों में एक पैग़म्बर हुए हैं : हज़रत मूसा अलैहिस्सलाम। उन्होंने अल्लाह का दीदार (दर्शन) करना चाहा और 'तूर' नामक पहाड़ पर चढ़ गए। मगर, जब अल्लाह ने उन्हें दीदार दिया तो पहाड़ जल कर ख़ाक हो गया। —रूपा.
8. सितारा।

उधर मेवा जान से कोई सवारी लाने के लिए आदमी भेजा।

*थोड़ी ही देर में सवारी आ गई।

मीरज़ाई ने सबको तो सवार कर दिया, मगर ख़ुद ठहर गई। कुछ दवा-दरमन की फ़िक्र करने लगी।

चार घड़ी रात गए उसने मीरज़ाई से कहा कि मेरी तबीअत थोड़ी दुरुस्त है, मगर खड़े होने की सकत नहीं है। चूँकि हम लोग एक ही क़ौम के हैं इसलिए तुमको जाना चाहिए और मेरी मजबूरी बता देना। इस तक़रीब (उत्सव) की ख़ुशी मुझसे ज़्यादा किसको होगी? मगर मजबूर हूँ। अगर पहर रात गए तक भी मेरी तबीअत सँभल गई तो मैं ज़रूर आऊँगी, वरना सुबह को जो कुछ गुज़र गया है उसकी भरपाई कर दूँगी।

*मीरज़ाई ने फिर सवारी मँगवाई और रहमअल्लाह की माँ और ज़ाफ़रान नाम की लौंडी को छोड़ कर सवार हो गई। *मगर वहाँ पहुँच कर दम पर दम आदमी उसकी ख़बर लेने को भेजती। यहाँ तक कि मेवा जान भी एक सवारी पर सवार होकर वहाँ पहुँची। मगर उसको भी सब्ज़बाग़ दिखा कर उसने टाल दिया और कहा कि मुझे नींद आ रही है। अगर सो रहूँगी तो तबीअत ठीक हो जाएगी। मेवा जान ने कहा—"बेहतर है। इस वक़्त तकल्लुफ़ न करो और आराम हो जाने के बाद कल आना।"

और वह चली गई।

अब सब तरह से इत्मीनान हो गया।

इधर मेरी बेचैनी को कुछ न पूछो। कभी कहता था—

ज़रा शाम हो ले तो हम रंग लाएँ।
अंधेरे में लूटेंगे जोबन किसी का॥

कभी बदगुमानियाँ ज़ोर करती थीं कि अगर वह न आए तो? इन हसीनों का क्या ऐतबार?

ठहरता नहीं एक हालत ये दम भर।
तबीअत भी मेरी है वादा किसी का॥

शाम के वक़्त चार अजनबी आदमियों को, जो ग़रीब मुसलमान थे, बुलवा लिया। और रात को खाना खिलवा कर उन्हें ठहराया कि यहाँ आज एक शख़्स का निकाह है। उससे फ़ारिग़ होकर आप लोगों को रुख़्सत कर दूँगा।

पहर रात गए, ख़ेमे की क़नात जहाँ उसका पलंग था, उठा कर आवाज़ दी—"कोई है?"

---

* ये वाक्य मूल में नहीं हैं, बल्कि जोड़े गए हैं। —रूपा.

मैं तो जवाब सुनने के लिए सर से पैर तक इन्तज़ार में था। झपट कर क़रीब गया और कहा—

चश्मो-दिल हैं मुक़ाम ख़लवत [1] के।
आओ पर्दे पड़े हैं ग़फ़लत के॥

यह कह कर मैंने उसका हाथ थाम लिया और चाहता था कि उसे गोद में उठा कर ले जाऊँ, मगर वह मछली की तरह तड़प कर निकल गई।

शबे-वस्ल [2] में पाँव इतना न फैला।
तमन्ना से कह दो कि बैठे सँभल कर॥

मैंने मिन्नत करते हुए कहा—

"आइए। मैं अलग रहूँगा।"

उसने बंगले में आकर पूछा—

"जिन आदमियों के लिए मैंने कहा था, वो मौजूद हैं या नहीं?"

मैंने कहा—

"वो हाज़िर हैं।"

उसने फिर कहा, कि "ख़ेमे में चलना तो मुनासिब नहीं। तुम अपने सोने के कमरे में, जहाँ मसहरी लगी है, शम्मा रखवा दो। मैं वहीं ठहरूँगी।"

मैंने कहा—

"यह सब पहले ही से तैयार है। तुम अन्दर चलो।"

और उसे हाथ पकड़ कर मसहरी में ला बिठाया। क़नात को दस्तूर के हिसाब से तैयार कर दिया और मैं भी आकर बैठ गया।

वो छुप के आए हैं डरते हुए हमारे घर।
रक़ीब [3] को न ख़ुदाया [4] ख़बर करे कोई॥

फिर उन चार आदमियों के सामने मैंने 'महर' (शादी के बाद बीवी को दी जाने वाली रक़म) तय करके निकाह क़बूल करने वाले अल्फ़ाज़ (शब्द) उनके सामने कहे। फिर शीरीनी (मीठा प्रसाद) और कुछ दूसरी चीज़ें देकर उनको विदा किया।

---

1. तन्हाई।
2. मिलन की रात
3. प्रेम का प्रतिद्वंद्वी।
4. ख़ुदा के लिए।

मेरी महजबीन[1], दिलाराम[2] ने कहा—

"अब यहाँ बैठना मुनासिब नहीं है। आओ, ख़ेमे में चलें।"

वस्ल की रात है घबरा के ये कहता है वो शोख़।
देख लो भाल लो ऐसा न हो, आए कोई॥

मैं साथ हो लिया और क़नात की तरफ़ से ख़ेमे में दोनों चले आए। अब क्या पूछना था! मुद्दतों की दबी हुई आरज़ूएं हुमक आईं। तमन्नाएँ आज़ाद कर दी गईं।

मैं तो अपनी सरमस्तियों में बेख़ुद हो रहा था, उधर उस नाज़नीन को ग़श आ गया।

जब मेरे होशो-हवास दुरुस्त हुए और यह हालत देखी तो घबरा गया। मैं कभी उसका सर दबाता, कभी तलवे सहलाता। बांह पर ज़ोर से रूमाल बाँध दिया। मिट्टी पर पानी छिड़क कर सुंघाया।

बड़ी मुश्किल से काफ़ी देर के बाद उसको होश आया और उसने आँखें खोल दीं। मगर शर्म के मारे वो आँखें झुकी की झुकी रह गईं।

थोड़ी रात रहे मैं वहाँ से चला आया। और चलते-चलते कहा—

दमे-रुख़्सत कहा मैंने ये सूरत फिर भी देखेंगे।
तो किस अन्दाज़ से हँस कर कहा, देखें ख़ुदा जाने॥

फिर उसने लिहाफ़ ओढ़ लिया और सो रही।

सूरज निकलने के वक़्त मीरज़ाई पहुँची और उसके माथे पर हाथ रखा। रात की थकान से उसे बहुत तेज़ बुख़ार चढ़ा हुआ था। थोड़ी देर बाद वह जाग गई और मीरज़ाई से अपने बुख़ार का हाल बयान किया। बोली—

> "देखो, मुझे अब तक आराम नहीं है। रात बड़ी बेचैनी से गुज़री। तुम नाहक़ को आईं। बिरादरी का मामला है। सब रस्में पूरी करके आना था। अब भी चली जाओ तो अच्छा है। मेरा जाना भी न हुआ। तुम भी न जाओगी तो शिकायत होगी।"

मीरज़ाई मजबूर होकर चली गई। फिर शाम के वक़्त सबके साथ वापस आई। उस वक़्त भी वही शिद्दत की तप मौजूद थी। चेहरा तमतमाया हुआ। बदन इतना गर्म कि उस पर चने भून लो। हाथ नहीं रखा जाता।

---

1. चाँद जैसे मुखड़े वाली।
2. दिल को सुकून देने वाली।

क़नात के पास आकर मुझे पुकारा गया। मैं ख़ेमे में गया। मीरज़ाई ने कहा—

"आपने भी हमारी ख़ानम की ख़बर कुछ न ली। देखो, कल ऐन जाने के वक़्त ख़ुशी में अचानक कैसा शदीद बुख़ार दुश्मनों को हो आया! इस वक़्त तक कम होने का नाम नहीं लेता। 'इतनी' सी सूरत निकल आई है। चुरमुर होकर रह गई है। कल से एक खील (दाना, चावल) तक इसके मुँह में नहीं गई। बड़े मीर साहब से कह कर कुछ नुस्ख़ा लिखवा दीजिए।"

मैंने कहा—

"तीन दिन तक दवा न देनी चाहिए। अगर मौसमी बुख़ार है तो बग़ैर इलाज के चला जाएगा। सिर्फ़ तस्कीन के वास्ते रात को केवड़े में थोड़ी सी कस्तूरी मिलाकर, जो मेरे पास मौजूद है, दे दो। इससे बहुत आराम मिलेगा।"

यह कह कर मैं उसके पलंग के नज़दीक गया और मुँह से रज़ाई हटा कर देखा तो वह पसीना-पसीना हो रही थी। आँखें सुर्ख़, ख़ून की तरह। मुझे देख कर उसने मुँह छुपा लिया।

आख़िरकार, दो रोज़ तक उसकी तबीअत नासाज़ रही। उसके बाद सेहत ठीक हो गई।

16

मुहब्बत का कमाल

(बदगुमानियाँ, नाराज़गियाँ)

चूँकि ख़ेमे में आना-जाना काफ़ी बढ़ गया था और बेतकल्लुफ़ी तो पहले ही हो चुकी थी, लिहाज़ा वक़्त की परवाह किए बग़ैर जब मेरा जी चाहता था, चला जाता था और पहरों बी जान और ख़ानम जान वग़ैरह से लतीफ़ाबाज़ियाँ और हँसी-दिल्लगी हुआ करती थी।

मगर उससे जो बात होती थी, वह पते की और बहुत ज़ेहन से भरे हुए अल्फ़ाज़ में। अलबत्ता तन्हाई में राज़ो-नियाज़ और पहलू में लेकर चूम लेने का भी इत्तेफ़ाक़ हो जाता था। आख़िर उसने मुझसे कहा—

> "अब आप ज़्यादा बढ़ चले हैं और बाज़ वक़्त बेमौक़ा हरकत कर बैठते हैं। लिहाज़ा मुनासिब यह है कि ज़रा अलग-अलग रहा कीजिए, ताकि किसी को शक न हो।"

ताकीद शाम ही से है उनकी शबे-विसाल [1]।
बेमौक़ा हमसे आज कोई गुफ़्तगू न हो॥

मैंने सोचा, इन लोगों से और भी ज़्यादा बेतकल्लुफ़ी बढ़ानी चाहिए, ताकि ख़ुद हर शख़्स को पता चल जाए कि मेरा झुकाव ख़ास तुम्हारी तरफ़ है। इसमें यह मसलहत है कि इनके दिलों में बदगुमानी का मौक़ा ही न आने पाएगा। बल्कि मीरज़ाई—हालाँकि उसकी उम्र काफ़ी हो गई है, फिर भी उसकी शौक़ीनी और बोल-बर्ताव अब भी जवान हैं।

ख़ैर...मैंने कहा, "यह सच है। लेकिन मैं इस क़दर हरजाई मिज़ाज होना पसन्द नहीं करता कि सबसे गुफ़्तगू करता फिरूँ।"

उसने कहा, "भले जी न चाहे, मगर मसलहतन ऐसा ज़रूर करना चाहिए। यह बात एक दिन काम आएगी।"

मैंने कहा, "शायद तुमको नागवार हो और नाहक़ आपस में रंज आए।"

---

1. मिलन की रात।

उसने कहा, "मैं इस क़दर बेवक़ूफ़ नहीं हूँ कि जिस बात की सलाह दूँ, फिर उसमें रंज करूँ। क्या मुझे इतनी भी तमीज़ नहीं है जो इसको न जाँच सकूँ कि गहरा मेलजोल लगाव से है या दिखाने के लिए?"

मैंने कहा, "ख़ैर, जो तुम्हारी मर्ज़ी हो। मगर—

आतिशे-रश्के-अदू[1] ख़ाक करेगी हमको।
लाग[2] की आग बुरी होती है जलने के लिए॥"

बहरहाल मैंने उसकी तजवीज़ पर अमल किया और सबसे मोहब्बत के पेंग बढ़ गए।

एक बार चाँदनी रात में हम सब बैठे मज़े-मज़े की बातें कर रहे थे। मीरज़ाई को ओस पड़ने की वजह से सर में दर्द होने लगा। वह उठ कर अन्दर चली गई। फिर एक-एक करके और लोग भी चले गए। ख़ानम जान भी कोई ज़रूरत बता कर उठ गई। सिर्फ़ बी जान और मैं—दोनों बैठे रहे। ख़ाली मैदान पाकर बी जान मुझसे लिपट गई और हम प्यार की बातें करने लगे। ख़ानम जान ने बाहर आते-आते यह देख लिया, मगर फ़ौरन उल्टे पाँव लौट गई। मैंने देखा तो नहीं, मगर बी जान से कहा, "अलग हो कर बैठो। कहीं ख़ानम जान आ जाएँ और देख लें तो अच्छा नहीं।"

उसने कहा, "ख़ानम जान क्या है? अगर देख लेगी तो मेरी कौन-सी जागीर ज़ब्त कर लेगी? उसका ख़ौफ़ ही क्या? वह क्या चीज़ है।"

ये बातें उसने सुन लीं। मैं चाहता था कि कुछ जवाब दूँ, मगर ख़ानम जान सर पर आ पहुँची। और आई तो इस तरह कि ज़रा भी उसके तेवर या अन्दाज़ से यह नहीं लगा कि उसने कुछ भी देखा या सुना है। वह पहले की तरह ही हँसमुख बनी बैठ गई।

मगर मेरे दिल का चोर न गया और बी जान भी कुछ सिटपिटा-सी गई। हम दोनों ख़ामोश हो गए।

मैं चुपके से उठ कर अपने बंगले पर चला आया। सुबह को क़नात के पास आकर ख़ानम जान ने मुझे इशारे से बुलाया और फ़रमाया—

"रात को बी जान से क्या चोंचले और गुफ़्तगू हो रही थी?"

मैंने ख़याल किया कि अगर सच-सच कह दूँ तो इसे और भी ग़ुस्सा आएगा। इसलिए मैंने कहा, "कुछ नहीं। यूँ ही दिल्लगी हो रही थी।"

बोली, "ख़ैर, ऐसा ही होगा।" और चली गई।

मैंने हरचन्द कहा कि एक बात सुनती जाओ, मगर वह कब मानती?

---

1. दुश्मन की ईर्ष्या की आग।
2. लगावट, प्रेम।

मैंने सोचा कि शायद ज़रूर उसने वे सब बातें सुन ली हैं। मुझे छुपाना न चाहिए था। मगर वह तो हवा के घोड़े पर सवार थी। कहता तो किससे कहता? इसी कशमकश में फिर दिन चढ़ने के बाद मैं ख़ेमे में गया और हमेशा की तरह दिल्लगी होने लगी। मगर उसका मुँह ग़ुस्से से सुर्ख़ और तबीअत में नागवारी पाई गई। मैंने समझा कि अब तक मिज़ाज बिगड़ा हुआ है, ख़ुदा ख़ैर करे!

चितवन भी चढ़ी हुई अदा से।
काकुल[1] भी पड़ी हुई बला से॥

मैं हरचन्द मौक़ा ढूँढ़ता रहा, मगर कोई बात न कर सका क्योंकि शदीद ग़ुस्से से उसके चेहरे पर ग़ज़ब का खिंचाव था। बार-बार तेवरियाँ बदलतीं और मुँह उसका लाल भभूका हो रहा था। ग़ुस्से से भरी निगाहें तीर बरसा रही थीं और पलकों की ऐंठन तलवार की धार लग रही थी।

मजबूरन मैं वहाँ से जल्द उठ कर चला आया। रहमअल्लाह भी तलाश करने के बावजूद न मिला। और इत्तेफ़ाक़ की बात कि दो रोज़ तक कोई सूरत माफ़ी माँगने या बातचीत की न निकली।

उधर वो बदगुमानी है, इधर ये नातवानी[2] है।
न पूछा जाए है उससे न बोला जाए है मुझसे॥

तीसरे दिन कुछ दिन चढ़े मैं ख़ेमे में गया। देखा, मीरज़ाई सायबान के नीचे तख़्त पर बैठी मिस्सी लगा रही है। उसी के क़रीब कुर्सी घसीट कर मैं भी बैठ गया। मीरज़ाई ने कहा, "अभी-अभी मैंने आपको याद किया था और चाहती थी, किसी को भेज दूँ। दो दिन से आपको देखा ही नहीं। अल्लाह जानता है, आप एक दिन नहीं आते तो जी लगा रहता है। मालूम नहीं, आपको भी हमारा ख़याल आता है या नहीं?"

मैंने कहा, "लो, और सुनो। मेरा तो जो हाल है उसे मैं ही जानता हूँ।"

फिर मैंने देखा कि मेरी बिगड़ी हुई महजबीन[3] भी एक तरफ़ बैठी मिस्सी[4] लगा रही है।

बिजली दांतों की चमक पर बिस्मिल[5]।
मिस्सी को देख घटा लौट गई॥

---

1. केश राशि।
2. घबराहट।
3. तात्पर्य है प्रेमिका। यह कोई नाम नहीं है।
4. काले रंग का एक पाउडर, जिसे दांतों में लगाया जाता था। अब इसका रिवाज कम हो गया है।
5. घायल।

इसके बाद कंघी होने लगी और आईना सामने रखा गया।

जब कंघी-चोटी हो गई तो उसने पान खाया और ज़ाफ़रान नाम की लौंडी मेहंदी पीस कर ले आई। उसने पूछा, "पाँवों में भी मेहंदी लगाओगी?"

उस वक़्त मैंने ग़ौर से देखा तो हाथों में मेहंदी रची हुई थी। मैंने मन में कहा—

तुमको ख़्वाहिश थी कि हो शोख़ हिना की रंगत।
क्यों न हाथों में मला मेरा कलेजा लेकर॥

अब पाँवों की बारी आई।

चूँकि मैं दो दिन से परेशान था, मीरज़ाई ने कहा—

"मीर साहब! आपका चेहरा उतरा हुआ है और आप कुछ फ़िक्रमंद मालूम होते हैं।"

मैंने कहा, "कुछ नहीं, ज़रा तबीअत नासाज़ थी। आज तीसरा दिन है। यक़ीन है कि मिज़ाज में जो सुस्ती है वह चली जाएगी।"

महिफ़ल में गो न समझे कोई उससे बहस क्या।
पहचानते हैं वो तो मेरे इज़्तिराब[1] को॥

फिर मैंने एक रुबाई का ऊपर लिखा शे'र पढ़ा। उसने कहा, "इस वक़्त आपकी तबीअत ठीक मालूम होती है। कुछ शे'र अच्छे-अच्छे पढ़िए। दो-तीन दिनों तक न मिलने की कसर पूरी हो जाएगी।"

मैंने चन्द शे'र उसकी ख़ातिर पढ़े। इतने में कोई आ गया। मीरज़ाई उससे बातें करने लगी। मैं कुर्सी फिरा के उस परीवश[2] की तरफ़ फिर बैठा। उसने मुझे देखा और मुस्कुरा दी।

देख कर मुझको वो हंस देते हैं।
आँख छुपती ही नहीं यारी की॥

मैं समझ गया कि अब गुस्सा कम हो गया है। मीरज़ाई तो उधर बातों में लगी थी, मैं कुर्सी से उठा और अपना साया उसके क़दमों पर डाला—मतलब यह, कि तुम्हारे पाँवों पर सर रखता हूँ। मेरा क़सूर माफ़ करो। उस सितमगर ने एक लात ज़मीन पर दे मारी।

---

1. बेचैनी।
2. परी जैसी, प्रेमिका।

लाखों लगाव एक चुराना निगाह का।
लाखों बनाव एक बिगड़ना इताब[1] का॥

फिर ज़ाफ़रान से कहा, "चल, हम यहाँ न बैठेंगे। अन्दर पलंग पर बैठ कर मेहंदी लगा दे।"

ज़ूर[2] का ये भी इक अन्दाज़ है वरना ज़ालिम।
मेहंदी कुछ ग़ैर नहीं पाँव में मलने के लिए॥

उसने कहा, "ए बी! यहाँ ठंडी हवा आ रही है, अन्दर गर्मी में जाकर क्या करोगी?"

चूँकि वह भरी हुई तो थी ही और गुस्सा उतारने का कोई हीला न मिला था, इसलिए इस बात पर लपक कर एक तमाचा तो ज़ाफ़रान बेचारी को जड़ा और मेहंदी पर ऐसी ठोकर मारी कि वह दूर जा गिरी।

इसके बाद उसने चुपके से कुछ कहा और ग़ुस्से में जिस तरह उठी थी उसी तरह फिर बैठ गई।

फिर मैं उठा और अपने सर का साया उसके घुटनों पर डाला और आगे बढ़ कर कहा—

क़त्ल कर डालो या अब जुर्मे-उल्फ़त बख़्श दो।
लो खड़े हैं हाथ बाँधे हम तुम्हारे सामने॥
ग़ुस्से में तेरे हमने अजब लुत्फ़ उठाया।
अब तो अमदन[3] और भी तक़सीर[4] करेंगे॥

इस पर उसने मुस्करा कर मेरी तरफ़ देखा और अपने सर को इस तरह झुकाया कि वह उसके सीने में लग गया।

आईने से लिपट गए बेइख़्तियार आज।
अब अपने अक्स[5] से वो हम-आग़ोश[6] हो गए।

---

1. नाज़ करना, नखरा करना।
2. मोज़ा (यहाँ तात्पर्य है पाँव को छुपाना)।
3. जानबूझ कर।
4. क़ुसूर।
5. प्रतिबिम्ब।
6. परस्पर आलिंगन।

मैं समझ गया कि मेरा क़ुसूर माफ़ हुआ और मेरे साये को उसने अपने गले से लिपटा लिया। फिर उठ कर मेरी क़रीब होकर आहिस्ता से यह शे'र पढ़ती हुई चली गई—

माशूक़ों की बख़्शी नहीं जाती हैं ख़ताएँ।
जुर्म उनके कभी अफ़्व[1] के क़ाबिल नहीं होते॥

थोड़ी देर के बाद मैं भी ख़ेमे के अन्दर गया। वहाँ गाना हो रहा था। मीरज़ाई ने मुझसे कहा,

"कोई ग़ज़ल याद दिलाइए।"

मैंने एक ग़ज़ल का ज़िक्र करते हुए कहा कि यह ग़ज़ल याद हो तो सुनाओ। उसने मेरी दिलरुबा से कहा, "आओ, तुम भी शरीक हो जाओ।"

उसने कहा, "शुरू कीजिए, मैं अभी आई।"

मीरज़ाई ने मेरी फ़र्माइश की ग़ज़ल शुरू की।

वह सितमगर गाने के दौरान मेरी तरफ़ देख कर मुस्कराती जाती थी। जब ग़ज़ल पूरी हुई तब उसने दूसरी ग़ज़ल शुरू की।

उस वक़्त का वह गाना बड़े मज़े का था। मेरे आँसू जारी हो गए। मैंने मीरज़ाई से उसकी बड़ी तारीफ़ की और एक दूसरी ग़ज़ल की फ़र्माइश भी की। वह ग़ज़ल भी गाई गई।

मेरी माशूक़ा ने हँस कर मीरजाई से कहा, "देखो, कैसी उम्दा ग़ज़ल याद आई है।"

और फिर उसने दूसरी ग़ज़ल शुरू की।

उसके बाद गाना बंद हो गया और दोपहर हो जाने की वजह से मैं भी उठ गया।

मीरज़ाई ने कहा, "क्या जल्दी पड़ी है, थोड़ी देर और बैठिए।"

मैंने अपनी मजबूरी बताई और फ़ारसी का एक शे'र पढ़ कर चला आया।

उसी दिन शाम के वक़्त ख़ानम जान हमेशा वाले मुक़ाम पर आकर खड़ी हो गई। मैंने कहा, "इस गुनहगार से क्या ख़ता हुई? न दो-तीन दिन से ख़ुद आप यहाँ आईं, न रहमअल्लाह को भेजा।"

उसने जवाब दिया, "तुम ख़ुद ही सोचो कि तुम से क्या क़ुसूर हुआ? मेरे कहने की क्या ज़रूरत है?"

---

1. माफ़ी, क्षमा।

मैंने कहा—

"तेरे सिवा किसी से मोहब्बत सनम नहीं।
तेरी क़सम नहीं है, ख़ुदा की क़सम नहीं॥"

उसने फ़रमाया, "इस क़दर ढिठाई अच्छी नहीं है। चोरी और सीनाज़ोरी! देखो, वादा तोड़ना अच्छी बात नहीं है।

सुनी सरगोशियाँ ग़ैरों से, इशारे देखे।
हमने आँखों से करिश्मे तेरे सारे देखे॥

मैंने अपनी आँख से आपके और उस मुर्दार के चोंचले देखे और उसकी न सुनने लायक़ बातें सुनीं। फिर मुकर जाना तो और भी शक पैदा करता है। मुझे रंज तो बेशक हुआ, हाँ आपके लिए चाहे यह कोई बात न हो।"

मैंने हाथ जोड़ कर कहा, "तुम्हारी रंजीदगी की वजह से मैंने पूरा हाल ज़ाहिर नहीं किया। यह अलबत्ता मेरा क़ुसूर है। लेकिन...ख़ैर, मैंने चाहा था कि तुमसे सब हाल कह दूँ, मगर तुम ग़ुस्से की वजह से ठहरीं ही नहीं। इसलिए मजबूर हो गया। बहरहाल मैं माफ़ी माँगता हूँ, मुझे माफ़ कर दो।"

इस पर उसने कहा, "जो कुछ मुझे मलाल था, अब कुछ बाक़ी नहीं है और न तुमसे मैं हक़ीक़त में नाख़ुश थी। सिर्फ़ उसकी नालायक़ बातों पर मुझे रंज था। यह भी मैंने फ़ुज़ूल में रंज किया, क्योंकि मैंने ख़ुद ही तुमको इजाज़त दी थी। ख़ैर, अब इस बात को जाने दो।"

इस वाक़ए के बाद जान बी की मुहब्बत इस दर्जा कमाल को पहुँची कि अगर दोनों में किसी को कोई सदमा या रंज होता था तो हूबहू वही हालत दूसरे की होती। एक दिन मैं सैर के लिए घोड़े पर सवार होकर दरिया की तरफ़ चला। रास्ते में ठंडी हवा के झोंके ने घोड़े को ऐसा गर्माया कि वह मानो परेशान करने के लिए शरारत करने लगा। मैंने बहुत सँभाला, मगर वह किसी तरह न रुका। आख़िर मैं गिर पड़ा। मुझे सख़्त चोट आई। साहब ने पालकी भेज कर मुझे उठवा मँगाया। मेरी तकलीफ़ को जानने के लिए साहब बहादुर और मीरज़ाई—दोनों साथ आए। बातों-बातों में मीरज़ाई ने कहा कि "आज का इत्तेफ़ाक़ भी अजीब है। आपको इस तरह चोट आई और मैं आज ख़ानम जान और बी जान के साथ बाग़ की सैर कर रही थी कि ख़ानम जान फूल उछालते-उछालते चबूतरे से गिर पड़ी। उसके भी उल्टे हाथ में इस क़दर चोट आई कि कंधे तक सूजन आ गई है।"

खुलाई फ़स्द लैला ने तो वाँ मजनूँ के ख़ूँ निकला।*

---

* अपनी कलाई की रग काट लेना।

मैं यह सुन कर बहुत परेशान हुआ। जब साहब चले गए तब मैं ख़ेमे में गया। मीरज़ाई ने कहा—

"आपने क्यों तकलीफ़ की?"

मैंने कहा, "वहाँ अकेले पड़े-पड़े और भी जी घबराता था। इसलिए यहाँ चला आया, कि दिल बहलेगा। इसके सिवा तुम्हारी ज़बानी सुना था कि बी ख़ानम जान को भी चोट लगी है। उनकी मिज़ाजपुरसी ज़रूरी थी।

उस वक़्त हम दोनों एक ही पलंग पर दर्द की एक ही हालत में बैठे थे। डेढ़ पहर रात तक अच्छी-अच्छी बातों में वक़्त गुज़र गया। फिर मैं चला आया।

17

एक दिन ख़ानम जान ने ख़रबूज़े जो खाए, हरारत की वजह से सीधी आँख आ गई और मारे दर्द और जलन के क़रार न था। सुबह मैं ख़बर सुन कर मिज़ाजपुर्सी के लिए जाना चाहता था। अभी उठा ही था कि अचानक कोई कीड़ा मेरी भी सीधी आँख में पड़ गया। मैंने आँख मल डाली, जिससे एक आग-सी लग गई और आँसू बहने लगे। मैं बेताब होकर मसहरी पर लेट गया और बेक़रार होकर लोटने लगा। थोड़ी देर के बाद आँख खोली तो फिर गर्म-गर्म आँसू बहने लगे और अचानक आँख सूज गई। ऐसी, कि खुलना मुश्किल हो गया।

मीरज़ाई का आदमी मुझे बुलाने आया था। उसने मेरा यह हाल जाकर कह दिया। वह आई और कहने लगी कि ख़ूब तमाशा है! मैंने जो उस वक़्त आपको बुलाया था, इसलिए कि मेरी ख़ानम जान आँख के दर्द से रात भर नहीं सोई। आपसे कुछ दवा पूछूँगी। उसको तो सर उठाना भी दुश्वार हो गया है।

रोते-रोते सूज आई हैं आँखें।
कोई जाने किसी की आई हैं आँखें[1]॥

"मगर आपकी यह हालत हुई, मैं इसको देख कर ख़ानम जान की हालत तो भूल गई।"

मैंने कहा, "कुछ भी सोचने की ज़रूरत नहीं है। मैंने जो दवा दी है, वही उनकी आँख में लगाओ। इससे आराम हो जाएगा।"

ख़ैर...जिस दिन उसको आराम हुआ, उसी दिन मेरी आँख भी अच्छी हो गई।

बरसात का मौसम था और अंधेरी रात ऐसी, कि हाथ को हाथ न सूझता था। मैं हमेशा की तरह बरामदे में सो रहा था। ख़्वाब में क्या देखता हूँ कि शिद्दत का पानी पड़ रहा है और तूफ़ानी हवा चल रही है। बिजलियाँ चमकती हैं। बादल गरजता है। गोया मैं पलंग पर बैठा हूँ और वह वफ़ादार ख़ेमे से निकल मेरे सामने मैदान में भीगती खड़ी है। हरचन्द कहता हूँ कि अन्दर चली आओ, मगर नहीं आती। और बिजली है कि अब गिरी, अब गिरी। मैं बेइख़्तियार होकर उठा कि उसे गोद में उठा लाऊँ, तभी मेरी आँख खुल गई। देखा तो वाक़ई मेह बरस रहा है और वही हालत

1. आँखों का आ जाना—यह आँखों का एक रोग है, जिसमें आँखें लाल हो जाती हैं और उनमें जलन होने लगती है।

है जो ख़्वाब में देखी थी। मैंने सर्दी की वजह से खेस[1] ओढ़ लिया और सो गया। फिर दुबारा वही सब कुछ ख़्वाब में देखा।

अब तो मैं बेचैन होकर जाग पड़ा और ख़ेमे की तरफ़ ग़ौर से देखने लगा। बिजली की चमक में, बंगले के सामने, क़नात के क़रीब, मालूम हुआ कि कोई खड़ा है। मुझे गुमान हुआ कि कहीं चोर न हो! मैंने फुर्ती से तमंचा सरहाने से खींच लिया और मुस्तैद होकर बैठ गया। फिर आँख गड़ा कर उधर देखा और यक़ीन हुआ कि ज़रूर कोई खड़ा है। मगर ज़रा-सी भी कोई हरकत नहीं कर रहा है। ख़याल आया कि कहीं वही तो नहीं है और मेरा ख़्वाब सच्चा हो। तब मैंने बुलंद आवाज़ में फ़ारसी का एक शे'र पढ़ा। उसके जवाब में उधर से भी फ़ारसी का एक शे'र सुनाई दिया।

उस शे'र को सुनते ही मैं नंगे पाँव दौड़ा और उसको गोद में उठा लिया। देखा तो तेज़ बारिश से भीग कर काँप रही है और सर्दी के मारे दांत बज रहे हैं। मैंने कहा, "यह आपकी क्या हरकत थी?" इसका कोई जवाब न मिला। तब मैंने जल्दी-जल्दी वह शराबोर ज़ाफ़रानी पोशाक, जो शाम को उसने पहन रक्खी थी, उतारी और पाँव धुलवा कर अन्दर से रज़ाई ले आया। रज़ाई उसको उढ़ाई। आग जलाने का मौक़ा न था, क्योंकि मेरे भाई बंगले में सो रहे थे। लिहाज़ा अपने सीने से लिपटा कर उसको गर्मी पहुँचाई और लौंगें वग़ैरह खिलाईं।

मगर अब तक बात नहीं की जा सकी थी, क्योंकि दांतों के बजने के सिवा उसके मुँह से कोई आवाज़ नहीं निकलती थी। दो घड़ी के बाद उसने कहा, "मुझमें बात करने की ताक़त नहीं है। ज़रा ठहर कर अपना हाल कहूँगी।"

जब उसके जिस्म में ख़ूब गर्मी पहुँची और उसके होशो-हवास दुरुस्त हुए तब उसने बयान किया कि "आज शाम से मेरी तबीअत घबरा रही थी। इत्तेफ़ाक़ से तुम भी रात को न आए, इससे और भी उलझन बढ़ गई। हरचन्द पलंग पर लेटी-पोटी, मगर नींद न आई। तब मैं बेइख़्तियार रोई और फिर मैंने यह शे'र पढ़ा—

बेयार सरे-शाम से है जान पे नौबत।
अल्लाह! अभी चार पहर रात पड़ी है॥"

बार-बार जी चाहता था कि तुमको देखती, आख़िर बेचैन होकर उठी खड़ी हुई।

दिल में आता है जिगर से तो जिगर में दिल से।
दर्द उट्ठा है ज़रा आज टहलने के लिए॥

---

1. मोटी गर्म चादर।

जब मैं बंगले के बाहर पहुँची तो तुम्हें सोता हुआ पाया और साथ ही पानी बरसने लगा। मेरे दिल ने गवारा न किया कि तुमको जगा कर बेचैन करूँ, मगर घबराहट और ख़ौफ़ की वजह से मैं रोने लगी। इसी तरह देर से खड़ी भीगती रही। आख़िर तुम जगे।"

मैंने कहा, "मेरी जान! हज़ारों राहतें तुम पर क़ुर्बान थीं। तुमने मुझे फ़ौरन जगा दिया होता। देखो, मैं तमंचा लेकर मुस्तैद हो गया था। अगर चोर के धोखे में चला बैठता तो मेरा मुँह तो काला होता ही, जान भी क्यों रहती! तुमने बड़ा ग़ज़ब किया। कोई ऐसी नादानी करता है!"

उसने जवाब दिया, "ख़ैर, जो ख़ुदा की मर्ज़ी होती, मुहब्बत करने वालों के लिए ऐसी बातें तअज्जुब करने की नहीं हैं। दिल की बर्बादी और जलन के सामने जान की क्या हक़ीक़त है? अगर इस क़िस्म की एहतियात की जाए तो फिर मुहब्बत ही क्या और इश्क़ कैसा? तुम अपनी ज़िन्दगी आराम से बसर करते हो, तुम्हें हिज्र (वियोग) की बेचारगी में तड़पने वालों की क्या ख़बर और उनकी बेचैनी से क्या सरोकार?"

यह कह कर वह ज़ारो-क़तार रोने लगी ओर बोली, "देखो, याद रहे, मेरा हाथ होगा और तुम्हारा गिरेबान।"

मैंने उसके आँसू पोंछे और कहा, "मेरी जान! तुम ख़ुद ही ऐसी हरकत करती हो और मुझे मलामत करती हो। आख़िर ये रंजो-ग़म और ज़हमते-बेफ़ायदा किसलिए?"

बोली, "साहब! यह काम अपने इख़्तियार में नहीं है। यह वह हालत है, जिसको न ख़ौफ़ रोक सकता है न मस्लहत की अन्देशी दबा सकती है। यह बड़े से बड़े और ज़ालिम से ज़ालिम बादशाह के इख़्तियार में नहीं है कि परेशान करने का शौक़ रखने वाले को रोक सके। हाय! देखूँ मेरा अंजाम क्या होता है। जब तक यह कुछ न था, एक हालत ख़ौफ़ की तरह गुज़रती थी। अब तुम्हारे पाले में पड़ी हूँ। हजारों तरह के दूर-दराज़ वाले ख़यालात ने मुझे घेर लिया है, जिसको मैं जानती हूँ। तुमको क्या ख़बर?

अब ये जाना कि इसे कहते हैं आना दिल का।
हम हंसी-खेल समझते थे लगाना दिल का॥"

फिर उसने एक आह भरी और फ़ारसी की एक रुबाई सुनाई। फिर बोली, "ऐ! यह सब उस कमबख़्त इश्क़ की बदौलत है। बर्बादी हो मुहब्बत की, जिसने इसमें मुझे डुबोया।"

मैंने कहा—

"ऐसी बातें न करो। मेरा दिल दुखता है। मैं तुम्हारा हर हाल में ताबेदार

हूँ। क्या करूँ, मजबूर हूँ। वरना इस क़दर बेगाना बना रहना मुझे क्योंकर गवारा हो सकता? ख़ुदा के फ़ज़्ल पर नज़र रखनी चाहिए। इंशाअल्लाह अंजाम अच्छा होगा।"

बहरहाल, देर तक इसी क़िस्म की बातें होती रहीं। जब ज़रा तबीअत सँभली और उसमें ख़ूब गर्माई आ गई तब मैंने वक़्त को ग़नीमत समझ कर अर्ज़ किया—

"मौक़े से भी पाते हैं तो कुछ बन नहीं पड़ती।
हमसे तो ये माशूक़ सताए नहीं जाते॥"

यह सुनते ही वह निहायत बदमज़ा होकर बोली—

"इस क़दर बेहयायी की ज़रूरत क्या है? मालूम होता है कि तुम ऐसी ही बात की ख़्वाहिश रखते हो। अगर ऐसा है तो यह और भी मेरी जान को नुक़सान पहुँचाने और रूह पर रेती चलाने की वजह बनेगी।"

इसके बाद मेरे और उसके बीच कुछ और बातें हुईं, फिर हम ख़ामोश हो गए। और पता चला कि यह सब ख़्वाब था।

ख़ैर...सुबह के क़रीब उसकी आँख खुली और वह घबरा कर उठ बैठी। मैं भी जाग गया। उसने वही भीगी हुई पोशाक पहन ली और जाने लगी। मैंने कहा,

"इस वक़्त जाकर क्या करोगी? अब तो कुछ तदबीर (उपाय) भी नहीं हो सकती।"

उसने कहा, "यह भी एक नई बात हुई। अजी, कोई शख़्स जो काम करता है उसका अंजाम सोच ही लेता है। देख लेना, मैं क्या करूँगी! आप जिस तरह के फ़रेब की ज़िद पर भरोसा रखते हैं, सबको वैसा ही जानते हैं।"

मैंने कहा, "बेहतर है, जाइए।"

वह तो चली गई, मगर मुझे उस वक़्त उसके जाने और अपनी तनहाई का जो ग़म हुआ, वह बयान से बाहर है।

बहरहाल, उसने वहाँ जाकर अपनी लौंडी ज़ाफ़रान को जगाया और कहा, "उठ। मुझे ग़ुसलख़ाने के लिए पानी दे, मैं पेशाब करने को गई और चौकी से गिर पड़ी। तमाम ग़लाज़त और कीचड़ में कपड़े ख़राब हो गए।" उसने पानी ग़ुसलख़ाने में रख दिया। उसने जल्दी से जल्दी नहा-धो कर कपड़े बदले और पलंग पर सो रही।

सुबह जब मीरज़ाई वग़ैरह सब घर के आदमी सोकर उठे, मीरज़ाई ने कहा, "ख़ैरियत तो है? आज ख़ानम जान नमाज़ के लिए नहीं उठी।"

तब ज़ाफ़रान ने सारा माजरा बयान किया।

उसने ज़ाफ़रान पर ग़ुस्सा किया—

"मुझे क्यों न जगा लिया?"

और ख़ानम जान के पास आकर बदन टटोला तो अच्छा-ख़ासा बुख़ार चढ़ा हुआ था। तीन-चार घड़ी दिन चढ़े क़नात के पास आकर मुझसे सारा हाल बयान किया और कहा—

"देखो किस क़दर शिद्दत का बुख़ार है!"

मैंने जाकर नब्ज़ पर हाथ रखा। उसने फ़ौरन आँखें खोल दीं।

मैंने कहा, "इसका क्या नतीजा होगा, यह क्यों नहीं सोचा?"

यह सुन कर वह आँसू भर लाई और कुछ जवाब न दिया। मुँह छुपा लिया।

इतने में मालूम हुआ, मिंग साहब आ रहे हैं। मीरज़ाई और बी जान उनके इस्तक़बाल को गईं।

मैंने पूछा, "मेरी बात का जवाब न दिया?"

इस पर वह बोली—

"यह सब आप ही की इनायत है। अभी देखो तो सही, क्या-क्या होता है!"

और ज़ार-ज़ार रोने लगी। मुझसे ज़ब्त न हो सका। आँसू निकल आए।

मेरे आँसू उसने अपने आंचल से पोंछे और कहा—

"तुम्हारी बला रोए और रंज करे। रोना तो मुझे है।"

ज़रा देर में साहब भी आ गए।

मैं अलग हो गया और कहा, "इस वक़्त नाना साहब होते तो कोई दवा तजवीज़ कर देते।"

उसने (साहब ने) कहा, "अच्छा, अभी सवारी भेज कर बुलवा लो।"

बहरहाल हकीम साहब तशरीफ़ लाए और नुस्ख़ा तजवीज़ किया। और दस-बारह रोज़ में उसको पूरी तरह आराम मिल गया।

हमारे साहब का ख़ानसामा इमाम बख़्श एक दिन ख़ानम जान को रास्ते में मिला और सलाम किया। उसने भलमनसाहत के साथ जवाब दिया और ख़ैरियत भी पूछी।

अच्छी सूरत वाले हर किसी की आँखों में खटका करते हैं।

उस पाजी को लुत्फ़ और आदमीयत से कुछ और ही ख़याल हुआ और समझा कि यह माल अच्छा है। इससे बात-व्यवहार पैदा करना चाहिए। चूँकि आज़म जी सब लोगों से राहो-रस्म रखता था, ख़ानसामा ने मोहम्मद अफ़ज़ल के हाथ एक

सोने की अंगूठी, जिस पर याक़ूत* का नग जड़ा था और एक ज़रबफ़्त[1] के बटुए में कुछ इलाइचियाँ वग़ैरह तोहफ़ा भेजा और अपनी बेक़रारी और आशिक़ी का पैग़ाम कहला भेजा।

ख़ानम जान ने वो चीज़ें रख लीं, मगर इतना कहला भेजा—

> "अच्छा! मालूम हुआ! ये आपके तोहफ़े साहब के सामने पेश होंगे। तुमने अच्छे के हाथ सौदा किया। मेंढकी को भी ज़ुकाम हुआ।"

यह सुन कर उसके होशो-हवास ग़ायब हो गए और वह इस फ़िक्र में पड़ा कि किसी तरह वो चीज़ें वापस हो जाएँ, वरना आशिक़ी बुरा रंग दिखाएगी।

रहमअल्लाह ने भी अफ़ज़ल से यह हाल सुन कर सारा क़िस्सा मेरे सामने बयान किया और अपना नाम बताने से मना कर गया।

मुझको इससे बड़ा रंज हुआ।

मग़रिब (सूर्यास्त के समय की नमाज़) के बाद मैं ख़ेमे की तरफ़ जा रहा था, कि रहमअल्लाह रास्ते में मिला। बोला, "आपको देखते हुए जा रहा था।" ख़ैर, मैं उसके साथ ख़ेमे में जाकर मीरज़ाई के पास बैठ गया और मैंने ख़ानसामा की वह अंगूठी उसके हाथ में देखी।

मेरे तन-बदन में आग लग गई और बुरे-बुरे ख़याल आने लगे। आख़िर मुझसे वहाँ बैठा न गया। जल्द उठ कर चला आया और सोचने लगा कि देखो मुझसे इसका ज़िक्र तक न किया। कुछ न कुछ दाल में काला है। इसी ग़ुस्से में मैं दूसरे दिन दोपहर तक ख़ेमे में न गया। मीरज़ाई ने तीसरे पहर को आदमी भेजा, कि आज अब तक क्यों नहीं आए। मैंने कहा, "ख़ैरियत है। ख़ानसामा से कुछ मामला आ पड़ा था, इसलिए न आ सका।"

थोड़ी देर में रहमअल्लाह आया और कहा, "ख़ानम साहिबा कहती हैं, आज क्यों नहीं आए?" मैंने कहला भेजा कि "शुक्र है दो दिनों के बाद तो मैं याद आया। मैं तुम्हारे और ख़ानसामा के झगड़े में फँसा हुआ हूँ। इसलिए सबको भूल बैठा हूँ।" और एक शे'र लिख कर उसके हवाले कर दिया। उसने कहला भेजा, "अच्छा अस्र* के वक़्त इसका जवाब दूँगी।"

मैं ग़ुस्से की वजह से चाहता था कि अस्र के वक़्त बग़ैर मिले कहीं चला जाऊँ। इतने में वह क़नात के पास आ गई और मुझे इशारे से बुलाया। मैं उसके पास चला गया।

तब उसने कहा, "मैं इसका मतलब ज़रा भी नहीं समझी। क्या कुछ ख़फ़ा हो?"

---

* एक मूल्यवान मणि।

1. सोने के तारों से कढ़ा हुआ।

* सूर्यास्त के पहले की नमाज़ का वक़्त।

मैंने कहा, "अपने दिल में सोचो। कोई बात ख़फ़ा होने की तुमसे हुई है या नहीं?"

उसने जवाब दिया, "साफ़ क्यों नहीं कहते? ये पहेलियाँ तो मेरी समझ में नहीं आतीं। मगर हाँ, मैं समझी। अच्छा यह तो बताओ कि तुमने सुना क्या और किससे सुना?"

मुझे जो कुछ मालूम था, बयान कर दिया।

उसने कहा, "हाँ, यह तो हुआ। लेकिन मैंने जो जवाब दिया वह भी आपको मालूम है?"

मैंने कहा, "ज़्यादा मलाल की वजह तो यही है कि तुमने मुझसे छुपाया। मुझे क्या ख़बर कि किस क़िस्म का जवाब तुमने दिया!"

वह कहने लगी, "अव्वल तो तुम कल से ख़ेमे में बैठे ही नहीं। दूसरे, जबकि मैंने ख़ुद सब कुछ साफ़ कर दिया तो तुमसे कहने की ज़रूरत न मालूम हुई। वह बात ही क्या ऐसी थी कि मशवरे की ज़रूरत होती। ख़ैर, अब भी उसी से पूछ लो कि मैंने क्या कहला भेजा? शायद मेरे कहने पर यक़ीन न आए।"

मैंने कहा, "बेहतर है।"

तब उसने उसी वक़्त उसको बुला लिया और उससे सारा हाल पूछा। पहले तो वह कांपने लगा और बोला, "मुझसे क़सूर हुआ, माफ़ कीजिए। और इसका चर्चा अब होने न पाए, वरना मेरे लिए ख़राबी है।"

मैंने उसको मुतमइन किया और कहा, "आख़िर ख़ानम जान ने जवाब क्या दिया?"

उसने कहा, "पहले तो मुझ पर बहुत ख़फ़ा हुईं, फिर ख़ानसामा को कहला भेजा कि तेरा तोहफ़ा साहब के सामने पेश होगा।"

यह सुन कर मेरी बदगुमानी जाती रही।

सुबह रहमअल्लाह को ढुंढवाया, कि अपने इत्मीनान की कैफ़ियत कहला भेजूँ।

वह आया तो इलाइयी और डली (सुपारी) खाता हुआ। मैंने पूछा, "तूने ये चीज़ें कहाँ पाईं?"

उसने कहा, "लड़कपन से खा रहा हूँ।" फिर बोला, "ख़ानसामा ने जो मसाला भेजा था, आज ख़ानम साहिबा ने वह सबको बाँट दिया। मुझे हिस्सा दिया।"

मैंने ज़ोर से उसके कान पकड़ कर कहा, "दूर हो मरदूद यहाँ से।" और इलाइचियाँ वग़ैरह छीन कर ज़मीन पर फेंक दीं।

वह रोता हुआ ख़ानम जान के पास गया और मेरी नालिश की, कि "मुंशी जी ने मुझे नाहक़ मारा। मैंने उनका क्या बिगाड़ा था?"

उसने उसको समझा-बुझा कर चुप कराया और उसी के हाथ मुझे बुला भेजा और यह भी कहा कि "अच्छा, इसके बदले में आपकी शिकायत मिंग साहब के सामने न कर दूँ तो...!"

मुझे यह सुन कर और भी ग़ुस्सा आया और मैंने कहला भेजा कि "जाकर कह दे, मैं नहीं आऊँगा। अब मेरा वहाँ क्या काम है?"

तमाम दिन इसी रंज में मुब्तिला रहा। रात को ख़ेमे में भी नहीं गया। मगर जब कुछ ग़ुस्सा मद्धम हुआ, मैंने सोचा कि नाहक़ बेचारे लौंडे की शिकायत की। सब वाक़या तो मालूम हो चुका था। फिर ऐसी हरकत करना मेरी ही ज़्यादती है।

फिर भी मैंने शिकायत में एक रुक़्क़ा (ख़त) लिखा और सुबह जब रहमअल्लाह आया, मैंने उससे पूछा—

"उनका मिज़ाज अच्छा है?"

उसने कहा, "हाँ, अच्छी हैं। मगर रात से खाना नहीं खाया है। बिलकुल ख़ामोश और उदास हैं।"

मैंने कहा, "अच्छा, यह रुक़्क़ा दे देना और कहना, मिज़ाज पूछा है।"

18
ख़तो-किताबत

ख़त

जाने-मन,

मेरी-तुम्हारी मुहब्बत का अन्दाज़ा लगाना मुश्किल है। इसलिए थोड़ी-सी बात भी ज़्यादा नागवार होती है और तुम सख़्त बात कह गुज़रती हो, जिससे मेरे दिल पर चोट लगती है और मुझसे बर्दाश्त नहीं हो पाती। याद रहे कि बेवफ़ाई और सितमगरी अच्छी नहीं। मुहब्बत की रस्म को बरबाद करना बहुत बुरा है। आगे तुम जानो, तुम्हें पूरा अख़्तियार है।

दोपहर के वक़्त चमन में टहल रहा था, कि रहमअल्लाह ने जवाब लाकर दिया।

ख़त का जवाब

मेरे यार, सरासर अय्यार, देखो, बुलबुल एक बेतमीज़ जानवर है और फूल में सिवा रंग और महक के क्या धरा है? मगर हर वक़्त उस पर न्योछावर होती रहती है। बल्कि तड़प कर जान भी क़ुर्बान कर देती है। अफ़सोस कि इंसान अशरफ़ुल-मख़लूकात* हो कर भी सिर्फ़ बदगुमानी और ज़रा-सी मिज़ाज के ख़िलाफ़ बात पर इस तरह बिगड़ जाए और अक़्ल से ज़रा भी काम न ले। मगर आपका क़ुसूर नहीं है। यह मेरी ही ख़ता है।

तक़दीर ही बुरी है, आपकी ख़ता नहीं।

अब इतनी अर्ज़ है कि मैंने क़ुसूर किया है या नहीं, इससे कोई मतलब नहीं। अल्लाह मेरी ख़ता माफ़ फ़रमाए। आप अपने दिल को साफ़ कर डालिए। मेहरबानी करके थोड़े फूल अपने बाग़ से भिजवा दीजिए। आज बसंती जोड़ा मैंने बदला है। फूलों की ज़रूरत है। और अगर ख़ुद भी शाम के वक़्त हमेशा की तरह क़नात की तरफ़ आएँ तो इनायत होगी। ख़ातिरजमा रखिए, मैं एक हर्फ़ भी शिकायत को ज़बान पर न लाऊँगी क्योंकि जब आपकी याद आती है, बस आह भर कर रह जाती हूँ।

---

* सभी प्राणियों में श्रेष्ठतम।

ख़त पढ़ कर मैं रोने लगा।

जब शाम के वक़्त उससे मुलाक़ात हुई उसने कहा, "जो कुछ करते हो, ख़ूब करते हो। अब मेरी तरफ़ से एक हर्फ़ भी न सुनोगे? वैसे आप तो बड़े अक़्लमंद हैं।"

मैंने हाथ जोड़ कर कुछ कहना चाहा मगर, "आप की ख़ैरियत है" कहती हुई वह चली गई।

नाचार मग़रिब के बाद मैं ख़ेमे में गया। वह तन्हा सहन में कुर्सी पर बैठी थी। मुझे देख कर सर झुका लिया। मैंने क़रीब जाकर कहा, "मुजरा* अर्ज़ करता हूँ।" इस पर वह हँस पड़ी और कहा, "क्या बात है! यह दूसरी हुई। ख़ैर, जाइए और बैठिए। मैं अभी आई।"

मैं बहुत परेशान हुआ और मीरज़ाई के पास जा बैठा।

थोड़ी देर के बाद वे सब खाने के लिए उठ गए। उसने कहा, "मुझे भूख नहीं है। मैं इस वक़्त न खाऊँगी।"

जब तनहाई हुई, मुझसे बिगड़ कर कहा, "अब जो कुछ कहना है, फ़रमाइए। यह क्या आपकी अक़्लमंदी है कि नाहक़ जब देखो एक नया स्वांग करते हो! सामने तो भीगी बिल्ली बने रहते हो। मीठी-मीठी बातें करते हो। जब अलग होते हो तो कुछ ख़याल ही नहीं रहता।"

मैंने कहा, "ये अय्याराना और चालाकी-भरी बातें मुझे नापसन्द हैं। आदमी साफ़-साफ़ कह दे तो उसका हाल मालूम हो। वरना आपकी तरह 'आँखें हुईं चार, दिल में आया प्यार' और 'आँखें हुईं ओट, जी में आया खोट।'

इसके बाद उसने कहा—

"भला यह आपकी क्या हिमाक़त थी, कि न अस्ल बात को दरयाफ़्त किया और न कुछ सुना, उस लड़के को मार बैठे और इस तरह बिगड़ गए मानो जान-पहचान तक न थी। क्या सूझता नहीं है, कि मैं कैसे लोगों में फँसी हूँ! अगर यूँ ही आपकी तुनकमिज़ाजियाँ और जल्दी-जल्दी नाराज़गियाँ होती रहेंगी तो ख़ुदा ही हाफ़िज़ है।"

मैंने कहा—

"एक तो तुमने मुझे सख़्त जवाब कहला भेजा, दूसरे यह कि मैंने समझा कि अगर उस पाजी के हाल पर मेहरबानी न होतीं तो उसके सौग़ात को क्यों क़बूल कर लेतीं और ख़ुशी-ख़ुशी सबको बाँट देतीं। बल्कि साहब से कह कर उसको सज़ा दिलवातीं।"

---

* 'मुजरा' का मतलब तवायफ़ के गाने से लिया जाता है, मगर इसका एक अर्थ यह भी है— सम्मान के साथ प्रणाम करना। यानी—दण्डवत्।

वह बोली,

"साहब, आपको कुछ ख़बर भी है? समझते भी हो या यूँ ही, जो चाहते ही कह डालते हो। लो उसका तोहफ़ा, तक़सीम कर देना। मेहरबानी होगी, अगर आप उन्हें सुपुर्द कर दें।"

फिर मैंने कहा—

"क्या कहूँ? ख़ुदा की इनायत से आप तो मुझसे ज़्यादा अक़्लमंद हैं। ज़रा सोचिए तो सही, जबकि मेरी एक ज़रा-सी धमकी में उसके होश उड़ जाएँ और सारा नशा हिरन हो जाए। फिर उसके आक़ा (स्वामी) तक यह बात पहुँचाना अपनी ही नादानी है, और क्या? गई-गुज़री बात का बतंगड़ करना और अपने को नक्कू बनाना मुझसे तो नहीं हो सकता था। उसकी सबसे बड़ी सज़ा यह थी कि उसकी चीज़ें उसको वापस न हों। ऐसे पाजियों को नुक़सान ही पहुँचाना बहुत बड़ा सबक़ है। और जो कुछ मैंने किया उसमें आपकी सलाह की भी ज़रूरत न थी। यह कोई ऐसा नाज़ुक मसअला न था कि सलाह-मशवरा किया जाता या तोप-तलवार का इन्तज़ाम होता। आपने नाहक़ उसको तूल दिया। राई को पहाड़ और सूई को भाला बना दिया। मगर मुझे मालूम होता है कि बी जान की बातों से अभी तक सरकार के कान भरे हुए हैं। दिमाग़ में कुछ और ही बू बसी हुई है। तोहमतें तराशी जाती हैं। फ़िक़रे सोचे जाते हैं, कि किस तरह इल्ज़ाम लगा कर अलग हो जाएँ। यह भी बेपर्दगी या मिंग साहब के साथ बातें करने का रश्क हुआ, जिसको अक्सर आप कहा करती हैं—

वही बेपर्दगी शीशे में भी है।
बनी है दुख़्तरे-रज़[1] पारसा[2] क्या॥

वह बोली—

"मैं उसको आपकी ग़ैरतमंदी और मर्दानगी पर यक़ीन दिलाती थी, कि उनसे यह सब नहीं देखा जाता। मगर यह न समझती थी कि उस पर्दे में कुछ और ही मतलब है। ज़रा भी आपको ख़याल नहीं आता कि ख़ुदा ने अपने पाकीज़ा प्याले से ख़ैरात में निकाल कर मेरा मिज़ाज ही ऐसा नहीं बनाया है, वरना क्या मुमकिन था, कि इन लोगों में रह कर मैं अछूती रह जाती! या मुझे ऐसा ही मंज़ूर था तो और कोई मुझसे नहीं जुड़ता था, जो ख़ानसामा मुए पर रीझने जाती। मैं तो ख़ुदा की क़सम, इस क़दर बेपर्दगी को भी गुनाह की सज़ा की तरह समझती हूँ। और ख़ासकर आपके होते हुए अगर किसी ग़ैर मर्द से साहब के यहाँ बात करने का इत्तेफ़ाक़ होता है तो जान दे देने को जी चाहता है। फिर, यह सब जानबूझ कर आपकी ऐसी बातें मुझे 'किसी ख़ास वजह' से नहीं मालूम होतीं। आगे आपके दिल का हाल सिर्फ़ ख़ुदा को मालूम होगा।"

---

1. अंगूर की बेटी (अर्थात् शराब —रूपा.)।
2. पाक-साफ़।

मैंने कहा—

"क्या करूँ? उस वक़्त बेअख़्तियार तबीअत हाथ से जाती रही और उस लड़के को डांट दिया। इस पर मिंग साहब के ताने पर और भी रंज हुआ।"

उसने कहा—

"आइंदा आपको अख़्तियार है।

बदनाम होके जाने भी दो इम्तेहान को।
तुमसे करेगा कौन अज़ीज़[1] अपनी जान को॥"

मैंने कहा—

"अब इंशाअल्लाह[2] मेरी तरफ़ से सिवाय तुम्हारी रज़ामंदी के कोई हरकत न होगी। यही बातें हो रही थीं, कि मीरज़ाई आ गई। गो, मेरे दिल से सब मलाल जाता रहा। मगर बी जान के ताने से सख़्त इन्क़्लाब था और कांटा-सा जिगर में खटकता था। चूँकि तबीअत दुखी थी, मैं उस वक़्त रुख़्सत होकर चला आया। सुबह दिन भर ख़ेमे में नहीं गया और दोनों वक़्त टहलने के लिए चला आया। रहमअल्लाह मुझे ढूँढ भी गया। मग़रिब के वक़्त वह फिर आया और कहा—

"ख़ानम जान साहिबा ने दो बार आपको दिखलवाया और इन्तज़ार भी करती रहीं। मगर आप न आए। अब चलिए।"

मैंने कहा, "वहाँ बी जान भी हैं, मैं कैसे आऊँ?"

शोख़ियाँ हमने दिखाईं शबे-वस्ल[3] क्या क्या।
वो अगर मान गए दम देने से[4] हम रूठ गए॥"

हालाँकि यह बात कहला भेजी, मगर दिल बेक़रार था। कहीं जी न लगता था। कभी बंगले के अन्दर जाता था, कभी बाहर आता था।

दूसरे दिन दोपहर के वक़्त रहमअल्लाह ने यह ख़त ला कर दिया—

ख़त

हर बार बेजा रंजिश का सबब नहीं खुलता। अगर किसी के कहने-सुनने पर आ गए हैं तो ख़ुदा हाफ़िज़! मालूम होता है कि अभी तक आपकी तबीअत में ख़ामी बाक़ी है, कि दुश्मनों की बात का ऐतबार कर लेते हैं। बहरहाल जो कुछ

---

1. दोस्ती।
2. अगर अल्लाह ने चाहा तो।
3. सुहागरात।
4. साँस लेने के लिए मान गए।

रंज हो, निकाल डालिए। इस क़दर सितम ढाना अच्छा नहीं। अगर फ़ैसला मंज़ूर है तो रात को आइए और छोटी बयाज़ (कविता-संग्रह) अपने साथ लेते आइए। वरना याद रहे कि इस एक रंजिश के एवज़ में बहुत-सी सुलहें करनी पड़ेंगी और कुछ बनाए न बन पड़ेगी।

कितने सितम तुम्हारे हैं कितना है मेरा सब्र
आज आओ कुछ हमारे-तुम्हारे हिसाब हों।

ख़त देख कर मैं रोने लगा और दिल में शर्मिंदगी महसूस हुई।

मैं मग़्रिब के बाद ख़ेमे में गया। मीरज़ाई और बी जान और मेरी माशूका—सब गाने में मशग़ूल थीं। मीरज़ाई ने कहा—

"ख़ूब! आप इस वक़्त आ गए। कोई ग़ज़ल फ़रमाइए।"

मैं अभी बैठा ही था कि ख़ानम जान ने एक ग़ज़ल शुरू कर दी।

एक ग़ज़ल ख़त्म हुई तो ख़ानम जान ने दूसरी ग़ज़ल शुरू कर दी और मेरी तरफ़ देख कर मुस्करा दी।

उस ग़ज़ल के बाद मीरज़ाई ने कहा, "बी ख़ानम अस्र[1] के वक़्त तुम कुछ गुनगुना रही थीं। उस ग़ज़ल की क्या अच्छी लय थी! मैंने कुछ-कुछ सुना था। ज़रा गाना तो सही।"

ख़ानम जान ने कहा, "अच्छा।" और 'हाफ़िज़' की एक ग़ज़ल गाने लगी।

फिर ग़ज़ल का एक मिसरा गाने से पहले उसने धीरे से मुझसे कहा, "यह मिसरा सुन रखो।" और उस मिसरे को गाते हुए उसकी आँखों में आँसू छलके जाते थे, मगर उन्हें वह इस तरह पी जाती थी कि एक बूँद भी नहीं टपकने पाती थी।

ग़ज़ल ख़त्म करने के बाद उसने बी जान से कहा, "होली छेड़ो।" और ख़ुद ही होली गाने लगी—

आयो रे फागुन मास ऐ सजनी
डारूँगी रंग बना के बनाए
मारूँगी गेंद और कुमकमे
सब दुख दूँगी भुलाए भुलाए
और रंग पिया रूस रहोगे
तो मैं लूँगी मनाए मनाए

इस होली का ऐसा समां बँधा और फ़सल की चीज़ कुछ इस तरह का मज़ा दे गई कि मैं तो बेताब हो गया। ख़ानम जान से ज़ब्त न हो सका, फ़ौरन उठकर सहन में चली गई। मीरज़ाई ने गाना बंद करवा के खाना मँगाया।

मैंने कहा, "मैं भी बाहर अंगनाई में बैठता हूँ।"

---

1. दोपहर के बाद और सूर्यास्त (यानी मग़्रिब) से पहले की नमाज़ का वक़्त।

उसने कहा, "बेहतर, लेकिन मेरे सर की क़सम, चले न जाइएगा।"

खाने पर ख़ानम जान को भी बुला लिया।

उसने कहा, "मैं शाम से कह चुकी हूँ कि दिन का खाना हज़म नहीं हुआ है। रात को न खाऊँगी। इसलिए आप सब खाइए। मुझे बिलकुल भूख नहीं है।"

मीरज़ाई ने कहा, "बेहतर है। अगर सोने के वक़्त तक तबीअत साफ़ हो जाए तो खा लेना।"

और मुझसे कहा, "दो-तीन महीने से ख़ानम की भूख बिलकुल जाती रही है। ख़ासकर चार-पाँच रोज़ से तो शायद दो-तीन वक़्त कुछ ग़िज़ा (पौष्टिक भोजन) खा ली हो।"

मैंने कहा, "हकीम साहब आएँ तो कोई खाना हज़म करने वाली और खाने की लज़्ज़त मिलने वाली दवा तजवीज़ करा दूँगा।"

उस वक़्त वहाँ मैं और वह—दो ही रह गए थे। उसने कहा, "अब तुमने मेरे दिल का हाल मालूम कर लिया और जो ख़्वाहिश थी, वह पूरी हो गई। तुमने तो इस तरह की बेकार की बातें शुरू की हैं, जिससे मेरी रूह को सदमा पहुँचा है। आँखों देखी रौशन बात को समझने की मेरी औक़ात में फ़र्क़ आने लगा है। क्यों मुझे जला कर काली राख बनाते हो और मेरी बदनामी चाहते हो? मेरी रुसवाइयाँ क्या सिर्फ़ मेरे ही तक ख़त्म हो जाएँगी? नहीं। आप भी बच न रहेंगे।

और बढ़ जाएँगी बदनामियाँ रुसवा हो के।
आज़माओ न ख़ुदा के लिए उल्फ़त मेरी॥

"तुमको मैंने ख़ास तौर पर इसलिए बुलवाया है, कि आखिर मेरा क़सूर ही क्या है जो तुम इस क़दर बरहम (नाराज़) हो रहे हो और ये हरकतें करते हो। चूँकि दर हक़ीक़त मेरा मलाल ग़ैरवाजिबी और मेरी ग़लतफ़हमी की वजह था।"

मैं सख़्त शर्मिंदा हुआ और बहुत माफ़ियाँ माँगीं।

उसने कहा, "अब तो माफ़ी माँगते हो, मगर काम ऐसे करते हो जिसमें दोनों बदनाम हों और राज़ खुल जाए। मैंने उस वक़्त गाते-गाते इसीलिए कहा था कि यह मिसरा सुन रक्खो।

"मैं बराबर इस बात को छोड़कर चली जाती हूँ और इसे तूल देना मुनासिब नहीं समझती, वरना जो आफ़त आती वह सबको मालूम हो जाती।"

मैंने कहा, "तूल तो तुमने दिया है। यानी वह बात तो गई गुज़री। मगर बाद में उसके बदले ग़ुस्से से भरी बातें मुझे कहला भेजीं। उस पर मुझे रंज हुआ।"

उसने जवाब दिया, "साहब! माफ़ी किस बात की? मैंने क़सूर ही क्या किया था? एक लड़के को भुला देने के वास्ते मैंने हालात को समझते हुए वह बात कह दी तो आपको समझना चाहिए था कि उसमें कुछ मसलहत होगी। अफ़सोस, कि

मेरे-तुम्हारे बीच जो क़रार हुआ था उस पर तुमने ख़ूब अमल किया! सच पूछो तो शिकायत का हक़ मुझे था। मगर मैंने तो जाने दिया। उल्टे आप ही ख़फ़ा हो गए। मैंने आपका यह नया तरीक़ा देखा। फिर दावा यह, कि आशिक़ हैं, मुझ पर मरते हैं। वाह! ऐसी आशिक़ी को सलाम है।

उल्टे वो शिकवे करते हैं और किस अदा के साथ।
बेताक़ती के ताने हैं उज़्रे-जफ़ा[1] के साथ।"

मैंने कहा, "क्या करूँ? मुझसे सब्र नहीं हो सकता। बहरहाल, माफ़ कर दो। मैं अपनी हरकतों से शर्मिन्दा हूँ। अपनी आदत से मजबूर हूँ। ज़रा-सी भी मिज़ाज के ख़िलाफ़ बात हो तो वह मुझे गवारा नहीं होती।

आशिक़ हूँ ये माशूक़-फ़रेबी[2] है मेरा काम।
मजनूँ को बुरा कहती है लैला मेरे आगे॥"

उसने एक आह भरी और कहा, "देखो, जले हुओं को जलाना अच्छा नहीं। जो ख़ुद ही ख़ाक में मिला हो उसको और भी नीचा दिखाने की ज़रूरत है क्या?

"कल मैं बहुत ही दर्दनाक हालत में थी और परेशान भी। मैं एक ग़ज़ल के कुछ अशआर[3] पढ़ती थी और रोती थी।

"अब एक बार फिर समझाती हूँ, कि ऐसा न करना चाहिए। बाक़ी तुम जैसा सोचो, तुम्हें पूरा अख़्तियार है।"

मैंने कहा, "मैं अपने सर और अपनी आँखों से इसे क़बूल करता हूँ।"

इसके बाद उसने फ़ारसी के कुछ अशआर सुनाए। बहुत सारी बातचीत के बाद उसका ग़ुस्सा जाता रहा और दिल साफ़ हो गया। इस बीच मीरज़ाई भी वहाँ आ गई और कहने लगी, "मैंने एक भी शे'र नहीं सुना। अब हमारा हिस्सा है।"

मैंने कहा, "बेहतर है। लीजिए सुनिए।"

और मैं तक़रीबन आधी रात तक कुछ अशआर सुनाता रहा। फिर मैं उठ कर चला आया।

और उस दिन के बाद कोई ऐसा वाक़या नहीं हुआ, जो लिखने के क़ाबिल हो। अलबत्ता आपस के राज़ और इशारे वग़ैरह चलते रहे। आपसी बातचीत में ख़लल पड़ना और तनहाई की बातचीत वग़ैरह का जो लुत्फ़ मिला, उसे मैं बयान नहीं कर सकता। सिर्फ़ ख़ास-ख़ास वाक़यों को क़लमबंद कर दिया है।

---

1. सितम या दंड का बदला।
2. प्रेमिका की ओर से धोखा खाना।
3. शे'र का बहुवचन।

19

जुदाई, जुदाई, आह जुदाई

यही था ख़याल हमें दम-ब-दम कि बहार देखेंगे अबकी हम।
जो छुटे असीरे-क़फ़स[1] से हम तो सुना ख़िज़ाँ के दिन आ गए।

क़रीब एक साल तक आज़म जी का ग्रुप मिंग साहब की सरकार में नौकर रहा। यकायक कैंप की बदली की ख़बर मिली कि पूरब को यह फ़ौज तब्दील होगी। इसलिए एक दिन साहब ने मीरज़ाई से कहा, कि अब मैं फ़ौज के साथ कलकत्ता जाना चाहता हूँ। अगर मेरी वापसी जल्द हुई तो मैं फिर तुम्हारे ग्रुप को बुला लूँगा। वरना ख़ैर! और मुझसे दो-तीन दिन के बाद फ़रमाया कि आज की तारीख़ तक इनका हिसाब कर दो।

और इनको बता दिया जाए कि अब इनका यहाँ कोई काम नहीं। और दो सौ रुपये ख़ानम जान और बी जान को, और सौ रुपये मीरज़ाई को इनाम दे देना। यह हुक्म सुनते ही मेरा कलेजा फट गया और होशो-हवास ग़ायब हो गए। इसी तरह ख़ानम जान को बहुत सदमा पहुँचा। बल्कि वो दीवानी सी हो गई। अस्त्र के बाद क़नात के पास आकर उसने कहा कि "लीजिए जुदाई का ज़माना आ गया।"

और उसने जुदाई के कुछ अश'आर सुनाए।

मैंने कहा, "जिस वक़्त से साहब ने मुझे हुक्म दिया है, मेरे हाथों के तोते उड़े हुए हैं। और कोई तदबीर (उपाय) बन नहीं पड़ती।"

यह सुन कर वह चली गई।

मैं रात को ख़ेमे में गया। वहाँ का आलम ही कुछ और था। सब लोग चुप थे। सन्नाटा छाया हुआ था। हर शख़्स उदास और क़यामत की मुर्दनी थी। लुटा हुआ कारवाँ या मातम की रात का सा हाल था। मैं भी परेशान हुआ और बैठ गया।

थोड़ी देर में वो लोग खाने के लिए उठ गए। मेरी महजबीन[2] बैठी रही और बेइख़्तियार रोते हुए कहने लगी, "आह! इसी काले दिन की हो लूँ। मेरा ख़ून ख़ुश्क कर रखा था और मेरा एक दिन भी ख़ुशी में न गुज़रा। आख़िर वही हुआ, जिसका अन्देशा था। या ख़ुदा! अब क्या होगा?"

---

1. पिंजरे के बन्धन से।
2. चन्द्रमुखी, प्रेमिका।

मैंने कहा, "आसमान की नज़र खा गई (लग गई)। चन्द दिनों के बाद इत्तेफ़ाक़ से मुलाक़ात होने पर ज़ालिम जल गया। मैं अपने दिल और जिगर की हालत को बयान नहीं कर सकता।"

उसने कहा, "मैं तो सुनती थी, कि अगले साल फ़ौज की बदली होगी। मगर, अचानक कहाँ से यह आफ़त आ गई? हमारी जान के दुश्मन तो सभी होंगे!"

मैंने उसे तसल्ली देते हुए कहा, "घबराने की बात नहीं है। अगर ख़ुदा चाहेगा तो यहाँ से हमारा कूच करना रुक जाएगा या दूसरी फ़ौज आएगी। उसमें किसी सरदार के पास बी जान नौकरानी हो जाएगी। कोई न कोई सूरत (उपाय) निकल आएगी।"

उसने कहा, "ये बातें धागे की तरह हैं, किसी और से कहिए। ऐसे नादान फ़रेबों को मैं ख़ूब जानती हूँ। अगर तुमको कुछ मुहब्बत है और मेरी ज़िन्दगी दरकार है तो कोई और तदबीर सोचो, ताकि हमारे बीच अलगाव न होने पाए। वरना, मुझसे हाथ उठाओ (रिश्ता तोड़ दो)।"

मैंने कहा, "यह बंदा आपके हुक्म की फ़रमाबरदारी करेगा।"[1]

बहरहाल चन्द रोज़ बेताबी और बेचैनी में गुज़रे। आख़िरकार आज़म जी वग़ैरह ने मशवरा किया कि अब यहाँ दूसरे कैंपों के इन्तज़ार में पड़े रहना मुफ़्त में अपने आपको नीचा दिखाना होगा। मालूम नहीं कि फ़ौज बदली हो कर यहाँ कब आए! और फिर होगा क्या? इसलिए मुनासिब है कि यहाँ से जल्दी से जल्दी चुनारगढ़ को होलियर साहब के पास चलें। उस वक़्त उन्होंने बी जान का सर ढक दिया था, कि शायद वह उनके ख़याल को कुतर खाएगा। इसलिए यह सलाह पक्की हो गई और कश्ती (नाव) की तलाश होने लगी।

उसी दिन रात को उसने मुझसे कहा, "क्यों साहब, अब क्या करना चाहिए? हाय! मैंने क्या सोचा था और क्या हुआ! जो सूरतें (उपाय) मुलाक़ात की तुमसे हुई थीं, वो मैंने अपने दिल की ज़बरदस्तियों और इनके अलावा तुमसे तमाम उम्र की निबाह के लिए की थीं। और मैंने इरादा कर लिया था, कि मैं शादी न करूँगी और चन्द दिनों की ज़िन्दगी यूँ ही बसर करूँगी। या अगर आज़म वग़ैरह हराम काम करने के लिए मजबूर करेंगे तो मैं अपनी जान दे दूँगी। ख़ुदकुशी निहायत ही नाकारा और नालायक़ हरकत है, मगर इस बेहयाई से ज़्यादा मैं उसको तरजीह देती हूँ। हाय तक़दीर! कि अब और ही कुछ मामला सामने आ गया। यह मुलाक़ात और मेरे ख़यालात एक अफ़साना और ख़्वाब-से हो गये। अब मुझे ज़्यादातर जान का खटका है। और बेशक यह होनी का काम है। इसलिए कि ये ख़ुदा से डरने वाले लोग वहाँ जाकर ख़ुदा जाने, क्या सलूक करेंगे। एक बार तो मैं चालाकी करके बच गई। सिर्फ़ बची ही नहीं, बल्कि इनकी तनख़्वाह भी गुज़र-बसर के मुवाकिफ़ मुक़र्रर हो गई। मगर सब जगह तो ऐसा हो नहीं सकता।"

1. मूल में यह वाक्य फ़ारसी के एक शे'र के रूप में है।

यह कह कर वह ज़ार-ज़ार रोने लगी। फिर उसने फ़ारसी के कुछ अश'आर पढ़े।

मैंने कहा, "मेरी तो अक़्ल ही कुछ काम नहीं करती। क्या करूँ, क्या न करूँ, समझ में नहीं आता। लेकिन मैं तुम्हारा फ़रमाबरदार हूँ। जो कुछ कहोगी, जरूर करूँगा। मुझे यक़ीन है कि जो मामला मेरे और तुम्हारे दरम्यान हुआ है, वह ख़ुदा की मर्ज़ी और हिकमत (ताल-तिकड़म) से हुआ है। इंशा अल्लाह वही इसको अंजाम देगा।"

उसने फ़रमाया, "जी हाँ! आप यह सोचते हैं, और मुझे तो यह तौबा (प्रायश्चित्त) मालूम होता है। मगर ख़ुद हमसे कुछ नहीं हो सकता। ऐसा ग़ज़ब न करना। जाने दो।"

मैंने कहा, "फिर अगर तुम कहो तो जान पर खेल जाऊँ और जिस तरह हो सके, तुमको लेकर अलग निकल चलूँ।"

उसने कहा, "ऐसी बात की सलाह मैं क्यों देने लगी जिसमें जान और आबरू का ख़ौफ़ हो। आपको अक़्लमंदी से कोई दूसरी तदबीर सोचनी चाहिए जिसके हिसाब से हम आगे बढ़ें और इस मुसीबत से निजात मिले, वरना तुम तो ख़ैर बच जाओगे लेकिन मेरी जान ज़रूर जाएगी।"

मैंने कहा, "फिर तुम्हीं कुछ बताओ कि मैं उसको पूरा कर दूँ।"

उसने जवाब दिया, "कहीं से दो उम्दा किस्म के घोड़े हासिल करना चाहिए, ताकि मौक़ा देखकर यहाँ से चला जाए। यह तो मालूम है कि दोनों तरफ़ के वारिस, साहब के ऐसे दोस्त नहीं हैं कि ज़मीन-आसमान एक कर देंगे और ख़्वाहमख़्वाह दुनिया-जहान छान मारेंगे। सिवाय इसके कि कुछ दौड़ेंगे-धूपेंगे। आख़िर थक कर बैठ रहेंगे। गुलबदन चली गयी, किसी ने क्या कर लिया? कानपुर से दो क़दम भी बाहर जाकर तलाश न किया।"

मैंने कहा, "बहुत बेहतर, मुझे कुछ उज्र नहीं है।"

इसलिए चन्द रोज़ ख़ुफ़िया तौर पर घोड़ों की तलाश की, लेकिन कामयाबी नहीं मिली।

20

जब से मिंट साहब ने उस ग्रुप को रोक दिया था, चन्द रोज़ तक वो लोग बहुत परेशान और दुखी रहे। मगर जिस वक़्त से उस मशवरे का क़रार हुआ, वो मुतमइन हो गए। सिर्फ़ कश्ती की तलाश हुआ करती थी। और हर रोज़ मीरज़ाई मेरा दिल बहलाने के लिए गाने का चर्चा ज़रूर करती थी। ख़ानम जान कभी-कभी शरीक हो जाती थी और वियोग के ऐसे अशआ'र और ग़ज़लें गाती थी कि कलेजे के टुकड़े हो-हो जाते थे। चूँकि मीरज़ाई को क़रीना से मालूम हो गया था कि इन दोनों में कोई तअल्लुक़ ज़रूर है और चूँकि वह ख़ुद भी वैसी ही तबीअत रखती थी, मेरी ख़ातिरदारी इंतिहा से ज़्यादा करती। रात के दो पहर बीत जाने तक बातें किया करती। अक्सर पहली सोहबतों का तज़किरा और बाद में होने वाले वियोग का रंज ज़ाहिर करती थी। बी जान वग़ैरह भी उसी की ज़ुबान बोलने लगती थीं। मगर मेरी माशूक़ के मुँह से एक भी हर्फ़ नहीं निकलता था। ख़ामोश सुना करती थी। कभी-कभी यह कह दिया करती कि "तुम कैसी बातें करती हो? मीर साहब बड़े होशियार और दूरअन्देश हैं।" उसी दिन के ख़यालात से उन्होंने ज़्यादा रब्त नहीं बढ़ाया और दूर-दूर रहे। बी अम्मा आपने हर तरह की कोशिश कर ली, मगर उन्होंने सब्र से काम लिया। और सच तो यह है कि उन्होंने निहायत समझदारी बरती, वरना आज बेफ़ायदा रंज उठाना पड़ता।

नहीं मिलता है दिल जब तक नहीं ये दिल से मिलते हैं।
हसीं[1] मिलते तो हैं लेकिन बड़ी मुश्किल से मिलते हैं॥

यानी इसी तरह की बातें हुआ करती थीं, जिनकी तफ़सील फ़ुज़ूल है।

एक रात मैं और वह अकेले बैठे थे। उसने अपना सन्दूक़चा खोला और कहा—

"इसमें जितने भी ज़ेवर हैं उनको मैं अपने साथ ज़रूर ले चलूँगी।"

मैंने कहा, "ज़ेवर की वजह से ये लोग ज़रूर पीछा करेंगे।"

उसने कहा, "अच्छा जितना उन लोगों से मुझे मिला है, वह छोड़ दूँगी। बाक़ी जो कुछ मेरी माँ का छोड़ा हुआ है, उसे ज़रूर ले लूँगी।"

मैंने कहा, "वो अलग करो। मैं देखूँ तो सही।"

---

1. हसीन, सुंदर।

जब उसने अलहदा किया, मैंने कहा, "पहली बात तो यह कि कुछ भी लेना न चाहिए। और अगर तुम्हारी तबीअत नहीं मानती तो सिर्फ़ ये हीरे-जड़े बाज़ूबंद, जड़ाऊ आईना, मोतियों की माला, ज़मुर्रद (हरे रंग का क़ीमती पत्थर) के पत्ते, चम्पाकली से जड़े फूलदार गहने, दो अँगूठियाँ हीरे की और एक ज़मुर्रद का नग ले लो। मैंने भी सौ अशर्फ़ियाँ और दो सौ रुपये अलहदा कर रखे हैं। इस तरह की छोटी-मोटी चीज़ें तलाशी में भी कुछ न मालूम होंगी। घोड़े पर डाल लेंगे।"

मगर अफ़सोस, उस वक़्त तक घोड़े नहीं मिले। उसने कहा, "फिर आपकी दूसरी तरकीब कौन-सी है?"

मैंने कहा, "मेरी राय यह है कि आज़म जी ने बड़ी कश्ती ढाका वाली किराए पर ली है। मैं भी एक छोटी कश्ती बुलवा रहा हूँ जो निहायत तेज़-रफ़्तार होती है। उसे ठहरा लूँगा। जब उनकी कश्ती रवाना हो जाएगी तब तीन पहर के बाद मैं भी अपनी कश्ती पर सवार होकर पीछे-पीछे चलूँगा। बहुत जल्द तुम्हारी कश्ती के क़रीब पहुँच जाऊँगा और अलग रहूँगा। मौक़ा देख कर तुम मेरी कश्ती पर चली आना। फिर तुमको यहाँ लाकर कहीं चले जाएँगे। कश्ती के ऊपर वह चारख़ाने की लुंगी जिसको तुमने अक्सर देखा है, निशान के तौर पर बाँध दूँगा। उसे शिनाख़्त कर लेना। मैं लंगर के वक़्त अपनी कश्ती अलहदा रक्खूँगा और दिन को निकालूँगा भी नहीं। अगर कश्ती पर उन लोगों को तुम्हारा चला जाना मालूम हो जाएगा तो ऐन उसी वक़्त सफ़र में—और वह भी दरिया का सफ़र—इस पर कुछ सोच भी न सकेंगे और ख़ामोश हो रहेंगे। मैंने जाजमऊ में एक हवेली भी अपने एक दोस्त के नाम से ख़ाली करा रक्खी है। कश्ती से उतर कर उसमें चली जाना।"

उसने इस मशवरे को बहुत पसन्द किया, मगर कहा—

"अगर यह बात तुमको भी मंज़ूर है तो अभी से मुझको जाजमऊ क्यों नहीं पहुँचा देते? इस क़दर दिक़्क़त की ज़रूरत क्या है?"

मैंने कहा, "इसमें शायद राज़ खुल जाए तो रवानगी से पहले ऐसा काम करने से तुम्हारे साथियों को तुम्हें तलाश करने का बहुत मौक़ा मिल जाएगा। और सफ़र के दौरान इसमें बहुत दुश्वारी होगी क्योंकि रास्ते से कानपुर वापस नहीं आ सकते। चुनारगढ़ पहुँच कर ही कुछ सोचेंगे। बाक़ी तुम्हारी जो मर्ज़ी हो, मुझे उज्र नहीं।"

उसने कहा, "बेहतर है। मगर जल्द कश्ती ठहरा लो। वो लोग जुमा को सवार हो जाएँगे। ऐसा न हो कि तुमको कश्ती न मिले।"

मैंने कहा, "नहीं, मैं आज ही कश्ती तय कर लेता हूँ।"

बहरहाल, मैंने ढाका की एक कश्ती बुलवा कर दस मल्लाहों को मुलाज़िम कर लिया। यानी कश्ती मेरी नौकर हो गई। खाने-पीने की चीज़ें—क़िस्म-क़िस्म

के मेवे और फल वग़ैरह भी एक पिटारे में बंद करके उस पर रखवा दिए। एक ख़ास आदमी को नौकर रख कर कश्ती पर तैनात कर दिया।

इस तरह से इत्मीनान हो जाने के बाद सरकारी हिसाब-किताब को ठीक करने में मशग़ूल हो गया।

मिंग साहब ने फ़रमाया, "पाँच महीने से हिसाब नहीं हुआ है और आपके कूच करने का वक़्त एकदम क़रीब आ गया है। इसलिए महाजनों की चुकाई जल्द कर देनी चाहिए।"

मैं इस हुक्म से परेशान हुआ, कि वक़्त कम है और हिसाब बहुत है। इस काम से कैसे फ़ारिग़ होंगे!

इसके बावजूद मैंने सोचा कि अपने प्यारे भाई हुसैन शाह को काग़ज़ात देकर मैं जाजमऊ के बहाने से चला जाऊँगा। मगर इत्तेफ़ाक़ से मीरज़ाई को लगातार अंग्रेज़ों के यहाँ मुजरा करना पड़ता था, जिससे उनकी रवानगी में आठ-दस रोज़ की देरी हो गई। मुझे यह फ़ुर्सत ग़नीमत समझ में आई। मैंने जल्दी से जल्दी सारे काग़ज़ात दुरुस्त कर दिए और हिसाब का फ़ैसला कर दिया। साहब से काग़ज़ात देखने की गुज़ारिश की।

उसने कहा, "दो दिन तक मुझे फ़ुर्सत नहीं है। परसों ज़रूर काग़ज़ात देखूँगा। आज चन्द अंग्रेज़ों की दावत है। मीरज़ाई का मुजरा भी होगा।"

मैं यह सुन कर ख़ेमे में गया।

मीरज़ाई ने कहा, "आज तो हमारा मुजरा साहब बहादुर के यहाँ है। लगातार मसरूफ़ रहने की वजह से हमारे जाने में देरी हो गई। मगर परसों जुमा के दिन ज़रूर रवाना हो जाएँगे। आपसे जिस क़दर मुलाक़ात हो सके, ग़नीमत है।"

मैंने देखा कि सब लोग मुजरे की तैयारियाँ कर रहे हैं। मैं टहलता हुआ सहन में चला गया। ख़ानम जान भी जाने की तैयारी में थी। मैंने कहा, "ख़ूब! रोज़ मुजरे हो रहे हैं और हमको ख़बर तक नहीं।

आप गाती हैं तो सो जाती है मेरी क़िस्मत।
साज़ के पर्दे में कहता है फ़साना कोई॥"

वह बोली, "हाँ, मेरी बदक़िस्मती अभी क्या-क्या न तमाशे दिखाएगी।"

मैंने कहा, "आज जूही बाग़ की सैर को भी तो आप गई थीं। फूलों के बीच ख़ूब घूमीं। काश! मैं भी होता!"

उसने क़हा, "मैं कोई काम अपनी ख़ुशी से नहीं करती। जो कुछ करती हूँ महज़ मजबूरी और वक़्त के तक़ाज़े की मसलहत में करती हूँ। तुम वहाँ चले आते तो क्या हरज था? यह क्यों नहीं कहते कि ख़ुद ही न आए। मैं तो बग़ैर तुम्हारे फूलों को भी ख़ार (कांटा) समझती हूँ और किसी जगह परेशानियों से भरा यह

दिल नहीं बहलता। बाग़ हो, जंगल हो, बयाबान हो, शहर हो, वीराना हो—कुछ मालूम नहीं होता।

इन आँखों को है उस रुख़े-पुरनूर[1] से मतलब।
कोठे के हसीनों को न कुछ नूर[2] से मतलब॥"

थोड़ी देर के बाद मीरज़ाई और बी जान वग़ैरह आ गईं। मीरज़ाई ने कहा, "मीर साहब! ख़ुदा जाने आपने क्या जादू कर दिया है कि आपका वियोग सख़्त नागवार है और ख़ुदा की क़सम आपकी बहुत याद आएगी। आपकी जुदाई तड़पा देगी। कमबख़्त रोज़गार की फ़िक्र ने हमें बरबाद कर दिया है। वरना काहे को आपसे जुदा होते?"

बी जान ने भी उसकी ताईद (समर्थन) की और बोली,

"मैं अपने दिल का हाल नहीं कह सकती। किस क़दर आपसे जुदाई के ख़याल से बेचैनी है।" इस पर मेरी चाँद जैसी ख़ूबसूरत माशूक़ा ने कहा, "ऐसी मुँहदेखी बातें मुझे नहीं भातीं। इस क़दर ख़ुशामद की ज़रूरत ही क्या है? इनका देखना ख़ुदा और रसूल का देखना तो अल्लाह माफ़ करे, है नहीं कि ख़्वामख़्वाह याद ही आएँगे। यह भी कहने की बात है। वरना याद करना और किसी की पीठ पीछे बुराई करना बड़ी ही मुश्किल बात है। मुहब्बत में तो बड़े-बड़े मज़बूत इरादों का दावा करने वालों के पाँव डिग जाते हैं। हमारी तो क्या हस्ती है? और साहब! मैं पूछती हूँ कि याद आने की ज़रूरत ही क्या है? चन्द रोज़ की मुलाक़ात थी, वह जाती रही। मिल गए कहीं तो याद-अल्लाह (अल्लाह को याद कर लेंगे)। इसके लिए बढ़-चढ़ कर बात करने की ख़्वाहिश अच्छी नहीं।"

मीरज़ाई ने कहा, "तुम्हारा क्या चिड़चिड़ा मिज़ाज है! ये बातें अच्छी नहीं। मीर साहब की ख़ूबियाँ और उनके एहसान, उनकी निगहबानी—ऐसे नहीं हैं कि हम कभी भूल सकें। इसके अलावा, वो कितने ख़ूबसूरत, अच्छे बर्ताव वाले और बातचीत में मिठास घोलने वाले भी हैं। फिर क्या ऐसे आदमी भूलने के क़ाबिल हैं।

एक हंगामा-ए-महफ़िल हो तो उसको रोऊँ।
सैकड़ों बातों का रह-रह के ख़याल आता है॥"

उसने कहा, "तो यह उनकी याद न हुई, उनके एहसानों और अपने फ़ायदों की वजह से याद हुई। इसका ऐतबार नहीं। बिला वजह कोई किसी को याद नहीं करता।"

---

1. रौशनी से भरा चेहरा।
2. वह पहाड़, जिस पर हज़रत मूसा अल्लाह की दीदार के लिए गए थे।

मैंने कहा, "साहबो! क्यों तकरार करते हो? मैं तो महज़ नाचीज़ हूँ। सच तो यह है कि मुझे कोई क्यों याद करने लगा? बी ख़ानम जान आप ख़फ़ा न हों। आप मुझे भूले से भी याद न कीजिएगा।"

वह बोली, "मुझे आपको याद करने की क्या ग़रज़? यहाँ जो कुछ था, ज़माने के हिसाब से और इंसानियत के ख़याल से था। मुझे ख़ुशामद से चिढ़ है। मैं फ़ुज़ूल बातें बनाना नहीं जानती।"

बी जान ने हँस कर कहा, "मैं जिस वक़्त याद करूँगी, बी ख़ानम जान को भी याद दिलाऊँगी कि तुम भी याद करो। तब तो शरमा-शरमी आपका ज़िक्र करेंगी।"

उसने कहा, "जी हाँ, आप ज़रूर याद दिलाइएगा। और मैं ज़रूर याद करूँगी।"

इतने में मिट्ठू आया और बोला कि साहब ने बुलाया है। सब के सब तैयार होने लगे। मैं भी बंगले में आया और इत्रदान वग़ैरह दुरुस्त कराके भिजवा दिया।

दो घड़ी के बाद हरकारा आकर मुझे बुला ले गया।

मैंने साहब से कहा कि 'हाफ़िज़' की इस ग़ज़ल की फ़रमाइश कीजिए।

फिर ख़ानम जान ने वह ग़ज़ल शुरू की।

उसके बाद ख़ानम जान ने दूसरी ग़ज़ल शुरू की। फिर उसने 'हाफ़िज़' की ही एक ग़ज़ल और गाई।

चूँकि यह गाना ख़ास अपनी हालत का इज़हार था और बेइन्तिहा दर्द-भरा हुआ था, इसलिए मजलिस की हालत बदल गई और ख़ुद भी ख़ानम जान के आँसू निकल पड़े।

साहब ने बहुत तारीफ़ की और दो अशर्फ़ियाँ इनाम दीं। उसी वक़्त उर्दू शाइरी के एक दीवाने ने पाँच अशर्फ़ियाँ बख़्शीश में दीं और जलसा ख़त्म हुआ।

सुबह जुमेरात (बृहस्पतिवार) के दिन मीरज़ाई अपने हमराहों के साथ साहब से रुख़्सत होने गई। मैं भी वहाँ माजूद था।

साहब ने उनके सामने ही मुझसे कहा, "कल हाज़िरी के बाद मैं काग़ज़ देखूँगा।"

जब मैं रात को ख़ेमे में गया, मीरज़ाई ने कहा, "ख़ूब हुआ, आप आ गए! सारा दिन परेशानी और दुख में काटा। इस वक़्त जी बहलाने के लिए कुछ गाने का इरादा था। बहरहाल थोड़ी देर के बाद गाना शुरू हुआ। मैंने एक ग़ज़ल की फ़रमाइश की। वह ग़ज़ल भी गाई गई।

फिर ख़ानम जान ने एक ग़ज़ल और गाई।

इसके बाद मैंने एक ग़ज़ल की और फ़रमाइश की। उस वक़्त लोगों की क्या हालत हुई, यह बयान के बाहर है। ख़ानम जान भी जी खोलकर रोई। फिर दो ग़ज़लें उसने और गाईं। दूसरी ग़ज़ल के आख़िरी शे'र पर बेक़रार हो-हो गई और बार-बार गाती रही। इसके बाद एक सर्द आह भरी और बोली—

"मेरी मिट्टी ख़राब हुई। काश! मैं पैदा ही न होती।"

और फिर एक ग़ज़ल और शुरू कर दी।*

पहर रात गए गाना बंद हुआ। और जो कुछ उस वक़्त की हालत थी, कौन बयान कर सकता है?

मीरज़ाई ने खाना मँगवाया तो मैं उठा। मीरज़ाई ने कहा, "अब तो बहुत ही कम वक़्त रह गया है, इस क़दर जल्द तो न जाइए। जो कुछ हाज़िर है, यहीं खा लीजिए।"

मैंने कहा, "दिन का खाना बेवक़्त खाया था, अब तक भूख नहीं है। वरना मुझे उज्र न था।"

ख़ानम जान ने कहा, "वक़्त-बेवक़्त की क़ैद नहीं। आजकल कुछ ऐसा हुआ है कि अक्सर भूख नहीं लगती। और जो कुछ खाओ, यूँ ही रखा रहता है। इसलिए मैं भी अक्सर रातों को खाना छोड़ देती हूँ।"

यानी इसी बहाने से उसने अपने को उस वक़्त बचाया और मुझसे कहा—

"हाँ साहब, उस वक़्त काग़ज़ों का क्या ज़िक्र साहब से था?"

मैंने कहा, "पाँच महीनों से महाजनों का हिसाब न हुआ था। साहब का तक़ाज़ा कई दिन से काग़ज़ तैयार करने का था। इसलिए मैंने बड़ी मेहनत से सब तैयार कर दिए। उसने कहा, कल देखूँगा। मगर कल ही तुम्हारा कूच मुक़र्रर हुआ है। इस इत्तेफ़ाक को मैं क्या करूँ? सख़्त हैरान हूँ। अब इसके अलावा कोई चारा नहीं है कि काग़ज़ तो साहब को समझा दूँ, जिसमें दो रोज़ लग जाएँगे। महाजनों का हिसाब मेरे आने के बाद भी हो सकता है। और दो दिन में तुम्हारी कश्ती बीस या फिर तीस कोस से ज़्यादा न जाएगी। इसमें वैसे तो कोई दिक़्क़त की बात नहीं है।"

उसने कहा, "आह! कहीं ऐसा न हो कि तुम यहाँ हिसाब-किताब में फँस जाओ और वहाँ, मेरा हिसाब-किताब करने वाले मुझे ख़त्म कर दें।"

यह कह कर वह ज़ार-ज़ार रोने लगी।

सय्याद[1] ने कब नावके[2] बेदाद[3] लगाया।
जब उड़ने को हम शाख़ से पर तौल रहे थे॥

मैंने कहा, "यह बेशगुनी अच्छी नहीं। इस क़दर मायूसी की बातें करती हो। इंशाअल्लाह मैं बहुत जल्द काग़ज़ात से फ़ुर्सत पाकर तुम्हारे पास पहुँच जाऊँगा।"

---

* यहाँ 'हाफ़िज़' की अनेक ग़ज़लें (फ़ारसी में) दी गई हैं जिन्हें छोड़ दिया गया है।

1. शिकारी (बहेलिया)।
2. एक किस्म का छोटा, मगर ख़तरनाक और ज़हरबुझा तीर।
3. ज़ालिम नाव के बेदाद = ज़ालिम तीर।

उसने कहा, "ख़ुदा करे ऐसा ही हो। मगर मुझे आसार अच्छे नहीं मालूम होते। शायद मेरी ज़िन्दगी के दिन पूरे हो गए। मुझे अपनी फूटी क़िस्मत से उम्मीद नहीं, कि चैन से उम्र कटे। हाय! कमबख़्त तक़दीर ने क्या-क्या रंग दिखाए। अब यह सबसे कड़ी लड़ाई है, जिसमें नाकामी ही नज़र आती है।

"आग लग जाए अगर चर्ख़[1] से बाराँ[2] माँगो

"बहरहाल, जो कुछ मशवरा हुआ है उसे पूरा करने में मुस्तैदी करनी चाहिए। वरना तुमको ख़ुदा ज़िन्दा रखे, लेकिन सुन लोगे कि यह एक मुट्ठी ख़ाक वाक़ई ख़ाक में मिल गई।"

मैंने कहा, "ख़ुदा के लिए ऐसी बातें न करो। मेरा दिल कुढ़ता है। ख़्वामख़्वाह मायूस हो जाना और बेकार की बात को पहले ही से अपने दिल में जमा लेना अक़्लमंदी नहीं है। हम-तुम इंशाअल्लाह हमेशा साथ रहेंगे और ख़ुशी से ज़िन्दगी बसर होगी। बेफ़ायदा अपनी तबीअत ख़राब करने से क्या हासिल?"

इस तरह देर रात तक हम सब यूँ ही बातचीत करते रहे। आख़िर सुबह हो गई और मैं एक शे'र पढ़ कर रोता हुआ वहाँ से उठ कर चला आया।

अभी मैं सुबह की नमाज़ से फ़ारिग़ हुआ ही था, कि मीरज़ाई वग़ैरह मेरे बंगले में आ गईं और मुझसे बोलीं, "आइए मीर साहब, रुख़्सत हो लें।"

वो क़यामत की घड़ी, वो मौत का ही सामना।
जब कोई माशूक़ से मिल कर जुदा होने लगे॥

मेरे दिल की कैफ़ियत उस वक़्त अजीब-सी हो रही थी। सब ज़ार-ज़ार रो रहे थे मगर ख़ानम जान एक ख़ामोशी के आलम में थी। न आँख में आँसू था न होंठों पर कोई लफ़्ज़। मगर चेहरे पर हवाइयाँ उड़ रही थीं। एक रंग आता था, एक जाता था। मगर वाह रे ज़ब्त! अगर होंठ हिल जाए तो होंठ काट कर फेंक दे। अगर ज़ुबान से उफ़ निकले तो ज़ुबान खिंचवा डाले। पेशानी (माथे) पर शिकन नहीं। चेहरे पर मैल नहीं।

मैं यह हालत देख कर बेक़रार हो गया और ज़ारो-क़तार रोने लगा। मीरज़ाई से कहा, "अब तो जाती हो, दम भर बैठ जाओ।"

इसके बाद फिर मैंने कहा, "तुम लोगों से मुहब्बत और मुलाक़ात न करना चाहिए था। हालाँकि मैंने जानबूझ कर कम लगाव बढ़ाया। लेकिन तुम्हारे अख़लाक़ (व्यवहार) और दिलफ़रेबियों ने मुझे ऐसा बाँध लिया कि आज यह जुदाई सख़्त दुश्वार है। इस वक़्त मैं किस तरह तुमको रुख़्सत करूँ! मेरा दिल उमड़ा आता है

---

1. आसमान।
2. बारिश।

और कलेजा फटा जाता है। ख़ैर, जाओ साहब! ख़ुदा हाफ़िज! अगर अल्लाह ने चाहा तो फिर मुलाक़ात होगी और वही पहले जैसे जलसे होंगे।

जो जीते रहेंगे तो मिल जाएँगे।
वगरना किए की सज़ा पाएँगे॥"

वो सब उठ कर चलीं। मैं थोड़ी दूर तक साथ चला। आख़िर मीरज़ाई ने मेरे हाथ चूमे और हर शख़्स को मैंने बेइन्तिहा रंजो-ग़म से रुख़्सत किया। रोते-रोते हर एक की हिचकियाँ बँध गई थीं। कोई कोई अपने होश में न था। मगर वह लगाव रखने वाली, मज़बूत तबीअत की, दिल को मसोस कर रोकने वाली ख़ानम जान उसी तरह हक्का-बक्का, चुप, सुन्न! मानो वह सब कुछ भूल गई थी। न रोती थी, न कोई लफ़्ज़ बोलती थी। हाँ, जब सलाम करके बढ़ी तो वह मेरे नज़दीक होकर निकली और यह मिसरा आहिस्ता से पढ़ा—

*मा बर फ़ीहम तू दानी व दिल ग़मख़ोर मा**

* हम समझदार हैं, तुम भी दानिशमंद और (इसलिए) हम अपने दिल के ग़म को ज़ब्त करें।

21

जब सब मेरी आँखों से आड़ हो गए, मैं वहीं खड़ा हो कर चीख़-चीख़ के रोने लगा। कभी बंगले के अन्दर, कभी बाहर आया। कभी उनके ख़ेमे की तरफ़ देख कर कलेजा थाम लिया। यानी एक घड़ी भी चैन न था। एक जगह आराम न था। दीवाने की तरह इधर-उधर फिरता था और सैकड़ों शे'र पढ़ता था।

जब बंगले में आया, आज़म जी और मोहम्मद आज़म आए। सबको मैंने रुख़्सत कर दिया और बेचैन, ग़मज़दा दीवाना होकर इधर-उधर फिरने लगा। किसी तरह सब्र न आता था और दिल की धड़कन बंद होने की-सी हालत हो गई थी।

इतने में वह मेरी माशूक़ का कुत्ता,* दोनों तरफ़ का राज़दार[1] ख़त पहुँचाने वाला, होश की ख़बर रखने वाला 'हुद हुद' नाम का परिंदा, ख़ुशख़बरी लाने वाला कबूतर—यानी रहमअल्लाह आया। उसको देखते ही मेरी बुरी हालत हो गई और मैं फिर ज़ोर-ज़ोर से रोने लगा।

उसने कहा, "आप इस क़दर क्यों बेताब होते हैं? ख़ुदा के लिए चन्द दिनों तक सब्र कीजिए। ख़ानम साहिबा ने मुझसे कहा है कि मीर साहब ने भी चुनारगढ़ आने का वादा किया है।"

मैंने हज़ार तकलीफ़ सहते हुए अपने सीने पर सिल रख कर उसको भी रुख़्सत किया।

पहर दिन चढ़े तक बुरा हाल था।

साहब ने काग़ज़ माँगे। मैं लाचार। हिसाब लेकर गया और दोपहर तक दो महीने के काग़ज़ात समझा दिए। फिर मकान पर आकर आज़म जी की कश्ती रवाना होने की ख़बर मंगाई। मालूम हुआ कि दोपहर को छूट गई। दूसरे दिन फिर काग़ज़ रख ही रहा था, कि किसी अंग्रेज़ की चिट्ठी आई और साहब ने कहा, "अब तो मैं सवार होकर निकलता हूँ। कल सुबह देखूँगा।" मजबूरन चुप हो रहा और तमाम रात रो-रो और तड़प-तड़प कर काटी।

तीसरे दिन जी में आया कि बग़ैर इत्तेला के चला जाऊँ। मगर उसका अंजाम सोच कर अपना यह इरादा छोड़ दिया और सब्र करके पहर दिन चढ़े हिसाब ले गया। बहुत कोशिश की कि आज तमाम काग़ज़ निकल जाएँ मगर मुमकिन

---

* यहाँ यह शब्द लैला के कुत्ते की तरह प्रयोग किया गया है, जिसे वह बहुत चाहती थी।

1. रहस्य को जानने वाला।

न हुआ। चौथे रोज़ सब हिसाब समझा दिया। महाजनों का फ़ैसला और बक़िया काग़ज़ात तैयार करने के लिए पाँच-छ: रोज़ की मोहलत साहब से ले ली। और यह भी कह दिया कि इतने रोज़ मैं आपके पास न आऊँगा। बल्कि जाजमऊ में मकान पर रह कर इत्मीनान से काग़ज़ बनाऊँगा।

बंगले में आया तो अपने प्यारे भाई मोहम्मद यूसुफ़ से कहा कि लाला टीकाराम के पास हिसाब जाँचने जाता हूँ। कई सौ रुपयों की ग़लती मालूम होती है। दो-चार दिन वहाँ रहूँगा। तुम ये दो सौ रुपये लो। ज़रूरी कामों को मुल्तवी (स्थगित) न होने देना। मैं रात को मीर रौशन अली के यहाँ रह जाया करूँगा। और हसन अली अपने एक ख़िदमतगार को, जो इस राज़ से वाक़िफ़ था, समझा दिया कि मैं एक ज़रूरी काम से जा रहा हूँ, किसी से ज़रा भी ज़िक्र न करना।

यह सब इन्तज़ाम करके मैं लाला टीकाराम के पास गया और काग़ज़ात उनको देकर जो कुछ कहना था, समझा दिया। फिर इत्मीनान के साथ सोमवार के दिन ज़ोह्र (दोपहर) की नमाज़ के बाद कश्ती पर सवार हो गया। सौ अशर्फ़ियाँ अपने साथ लीं और बाक़ी ज़रूरी चीज़ें पहले ही से कश्ती पर मौजूद थीं। मैंने मल्लाहों से कहा कि उनकी तनख़्वाह के अलावा पाँच रुपये रोज़ाना इनाम दूँगा, लेकिन दो दिनों की राह एक दिन में तय करनी चाहिए। इसलिए उन्होंने सख़्त मेहनत और कोशिश करनी शुरू की। यहाँ तक कि तीसरे दिन कड़ा मानिकपुर पहुँच गए। वहाँ से चले तो दोराहा। मल्लाहों ने कहा, "अब जिधर हुक्म हो कश्ती ले चलें।" मैंने कहा, "जिस तरफ़ कश्तियों का आना-जाना मालूम होता हो उधर चलना चाहिए।" इसलिए उन्होंने एक राह अख़्तियार की। मैंने मल्लाहों को दम लेने की फ़ुर्सत भी न दी। रात-दिन चले ही जाते थे।

आख़िर इलाहाबाद में कश्ती पहुँच गई। तब मल्लाहों ने कहा, "कैसी ही तेज़ रफ़्तार वाली कश्ती होती, यह मुमकिन न था कि अब तक यहाँ पहुँच जाती।" वह (यानी आज़म जी वाली कश्ती) जुमेरात (बृहस्पतिवार) को रवाना हुई थी जिसको सात रोज़ हुए। यानी हम तीन दिन बाद चले। और यहाँ तक तो आठ रोज़ में वह कश्ती नहीं पहुँच सकती थी। मालूम होता है, दोराहे से हम इस तरफ़ चले आए और वह कश्ती दूसरी राह से गई। वरना मुमकिन न था कि रास्ते में हम उसे पा न लेते। मैंने अपने दिल में सोचा, ये सच कहते हैं। यह सब मेरी तक़दीर भी ख़ूबी है। और मुझे इस क़दर दुख और क़लक़ हुआ कि बयान नहीं हो सकता। मैं ख़ामोशी के आलम में सोचता था कि क्या करूँ? और आँखों से आँसू जारी थे।

नहीं मिलता तिरे नाक़े [1] का पता ऐ लैला।
छान मारे तिरे मजनूँ ने बयाबाँ कितने॥

---

1. ऊँटनी (यहाँ तात्पर्य है : कश्ती)

आख़िर यह सलाह ठहरी कि वापस चलना चाहिए और दोराहे पर से दूसरी राह पर कश्ती ले चलें। इसलिए वहाँ से पलट कर दूसरी तरफ़ कश्ती रवाना हुई। चूँकि हवा पछुआ (पश्चिमी) न थी, कश्ती बहुत आहिस्ता चलती थी। कभी मल्लाह बाँस से चलाते थे, कभी रस्सी से खींचते थे। हासिल यह कि तीन दिनों तक बराबर कश्ती चलती रही, मगर कहीं आज़म जी की कश्ती का पता न लगा।

मल्लाहों ने कहा कि यहाँ से कानपुर चालीस कोस है। अब जिस तरफ़ कहिए, चलें। आज दस रोज़ हुए इस कश्ती को चलते हुए। अब उस कश्ती का मिलना नामुमकिन है। मैंने कहा, "नहीं अभी आगे चले चलो।"

और पूरब की तरफ़ कश्ती रवाना हुई। अस्र (सूर्यास्त से पहले) के वक़्त एक मुक़ाम पर मल्लाहों ने कश्ती बाँध दी, ताकि ज़रा दम ले लें। मैं भी किनारे उतरा और टहलने लगा। वहाँ दूसरी कश्तियों के ठहरने का निशान मालूम हुआ। मैं एक तरफ़ टहलता हुआ चला गया। वहाँ चन्द लकड़ियों पर एक काग़ज़ बँधा हुआ देखा। मैंने लपक कर उसको खोला तो ख़ानम जान के ख़त को पहचान लिया। उसको चूम-चाट कर पढ़ने लगा।

22

ख़त

मेरी आँखों से ओझल होने की निशानी! सलामत रहें। जिस दिन से मेरी कश्ती सफ़र के भंवर में फँसी और मैं आपसे जुदा होकर रवाना हुई हर वक़्त और हर घड़ी आपका इन्तज़ार है। आँखें रास्ता देखते-देखते पथरा गईं। मुड़-मुड़ के देखने से गर्दन टूट गई। दिन है तो दरिया की तरफ़ टकटकी लगी है, रात है तो उधर आँखें उठी हुई हैं। कलेजे में पंखे लगे हैं। दिल बाँसों उछलता है। तबीअत घबराती है। किसी जगह चैन नहीं। दरिया के हिलकोरे और कश्ती के झोंके अलग। सर घूमा जाता है।

बदिक़्क़त[1] बहे-ग़म[2] से कश्ती-ए-जाने-हज़ीं[3] निकली।
कभी बैठी कभी उछली कहीं डूबी कहीं निकली॥

आज छः दिन हुए। मगर आप न आए, तो न आए। तुम्हारी कश्ती 'ईद का चाँद'* हो गई। आँखें फाड़-फाड़ कर देखती हूँ, मगर कोसों तक मंज़िलों का पता तक नहीं। मालूम होता है कि मेरी कश्ती एक तूफ़ानी ज़िन्दगी हो गई है। आप उस बर्बाद कर देने वाले हिसाब-किताब के चक्कर में ऐसे पड़े कि अपनी आज़ादी के जहाज़ को लंगर में डाल दिया।

अब रोने और बिलखने के अलावा कोई काम मुझे नहीं है। न किसी से बात है न चीत है। हाँ, होंठ हिलते हैं तो आह निकलती है।

और ग़ज़ब यह है कि आप जनाब वहाँ दोस्तों से गर्मागरम गुफ़्तगू में मशग़ूल होंगे। उनसे मुलाक़ातें होती होंगी। एक-दूसरे को देखने और भेंट करने का लुत्फ़ आता होगा। इसी वजह से सफ़र करने में देरी हो गई होगी।

मैं यहाँ सफ़र के ख़ौफ़ से फुँकी जाती हूँ। कलेजा कबाब हो गया। दिल सियाह (काला) ख़ाक हो गया। आँखें दरिया के सोते (स्रोत) हैं। हाय! ग़ज़ब! और आपको ख़बर नहीं।

---

1. बड़ी मुश्किलों से।
2. ग़म की लहर।
3. ग़मगीन जान की कश्ती

* जिसे देखना दुर्लभ हो। (एक मुहावरा)

'हालाँकि जुदाई की यह लज़्ज़त और सफ़र के ये सदमे भी मैं ख़ुशी से झेल रही हूँ। सिर्फ़ इस उम्मीद पर कि तुम आ जाओगे। मैं जी जाऊँगी। और यह वादे और नुक़सान वग़ैरह की जंग काफ़ूर हो जाएँगी (उड़ जाएँगी)। अलबत्ता, ये छः दिन गुज़रे और तुम न आए तो फिर मेरे लिए सब्र कर लेना।

'मुझ दुखिया का हाल बयान के क़ाबिल नहीं है। दिल में दर्द और कलेजे में टीस है। अल्लाह जानता है कि आबो-दाना (पीना-खाना) हराम है। कमज़ोरी बढ़ गयी है। मेरा तो सर घूमता है। आँखों में तारे टूटते हैं। दिल को चैन नहीं। मौत ही नहीं आती। कमज़ोरी का ज़ोर है। ताक़त बिलकुल नहीं। एकदम अकेलापन और फिर यह वियोग।

मरने की भी फ़ुर्सत नहीं ऐ गर्दिशे-अय्याम[1]।
आसूद:[2] हूँ क्योंकर तेरे चक्कर से निकल कर॥

देखो, इस तरह ग़ाफ़िल हो जाना और लापरवाही अच्छी नहीं है। मुझे सता कर, तड़पा कर क्या फ़ायदा पाओगे? क्या मज़ा उठाओगे? ख़ुदा के लिए जल्द आओ। एक बार तो और तुमको देख लूँ। फिर जो चाहे हो। इतनी मुद्दत में जो-जो ख़यालात दिल में गुज़रे हैं उनका बयान करना नामुमकिन है। मगर मैं हर हाल में तुम्हारी सलामती और ख़ुशहाली की ख़्वाहिश रखती हूँ। और ज़्यादा क्या लिखूँ?'

(मरकूम[3] जुमेरात—सनीचर, जमादिउस्सानी[4])

इस ख़त को देखकर मैं रोता हुआ अपनी कश्ती पर चला आया और बेक़रार होकर चीख़ने लगा। मेरा ख़िदमतगार यह हाल देख कर घबराया और समझाने लगा, मगर मेरे दिल की तपिश इतनी बढ़ गई थी कि कोई भी बात असर नहीं करती थी। उस गुमशुदा माशूक़ा की तरफ़ मुख़ातिब होकर बस फ़रियाद करता था।

आख़िर मल्लाहों से मैंने कहा, "अब क्या सलाह है? किस तरफ़ चलना चाहिए?"

उन्होंने कहा, "हुज़ूर, हमने कश्ती चलाने में जी तोड़ मेनहत थी। मगर अफ़सोस, कि आपका मतलब हासिल न हुआ। हमारी मेहनत बरबाद हुई। अब आपका जो हुक्म हो, हम हाज़िर हैं। मगर लगता है कि अब मक़सद का पूरा होना मुश्किल है। ख़ुदा जाने वह कश्ती किधर गई और कहाँ पहुँची होगी?"

---

1. दिनों का चक्कर।
2. ख़ुशहाल, बेफ़िक्र।
3. लिखने वाली।
4. जमादिउस्सानी अरबी कैलेण्डर के एक महीने का नाम।

मैंने कहा, "तुम सच कहते हो। मालूम नहीं, मैं किस मनहूस घड़ी में कश्ती पर सवार हुआ था, कि आज आठ दिन हुए परेशान फिर रहा हूँ। मगर कुछ हासिल न हुआ।"

फिर मैंने अपने जी में कहा, अगर आगे चलता हूँ तो उस कश्ती का मिलना दुश्वार है। अगर चुनारगढ़ के क़रीब पहुँच कर मिली भी तो ख़ुदा जाने वहाँ हाथ आए या न आए। अगर वहाँ ठहर जाऊँ तो भी कोई तदबीर (उपाय) ज़ेहन में नहीं आती, कि उसको पाऊँ। फिर वहाँ से अपने मक़सद को न पाकर पलटने में रंज के अलावा बीस दिनों के बाद कानुपर पहुँचना होगा, जिससे और क़बाहतों का अन्देशा है। काश! मैं उनके साथ ही रवाना होता तो अब तक कबका मतलब हासिल हो जाता! अब तो ये सब बातें ख़्वाबो-ख़याल हैं। अब रुसवाई और नाकामी के अलावा कोई फ़ायदा नहीं है। अब तो सिर्फ़ सब्र करना चाहिए और मजबूरन कानपुर को लौट जाना चाहिए। ताकि वहाँ पहुँच कर जो कुछ मामले बाक़ी हैं, उनका फ़ैसला करके फिर इत्मीनान से अपनी माशूक़ा की तलाश में निकलूँ। उस वक़्त जो कुछ भी हो सब गवारा है। चुनारगढ़ में आकर जिस तरह मुमकिन होगा, उसको निकाल लाऊँगा। यह ख़याल करके मैंने मल्लाहों को कानुपर की तरफ़ चलने का हुक्म दिया।

इत्तफ़ाक़ से पुरवाई चलने लगी। मल्लाहों ने बादबान (पाल) उठा दिए और कश्ती तेज़ी के साथ चल निकली।

उस दिन साठ कोस के क़रीब कश्ती ने दरिया की राह तय की। दूसरे दिन भी हवा मुवाफ़िक़ थी। शाम के वक़्त सरसइया घाट पर कानपुर में कश्ती पहुँच गई।

हर फिर के दायरे ही में रखता हूँ मैं क़दम।
आई कहाँ से गर्दिशे-पुरकार[1] पाँव में॥

मैंने कश्ती से उतर कर मल्लाहों का हिसाब कर दिया और कुछ इनाम भी दिया।

वहाँ से लाला टीकाराम के मकान पर गया। उससे काग़ज़ात लिए और अपने बंगले को चला। हुसैन अली ख़िदमतगार रास्ते में मिल गया। उससे मालूम हुआ कि दो दिन से मेरी तलाश हो रही है। तब मैं बंगले में पहुँचने के बाद फ़ौरन साहब के पास गया और बोला—

"इसीलिए मैंने अलहदा मकान में काग़ज़ात दुरुस्त करने के लिए अर्ज़ किया था और आपसे कह दिया था कि चन्द रोज़ मैं हाज़िर न हो सकूँगा। फिर भी आपने तलाश कराया।"

---

1. चालाकी के साथ घूमना।

उसने कहा, "तुम इस क़दर ग़ायब नहीं रहते थे। मैंने बहुत इन्तज़ार किया। आख़िर तुम्हारी तलाश का हुक्म दिया। ज़रूरत यह है कि आदमियों की तनख़्वाह जल्द बाँट दी जाए और फ़लां-फ़लां काम को पूरा किया जाए।"

मैंने कहा, "यह सब काम एक-दो रोज़ में कर डालूँगा।"

इसलिए मैंने बहुत मेहनत की और दो-तीन दिन में सारे काम दुरुस्त कर दिए। इसके बाद जाजमऊ गया और नाना साहब वग़ैरह से मिल आया। फिर इस फ़िक्र में पड़ा कि पहले कोई हरकारा भेज कर आज़म जी की ख़बर मँगवानी चाहिए, कि वो लोग कहाँ हैं? इसके बाद जो कुछ करना है, किया जाएगा।

जवानी की मौत

ढेर देखे गुलरुख़ों[1] की ख़ाक के।
वाह क्या नैरंग[2] हैं अफ़लाक़[3] के॥

'देखो इस तरह से मर जाते हैं मरने वाले' इसी फ़िक्र और सोच-विचार में डूबे हुए मैंने एक दिन साहब से कहा—

"मालूम नहीं, आज़म जी का ग्रुप होलियर साहब के पास चुनारगढ़ में पहुँचा या नहीं?"

उसने कहा, "परसों मैंने होलियर साहब को चिट्ठी लिखी है। जवाब आएगा तो यह हाल भी मालूम हो जाएगा।"

मैंने अपने दिल में शुक्र किया कि क़ासिद (हरकारा, चिट्ठीरसा) भेजने की फ़िक्र से निजात मिली।

आठ दिन गुज़र गए, मगर कुछ जवाब न आया। मैंने साहब को फिर याद दिलाया। बोले—

"हाँ, अब तक जवाब नहीं आया। मैं आज और चिट्ठी लिखता हूँ। इसका जवाब जल्द आएगा।"

मैंने कहा, "मीरज़ाई वग़ैरह का हाल भी दरयाफ़्त कीजिएगा।"

साहब ने कहा, "तुमको उनसे कुछ मतलब है?"

मैंने कहा, "कुछ नहीं। मीरज़ाई ने चलते वक़्त वादा किया था कि चुनारगढ़ से ख़त लिखूँगी और साहब को भी अर्ज़ी भेजूँगी। मगर अब तक न ख़त ही आया, न अर्ज़ी। इससे ख़याल होता है कि शायद किसी दूसरी तरफ़ वो लोग चले गए।"

---

1. फूल जैसे चेहरे वालों (सुंदरियों)।
2. जादू।
3. आसमानों।

साहब ने उसी वक़्त दूसरी चिट्ठी रवाना की। जवाब छठे दिन आया। लिखा था कि 'आज़म जी का ग्रुप यहाँ पहुँचा और मैंने सौ रुपया माहवार पर बी जान को नौकर रख लिया था। लेकिन आज़म जी की लड़की को यहाँ की आबो-हवा नामुवाफ़िक़ हुई और वह बीमार हो गई। इसलिए वो सब परेशान होकर उसके इलाज के लिए, पन्द्रह दिन हुए, लखनऊ चले गए।'

मैंने जैसे ही यह सुना सख़्त घबरा गया। ख़ुदा ख़ैर करे। हाय! मेरी जानान (प्रिया) की तबीअत नासाज़ हो गई। मेरी कमबख़्तियों और नाकामियों ने यह दिन दिखाया। उसको जुदाई के सदमे ने बीमार कर दिया। अब जिस तरह मुमकिन हो, वहाँ जाना चाहिए। मगर पहले ख़त से ख़ैरियत और उसकी चैन को दरयाफ़्त कर लूँ। इसलिए इसी परेशानी और फ़िक्र में था कि किसी आदमी को लखनऊ रवाना करूँ। मगर कुछ बन न पड़ा। दिन-रात बेकली और परेशानी में गुज़रता था। बार-बार रोया करता था और दर्द-भरे शे'र पढ़ा करता था।

बहरहाल एक हरकारा तलाश करके इरादा किया कि कल सनीचर के दिन उसे रवाना करूँगा, कि यकायक जुमा की शाम को मीरज़ाई का एक आदमी आया। उसने एक अर्ज़ी बड़े-से हार के साथ साहब के पास पहुँचाई और एक ख़त मेरे नाना के नाम भी लाया। उसमें लिखा था कि 'रास्ते में ख़ानम जान की तबीअत नासाज़ हो गई। जब हम चुनारगढ़ पहुँचे, होलियर साहब की सरकार में बी जान नौकर हो गई और ख़ानम जान का इलाज शुरू किया गया। मगर कुछ फ़ायदा न हुआ। बहुत-सा इलाज हुआ। कई तरीक़े अपनाए गए। सोने-चाँदी के सिक्के दिए गए। लगातार नुस्ख़े बदले गए। लेकिन चुनारगढ़ की आबो-हवा ज़्यादातर उसके मुख़ालिफ़ ही हुई। जिससे मर्ज़ तेज़ होता गया और कमज़ोरी बढ़ती गयी। आख़िर वहाँ से हम लखनऊ रवाना हुए।

'यहाँ आठ दिन हुए पहुँचे और छावनी के क़रीब भीम के अखाड़े में ठहरे हुए हैं। यहाँ भी बहुत इलाज हुआ और बड़े-बड़े हकीमों को दिखाया। मगर फिर भी फ़ायदा नहीं है। रोज़-ब-रोज़ कमज़ोरी बढ़ती जा रही है।

'चूँकि कानपुर की रिहाइश में जब कभी उसकी तबीअत नासाज़ हुई, आपके इलाज से फ़ौरन सेहतमंद हो गई, इसलिए उसने ख़ुद ही याद दिलाया कि अगर बड़े हकीम साहब तशरीफ़ लाएँ तो इंशाअल्लाह मैं फिर सेहतमंद हो जाऊँगी। इसलिए उसी के इसरार से मैं यह आदमी आपकी ख़िदमत में भेज रही हूँ और साहब को भी अर्ज़ी लिख दी है। वो भी इजाज़त दे देंगे। आपकी मेहरबानी और करम (दया) से उम्मीद है कि जिस तरह मुमकिन हो आप यहाँ आ जाइए, जिससे ख़ानम जान को आराम मिले। और हम सब तमाम उम्र बेमोल के ग़ुलाम हो जाएँगे।'

साहब ने अर्ज़ी पढ़ी। उसमें भी यही हाल लिखा था। मुझसे फ़रमाया कि बड़े हकीम साहब को जल्द बुलवाओ। इसलिए नाना साहब जाजमऊ से आए और ख़त को देख कर बहुत अफ़सोस किया। फिर साहब के पास गए।

साहब ने मीरज़ाई की अर्ज़ी और उनकी ख़्वाहिश का हाल बयान किया और कहा—

"मुझको बहुत अफ़सोस है। ख़ानम जान बड़ी लायक़ औरत है। ख़ुदा उसको सेहत दे। आप जल्द रवाना हो जाइए और उसका इलाज कीजिए।"

चूँकि नानासाहब का ख़ुद ही चन्द रोज़ से लखनऊ जाने का इरादा था ताकि वहाँ के दोस्तों वग़ैरह से मिलें, लिहाज़ा फ़ौरन क़बूल कर लिया। और फिर एक नौकर साथ में रख कर सफ़र की तैयारी करने लगे।

उसी हरकारे ने रात को अकेले में मुझसे कहा कि रहमअल्लाह छोकरे ने आपको बंदगी कही है और एक मुहर लगा हुआ लिफ़ाफ़ा दिया है। मैंने उसको लेकर जल्द-जल्द खोला। मेरी जानान (प्रिया) का ख़त था। और अफ़सोस, कि कमज़ोरी की वजह से ख़त लिखने में हाथ थर्राया था। इसलिए हर्फ़ों (अक्षरों) और लफ़्ज़ों की लिखावट में फिसलन-सी पड़ गई थी। मैं रोता हुआ अलहदा चला गया और उस ख़त को पढ़ने लगा।

(उस ख़त की नक़्ल हू-ब-हू आगे दी जा रही है)

23

ख़त

मेरे ग़ाफ़िल दिलदार, मेरे राज़दार, सलामत रहो। बाद सलाम के मालूम हो कि जिस दिन से मैं कश्ती पर सवार होकर पूरब को चली, वादे के हिसाब से आपके आने का हर वक़्त इन्तज़ार करती रही और राह देखती रही कि अब आए, अब आए। मगर अफ़सोस कि आप न आए और न कुछ ख़बर मिली। हाय! हाय!

न जाना कि दुनिया से जाता है कोई।
बहुत देर की मेहरबां आते-आते॥

यह तो ख़याल भी नहीं हो सकता कि आपने बेपरवाई की होगी, या मुझे भूल गए होंगे। अलबत्ता मेरी बदक़िस्मती या क़िस्मत के चक्कर ने आपको रोक रक्खा होगा। मेरा दिल गवाही देता है कि आपने शायद बहुत कोशिश की होगी, सोच-विचार किया होगा, मुझे यक़ीन है कि आपने कोई कोशिश, कोई तरीक़ा उठा न रक्खा होगा। मगर मेरी बदक़िस्मती या कालिख लगी क़िस्मत का क्या इलाज? मेरा ख़याल है कि उसी हिसाब-किताब ने—जो मेरे सामने पेश था—आपको फ़ुर्सत न दी होगी। हाय! मैं अपनी हालते-ज़ार का बयान क्या करूँ?

हो रहे हैं ज़ुल्म हफ़्त-अफ़लाक[1] *के।*
इम्तेहाँ हैं एक मुश्ते-ख़ाक[2] *के॥*

ख़ैर, या क़िस्मत! या नसीब! मैंने दो ख़त अपने इन्तज़ार की तकलीफ़, अपनी हसरत और मलाल में लिख कर दरिया के किनारे लकड़ियों पर बाँध दिए थे, कि शायद आप मेरी तलाश में आएँ तो उनको देख लें। ख़ुदा जाने क्या रूदाद (हाल) पेश आई कि अब तक न आप ख़ुद आए, न कोई ख़त-पत्तर आया। दुख और सितम छाए हुए हैं।

दे दाद ऐ फ़लक दिले-हसरत-परस्त[3] *की।*
हाँ कुछ न कुछ तलाफ़ी-ए-माफ़ात[4] *चाहिए॥*

1. सात आसमानों।
2. मुट्ठी-भर मिट्टी। (यानी मुट्ठी भर मिट्टी से बना हुआ आदमी। —रूपा.)
3. हसरत पालने वाला दिल।
4. गुज़रे हुए वक़्त की क्षतिपूर्ति।

मेरी हालत यह है कि रोज़-ब-रोज़ दर्दे-जिगर बढ़ता ही जा रहा है। मर्ज़ अपना काम कर रहा है। ताक़त ग़ायब है। जुदाई का ग़म खाए लेता है। हड्डियाँ तक फुंकी जाती हैं।

नब्ज़ें छुटीं, बुख़ार चढ़ा, दर्दे-सर हुआ।
क्या-क्या न हिज्र में तेरे बीमार पर हुआ।

अब ज़िन्दगी की उम्मीद नहीं। कूच का नक़्क़ारा (नगाड़ा) बराबर बज रहा है। जहाँ हमेशा रहना है (यानी मर जाने के बाद) उस दुनिया का सफ़र सामने है। किसी करवट, किसी पहलू चैन नहीं। न कोई ग़म बाँटने वाला है, न हमदर्दी दिखाने वाला, न कोई यार और न कोई मददगार। आह! अपने दिले-ज़ार का माजरा (हाल) किससे कहूँ? दर्दे-जिगर की टीसें इस ग़ज़ब की हैं, कि कलेजा निकला पड़ता है। मगर उफ़ नहीं निकल सकती।

करनी पड़ीं फ़िराक़ [1] में तीमारदारियाँ [2]।
हाथों में सारी रात दिले-नासबूर [3] था॥"

ख़ूने-जिगर पीती हूँ। लख़्ते-जिगर (जिगर का टुकड़ा) ग़िज़ा (भोजन) है। दवा का इस्तेमाल हो रहा है। हाय! किसे ख़बर कि मर्ज़ क्या है? इश्क़ की बीमारी के लिए दवा ही क्या और इलाज कैसे? वियोग का दर्द एक जगह हो तो बताऊँ।

हाय! बग़ैर तुम्हारे मिट्टी ख़राब है। तुम्हारी जुदाई से मेरी जान पर बन आई है। कोई चीज़ अच्छी नहीं मालूम होती। हाँ, मौत सामने हर वक़्त खड़ी है और तक़ाज़ा कर रही है, कि चलो। अब दुनिया की आबो-हवा तुम्हारे मिज़ाज के मुवाफ़िक़ नहीं है। हाय! मेरे मातम की तैयारी हो रही है। गुलों ने मेरे सब्र के दामन को चाक कर डाला है। वो मेरे लिए मातम करने वालों की सफ़ (पंक्ति) में जमा होकर बैठे हैं। बुलबुलों ने ग़ज़ल के बदले मर्सिया (शोक गीत) पढ़ना शुरू कर दिया है। साक़ी (शराब परोसने वाला) शराबे-अर्ग़वानी (लाल रंग की शराब, वाइन—अनु.) की जगह जिगर का ख़ून जाम (प्याला) में भर कर पेश कर रहा है। जिगर के टुकड़ों के कबाब भुन रहे हैं। फूलों की कलियाँ ख़ून पी-पी के रह गईं। दरख़्त मुरझा गए। डालियों ने अपना सर झुका लिया। सुंबुल (एक ख़ुशबूदार घास) ने बाल खोल दिए। सौसन (पीले रंग का एक फूल) मातम के नौहे (शोक गीत) उड़ा रही है। बेदमजनून (बाँस की तरह का एक वृक्ष) दीवाना हो गया है

1. वियोग।
2. देखभाल (तात्पर्य है अपनी ख़ुद की देखभाल)।
3. बेसब्री से भरा दिल।

(मजनूँ की तरह—अनु.)। चिनार ने मुँह नोच डाला है। ख़्वान (जिस पर बैठ कर खाना खाया जाता है, थाली—अनु.) हो गया सर्द मारे ग़म के, खड़ा का खड़ा रह गया। नर्गिस आँसू बहा रही है। गेंदे का रंग ज़र्द (पीला) पड़ गया। लाला (लाल रंग का एक फूल) ने अपना रुत्बा बढ़ा लिया है। सनोबर (एक प्रकार का वृक्ष) ख़ाक पर तड़प रहा है। दरख़्तों के पत्ते अफ़सोस में गुंथे हुए मिलते हैं। बसंत की हवा ने मातमी फ़र्श बिछाया है। पहाड़ों से झरने सर टकराते हैं। बादल आठ-आठ आँसू रो रहे हैं। क़यामत तो यह है कि यह हंगामा बरपा हुआ। परेशानियों की सदाएँ (आवाज़ें) इस क़दर बुलंद हुईं, मगर हुज़ूर ने करवट तक न ली। कान पर जूं तक न रेंगी। पूछा भी नहीं, कि यह मातम किसका है? कौन है जो जवानी में ही मर कर ख़ाक में मिल गया? इसके साथ ही यह भी कहना चाहती हूँ कि मैं शिकायत नहीं कर रही हूँ। जो कुछ लिख गई, बचकानी क़लम और तबीअत की बेचैनी थी। तुम बुरा न मानना। मेरी इस बेहया ज़िन्दगी पर लानत है, कि बग़ैर तुम्हारे ज़िन्दा हूँ। यह भी कोई ज़िन्दगी का लुत्फ़ है? मैं तो इसको मौत से भी बदतर जानती हूँ। ख़ुदा के लिए, अपने बुज़ुर्गों के वास्ते अब तो रहम करो।

अगर यही हालत चन्द रोज़ और रही तो सुन लेना कि हसरतों से भरी तुम्हारी यह माशूक़ा ख़ाक हो गई। मेरी हालत इस क़दर बदल गई है कि शायद तुम आ जाओ तो मुझे पहचानना मुश्किल होगा।

दस्त[1] मिज़गाँ[2] न सँभाले तो न सँभले हरगिज़।
चश्मे-बीमार [3] भी उठती है सहारा लेकर॥

ऐ काश! कुछ हो। मगर तुम आ जाते तो मैं नई तरह से ज़िन्दा हो जाती। अब मुझे कोई तमन्ना नहीं। कोई आरज़ू नहीं। हाँ, इसके अलावा ख़ुदा वंदे-आलम अपने हबीबे-पाक (हज़रत मोहम्मद स.अ.) के सदक़े (ख़ैरात, दान) में एक दफ़ा तुम्हारी सूरत दिखा दे और ख़ंजर (छुरी) से मेरा ख़ात्मा कर दे।

मैं तुम्हें अपने सर की क़सम देती हूँ कि मेरा यह हाल मालूम होने से हरगिज़ रंज न करना। हाँ, जहाँ तक मुमकिन हो, जल्द आने की कोशिश करना। मेरे लिए एक-एक लम्हा (क्षण) सालहा-साल (कई वर्षों) से ज़्यादा है। मेरे प्यारे! सब बातों को जाने दो। बीमार को ढारस बँधाना ज़रूरी है। इसी का लिहाज़ करो और चले आओ। मुसलमानों को इसकी पाबन्दी लाज़िमी है।

---

1. हाथ।
2. पलकों को।
3. आँखों की रोगिणी।

अब मैं क्या लिक्खूँ? मैं सिर्फ़ इसी ग़रज़ से आई हूँ और आपके नाना साहब को बुलाने पर इसरार किया है, कि इसी बहाने आप आसानी से आ सकेंगे। अब इसी सहारे पर मैं मौत के फ़रिश्ते को अपनी सांस दे रही हूँ। जान लबों (होंठों) पर आ गई है, मगर निकलने नहीं देती।

दिले-बेताब वो आते हैं, ख़बर आई है।
सब्र कर सब्र ज़रा मेरे मचलने वाले॥

ख़ुदा करे, कि जैसा तुमने मुझे जलाया और तड़पाया है उसका बदला किसी बेवफ़ा माशूक़ा से तुम्हें मिले। जिससे कि चैन की क़द्र मालूम हो। और पता चले कि वो वफ़ादार और जुदाई के नसीब वाले बेचारे किस तरह मुसीबत उठाते हैं। हाय! मैं न कहती थी मुहब्बत के इस सौदे को जानबूझकर मोल न लो। अपनी भी चैन गँवाओगे और दूसरे की जान पर भी बन आएगी। आख़िर मेरा कहना आगे आया और यह काला दिन देखना नसीब हुआ। मगर तक़दीर के हुक्म पर किसको दख़्ल है? और क्या ज़ोर?

लिक्खे की क्या ख़बर थी ये कौन जानता था।
मजनूँ के साथ पढ़ कर लैला ख़राब होगी॥

मेरे मिज़ाज की कैफ़ियत और तबीअत का हाल कुछ बयान ही नहीं हो सकता। किसी-किसी वक़्त जुदाई और मुलाक़ात सब कुछ बेकार मालूम होता है। एक शर्मिंदगी और बेख़ुदी है कि दुनिया क्या, बल्कि ख़ुद को भी भूल जाती हूँ। हाँ, चाहत है तो इतनी और आरज़ू है तो यह कि या परवरदिगार! मुझे मज़बूत बनाए रखना और मेरा ख़ात्मा ख़ैरियत के साथ करना। मुझे मरने की परवाह नहीं और ज़रा भी ख़ौफ़ नहीं।

और अब क्या लिखूँ? अफ़साना तवील (लम्बा), फ़ुर्सत क़लील (कम), ताक़त ताक़ (ग़ायब), ज़्यादा इश्तियाक़ (ख़्वाहिश)।

यह ख़त पढ़ कर मैं नाना साहब की ख़िदमत में गया और अर्ज़ किया, कि मैं भी मुद्दत से लखनऊ जाने का इरादा करता था। वहाँ के दोस्तों से मिलने की ख़्वाहिश है। मैं भी आपके साथ चलूँगा।

बोले, "मुझे उज़्र नहीं। मगर साहब बहादुर ऐसे वक़्त में अगर इजाज़त दे दें तो बड़ी बात है।"

मैंने कहा, "आप ही साहब से सिफ़ारिश कीजिए।" तब उन्होंने साहब से मेरे जाने के लिए अर्ज़ किया।

साहब ने कहा, "यहाँ आने वाला कैम्प इलाहाबाद में पहुँच गया है और यहाँ काम बहुत है। उस कैम्प के आते ही मैं रवाना हो जाऊँगा। ऐसी हालत में हसन शाह का जाना मुनासिब नहीं।"

मैंने कहा, "मैं लखनऊ में छावनी डालने नहीं जाता। नाना साहब के साथ ही वापस आऊँगा। अगर उनको इलाज में देर होगी तो मैं अकेला चला आऊँगा। यानी एक हफ़्ते से ज़्यादा न रहूँगा।"

साहब ने इस बात को सुनकर मुझे इजाज़त दे दी। मगर कहा, "हिसाब दो-तीन दिन में साफ़ कर देना चाहिए।"

मैंने कहा, "अब जल्दी में क्या हो सकता है? वहाँ से आकर इत्मीनान से सब साफ़ कर दूँगा।"

मगर साहब ने न माना। और नाना साहब ने भी कहा कि ऐसी क्या बेसब्री है?

तब मैं लाचार होकर हिसाब-किताब में मसरूफ़ हो गया। साहब ने और नाना साहब ने मीरज़ाई की तहरीर (अर्ज़ी) का जवाब लिख दिया कि दो-तीन दिन में आते हैं। ख़ातिर जमा रक्खो। मैंने भी जवाब लिख कर हरकारे को दे दिया, कि रहमअल्लाह को दे देना।

24

ख़त का जवाब

दिलबर व दिलनवाज़, महबूब जांबाज़! सलामत रहो। बाद सलाम के मालूम हो कि तुम्हारा ख़त या ग़मनामा भटकता हुआ पहुँचा। तुम्हारी बीमारी का हाल दरयाफ़्त होने से बेहद रंज व फ़िक्र हुई और सारा ज़माना मेरी आँखों में अंधेरा बनकर छा गया। मेरी जान! मेरा हाल अगर सुनोगी तो अफ़सोस करोगी। हिसाब-किताब की वजह से पहले यहाँ ठहर जाना, फिर कश्ती पर सवार होकर रवाना होना, दूर-दराज़ तक जाना, फिर उल्टा लौटना, फिर दूसरी तरफ़ जाना, दरिया के किनारे तुम्हारा ख़त पाना, वहाँ से कानपुर पलटना, रवानगी के बाद मिंग साहब से फिर चिट्ठी लिखवाना, उसका जवाब न आना, फिर लिखवाना, हरकारा भेजने का इरादा करना, मीरज़ाई का ख़त आना और तुम्हारी बीमारी का हाल मालूम होना—ये वाक़ेआत अगर तफ़सील से बयान करूँ तो एक दफ़्तर[1] की ज़रूरत होगी।

तुम्हारी बीमारी से मेरी जान कब की निकल गई होती। मगर तुमने क़समें दिलाई हैं, इसलिए मैंने सब्र किया और सीने पर पत्थर रख लिया। मगर दिल पर जो सदमा है उसको मैं ही जानता हूँ। हैरान हूँ, अपना हाल किससे कहूँ और इस लाइलाज दर्द का क्या इलाज करूँ?

ख़ुदा ही इस नाबर्दाश्त ग़म से निजात दे। मेरी जान! तुमने अपना हाल इस क़दर तबाह क्यों कर रक्खा है? मैं क़रीब दो ही चार दिन में हाज़िर हो जाऊँगा। ख़ुदा के लिए अपने दिल को ढारस दो। इस तरह ख़ुद को नुक़सान पहुँचाने से क्या हासिल होगा? तुम्हारी जान नाज़ुक है, पर ये सदमे मेरे लिए अपनी रूह (आत्मा) पर रेती चलाने जैसे हैं। तुम इत्मीनान रक्खो, मैं बहुत ही जल्द आता हूँ। तुम्हारे इत्मीनान के लिए हरकारे को पहले से ही रवाना कर दिया है। मैं अपना हाल कुछ नहीं लिखता। तुमको ज़्यादा सदमा होगा।

जिस दिन आदमी रवाना हुआ, उसी शाम को दूसरा आदमी ख़त के साथ नाना साहब के पास पहुँचा। नाना साहब ने उसको ठहरा लिया, कि हमारे साथ चलना। और मैंने तीन दिन में काग़ज़ात तैयार करके नाना साहब को इत्तेला कर दी। उन्होंने

1. फ़ाइल।

फ़रमाया कि जुमेरात को सुबह के वक़्त रवाना हो जावेंगे। जिन लोगों का देना-लेना बाक़ी था, मेरे लखनऊ जाने की ख़बर सुनकर जमा हो गए। हरचन्द मैंने उनको समझाया, मगर किसी ने न माना। आख़िरकार मैं उनका हिसाब चुकाने पर आमादा हो गया और जुमे की दोपहर तक सब कामों से फ़ुर्सत कर ली। फिर नाना साहब के साथ घोड़े पर सवार होकर उसी दिन उन्नाव पहुँच गया और हम वहीं ठहर गए। इतवार की शाम को लखनऊ में दाख़िल हुए। नाना साहब ने मीरज़ाई के आदमी से कहा कि महमूद नगर में मौलवी अल्ताफ़ुर्रसूल के यहाँ हम ठहरे हैं। तुम जाकर हमारे आने की ख़बर कर दो और सबेरे आओ। हम तुम्हारे साथ चलेंगे। उसने कहा—

"मैं बहुत थक गया हूँ और उनकी रिहाइश यहाँ से बहुत दूर छावनी में है। मैं भी रात भर यहीं पड़ा रहूँगा। सुबह को आपके साथ चलूँगा।"

रात को नाना साहब और मौलवी साहब खाने पर बैठे। मौलवी साहब के इसरार और ख़ातिर से मैं भी बैठ तो गया, मगर निवाला हलक़ से नहीं उतरता था और ज़रा-सी भी ख़्वाहिश न थी। मैंने समझा रास्ते की थकान और हरारत से यह हालत हो गई है। इसलिए वैसे ही उठ खड़ा हुआ और पलंग पर लेट रहा। मगर रात भर पलक तक न झपकी। अजीबोग़रीब ख़यालात आते थे और बेचैनी व दुख का ठिकाना न था। करवटें बदलता था और शे'र पढ़ता था—

अब क्यों शबे-हिज्र[1] आई बिस्तर पे लिटाने को।
पहलू में यही बस था कुछ याद दिलाने को॥

जब सुबह हुई, नमाज़ पढ़के नाना साहब जाने को तैयार हुए। मैंने कहा, "मैं भी आपके साथ चलूँगा।"

उन्होंने कहा, "अच्छा चलो। चलते वक़्त तुम्हारी नानी के यहाँ ठहर जाएँगे।"

बहरहाल, मीरज़ाई के आदमी को साथ लेकर हम चले।

जिस वक़्त आज़म जी के मकान पर पहुँचे, मैंने देखा कि मुल्ला और दूसरे लोग क़ुरआन पढ़ रहे हैं। जैसे कि शियों की मजलिस होती है। आज़म जी और मीरज़ाई दीवानों की तरह गरेबान चाक किए सर पर ख़ाक उड़ा रहे हैं और सब उनके साथ जमा है। मगर वह नायाब मोती, वह यूसुफ़* जैसी दूसरी ख़ूबसूरत, वह वफ़ादार लैला (यानी मेरी माशूक़ा) गुम है। यह देखते ही मेरी आँखों में अंधेरा छा गया और मेरे होश उड़ गए। आँसू तो एक भी न निकला। ऐसा मालूम हुआ कि सीना फट गया और दिल के परख़चे उड़ गए। नाना साहब से भी ज़ब्त न हो सका और वो रो पड़े।

---

1. विरह की रात।

* फ़ारसी के मशहूर शाइर 'जामी' ने 'यूसुफ़-ज़ुलेखा' की प्रेम-कथा पर आधारित अपनी मसनवी (कथात्मक काव्य) में 'यूसुफ़' की सुंदरता का ऐसा वर्णन किया है कि 'यूसुफ़' सौन्दर्य का प्रतीक बन गए। —रूपा.

मीरज़ाई ने उनको देख कर सलाम किया और नज़दीक आके बैठ गई। फिर ज़ारो-क़तार रोने लगी और हाल बयान करने लगी—

क्या कहूँ हकीम साहब, यह मेरी लाडली की मौत ही थी, कि आपके आने में देर हुई। पहला हरकारा मैंने भेजा था। जब उसके आने में देर हुई, मैंने दूसरा भेजा। मगर हमको तो यह काला दिन देखना था। उस परीजमाल (परी की तरह ख़ूबसूरत) प्यारी का मातम करना था। आपके आने में देर लगी। वह मरते दम तक आपको याद करती थी। इसलिए जिस रात की सुबह को उसको कूच करना था, शाम को मुझसे पूछा—

"अम्माँ, दूसरे हरकारे को हकीम साहब के पास गए कितने दिन हुए?"

मैंने कहा, "इतवार को गया था। यक़ीनन उसी दिन पहुँच गया होगा।"

उसने कहा, "तो इस हिसाब से अगर हकीम साहब सोमवार को चलते तो मंगल को यहाँ पहुँच जाते। और अगर मंगल या बुध या फिर जुमेरात को तो ज़रूर पहुँच जाना चाहिए था। आज जुमे की शाम भी हो गई, मगर अब तक न आए। मालूम होता है कि मिंग साहब ने इजाज़त नहीं दी या ख़ुद उनको काम होगा। ख़ुदा जाने, क्या वजह है? अब मुझे यक़ीन हो गया कि अब मेरी ज़िन्दगी का प्याला भर चुका है। ख़ैर, ख़ुदा की मर्ज़ी यूँ ही थी कि मैं हज़ारों हसरत और अरमान के साथ मरूँ। इसमें चारा ही क्या है?"

कौन-सी की न दवा कौन-सी माँगी न दुआ।
हमने क्या-क्या न किया अपने सँभलने के लिए॥

यह कह कर ज़ारो-क़तार रोने लगी और एक आह भर कर कहा—

"मेरी उम्र तमाम हुई। अल्हमदुलिल्लाह! ख़ुदा की बड़ाई के सदक़े। उसके एहसानों पर क़ुर्बान, कि पर्दाफ़ाश न किया और हज़ारों आफ़तों और मुसीबतों से निजात दी।"

इसी तरह बहुत कुछ कहती रही।

मैंने कहा, "ऐ बी! तुम्हारी कैसी बातें हैं। ख़ुदा शिफ़ा (रोग से मुक्ति) देकर मर्ज़ से आज़ाद करने वाला है। जल्द तुमको शिफ़ा हो जाएगी। ऐसी बातें न करो इंशाअल्लाह हकीम साहब—जिन पर तुमको भरोसा है—सुबह या शाम तक पहुँच ही जाएँगे। अगर शायद कुछ देर हुई तो मैं दूसरा आदमी रवाना करूँगी। तुम इस क़दर घबराओ नहीं। बहुत जल्द अच्छी हो जाओगी।"

बोली, "हाँ। इत्मीनान की बात है। क्योंकर इत्मीनान न रखूँ! आसार ही ऐसे नज़र आते हैं कि शिफ़ा हो जाएगी।"

चारागर ज़िन्दा रहेगा तो करेगा तदबीर।
चाहिए उम्रे-ख़कर[1] मेरे सँभलने के लिए॥

---

1. ज़िन्दगी की निगहबानी करने वाला। (यानी उसका शौहर—हसन शाह)

उस वक़्त से आख़िरी दम तक निहायत होशो-हवास की बातें और हरकतें करती रही। इसलिए उसी वक़्त क़िबले (काबे, पश्चिम) की तरफ़ मुँह करके आहिस्ता-आहिस्ता कुछ पढ़ा और तकिए पर सजदा किया। और दोनों हाथ उठा कर दुआ माँगती रही। हम लोगों को ज़रा तसकीन (ढारस) हुई। चूँकि कई रातों से हम सब जग रहे थे, ज़रा लेटने के लिए अलग चले गए। दो-तीन घड़ी के बाद मुझको ख़ुद पुकारा। जब मैं पहुँची तो कहने लगी––

"तुमने सुबह से कुछ खाया नहीं है। शायद मेरे न खाने की वजह से सबके सब भूखे रहे। अच्छा, थोड़ा शरबत मेरे लिए लाओ। मुझे प्यास मालूम होती है। मैंने जल्दी से केवड़ा और बेदमुश्क (ख़ुशबूदार पत्तों वाला एक वनस्पति) के अर्क़ में ज़रूरी चीज़ें घोल करके शरबत तैयार किया। दो-चार चमचे उसने पिए। हमको बहुत ही इत्मीनान हुआ, कि ख़ुदा की इनायत से आज मिज़ाज अच्छा है।

फिर हमने भी खाना खाया और फ़ुर्सत पाकर मैंने आकर देखा तो उसे बेख़बर सोता पाया। इससे और भी तस्कीन हुई। क्योंकि महीने भर से ज़रा भी रात को सोई न थी।

सुबह के क़रीब जाग करके पूछा कि नमाज़ का वक़्त आ गया या नहीं? सेवती ने जवाब दिया, "हाँ बीबी, आ गया।" हम लोग भी उठ बैठे। उसने तकिया लेकर तयम्मुम (बग़ैर पानी के दूसरे तरीक़े से हाथ-मुँह वग़ैरह साफ़ करना—प्राय: मिट्टी से। दूसरा अर्थ है: इरादा करना) किया। और इस तरह तकिए पर नमाज़ पढ़ी। फिर हाथ उठा के दुआ माँगी, जो हमने भी सुनी। उसने कहा—

"ख़ुदाबंद! तू माफ़ करने वाला है। मैं सर से पाँव तक गुनाह और नाफ़रमानी में डूबी हुई हूँ। तू दिलों का मालिक है। बाहरी और अन्दरूनी बातों को जानने व समझने वाला है। तू ख़ूब जानता है, मेरी नीयत जो कुछ थी और अब तक जो कुछ है। मैं तेरी दरगाह में इल्तिजा करती थी कि मेरे दिल की मक़सद पूरी हो। या इस बला से, जिसमें मैं गिरफ़्तार हूँ, महफ़ूज़ रख। तेरा लाख-लाख शुक्रिया है और करोड़ों एहसान। हालाँकि दिली ख़्वाहिश पूरी नहीं हुई। मगर नापसन्दीदा बातों और तबीअत के ख़िलाफ़ कामों से मुझको तूने बचाया और मेरा पर्दाफ़ाश न किया।"

मैं उस वक़्त वज़ू कर रही थी। यह सुन कर मैंने ख़ुदा का शुक्र किया, मिज़ाज बहाल है। फिर नमाज़ पढ़ने चली गई। नमाज़ से फ़ारिग़ होकर तस्बीह पढ़ती हुई (माला फेरती हुई) उसके पास गई, कि दरूद शरीफ़ (ख़ास तरह की दुआ) वग़ैरह दम कर दूँ (फूँक दूँ)। रज़ाई मुँह पर से सरकाई तो सांस चलना मालूम न हुआ। मैंने घबरा कर नब्ज़ पर हाथ रखा तो सख़्ती महसूस हुई। पुकार कर कहा, 'बीबी! ऐ बीबी', मगर कुछ जवाब न मिला। चिराग़ मँगा कर देखा तो कुछ न था। रूह निकल के जन्नत को सिधार चुकी थी। जिस्म बेजान पड़ा था।

मेरी आँखों में उस वक़्त ज़माना स्याह हो गया। फिर तो क़यामत ही हो गई। मातम होने लगा। अपने-बेगाने सब ज़ार-ज़ार रोते थे। दोपहर तक ग़ुस्ल (स्नान) और कफ़न से फ़ारिग़ होकर जनाज़ा तैयार हुआ। जुमे की नमाज़ के बाद अब्दुल नबी शाह के क़ब्रस्तान में जनाज़े की नमाज़ पढ़ी गई। और वहीं—जो कि भीम के अखाड़ा के पास है—उस क़ीमती मोती को, शर्मो-हया के सूरज को क़ब्र में छुपा दिया और ख़ाली हाथ, उसको सुपुर्दे-ख़ाक करके घर लौट आए।

हकीम साहब! उस मरहूमा (स्वर्गीया) की किस-किस ख़ूबी और सिफ़ात (गुणों) को याद करके रोऊँ! हुस्नो-ख़ूबी, मिस्कीनी (ग़रीब लगने वाली), ग़ैरत, पाकदामनी, अख़लाक़ (व्यवहार), तमीज़, नफ़ासत, ग़ुरूर (आत्माभिमान), बर्दाश्तगी, संजीदगी, मीठे बोल, क़ाबिलियत, इल्म वाली ज़हानत (बुद्धिमत्ता), अक़्लमंदी, आज़ाद तबीअत, अपने इरादे पर मज़बूती से अड़ी रहने वाली...! सब्र! हाय! हाय! क्या-क्या ख़ूबियाँ ख़ुदा बख़्शे, ख़ानम जान प्यारी, तुझे अल्लाह ने दी थीं! हाय। आँखों का नूर (रौशनी) गया, दिल की ख़ुशी गई। मेरी कमर तोड़ गई। मुझे बेकसो-बेयार छोड़ गई! सालों की मेरी मेहनत ख़ाक में मिल गई। पाली-पोसी जवान-जहान मेरी बच्ची मुझसे छीन ली गई। हाय! उस गुमशुदा यूसुफ़ (सौन्दर्य) को कहाँ ढूँढ़ूँ? कौन बताए ऐसी जगह? किसी जहान का रास्ता मालूम नहीं। न कारवाँ है, न कोई निगहबान है। न राह है, न पगडंडी। राहगीर नहीं मिलते, कि उनसे पूछूँ। हरकारा नहीं जाता, जो सन्देसा भेजूं। क्या करूँ? काश? मैं मर जाऊँ!

हकीम साहब! वह कौन-सी मनहूस साइत थी जब हम कानपुर से निकले थे? आग लगे उस घड़ी को। उस वक़्त का सफ़र मेरी ख़ानम प्यारी के लिए आख़िरी सफ़र था। कश्ती पर सवार होने के बाद दो-तीन दिन तक कुछ भी बीमारी न थी। हाँ वह चुप, सुन्न और मुर्झाई-सी ज़रूर थी और खाना बिलकुल नहीं खाती थी। हमने समझा, यह कश्ती की थकान है। और उस दौरान का सरदर्द जो सबको है, इसको भी होगा। इसी से मुर्झाई हुई है।

चौथे दिन दोपहर को उसने क़ै की, जिसमें बहुत सारे छोटे-छोटे टुकड़े-से गिरे और फ़ौरन बुख़ार आया। धीरे-धीरे बुख़ार बढ़ता चला गया। चुनारगढ़ में पहुँचने पर भी वैसी ही तप मौजूद थी। जिस क़दर दवा करते थे, मर्ज़ बढ़ता ही जाता था। तीन बार जुलाब दिए गए, दस्त भी हुए, मगर कुछ फ़ायदा न हुआ। फिर लखनऊ ले आए। यहाँ पहले एक हकीम साहब को दिखाया, मगर कुछ फ़ायदा न हुआ। उसके बाद हकीम मीर अली का इलाज शुरू किया। ख़ानम ने कहा—

"किसी के इलाज से फ़ायदा न होगा। हाँ, हकीम साहब कानपुर से तशरीफ़ लाएँ तो मुझे यक़ीन है कि उनकी तवज्जोह से शिफ़ा हो जाएगी।"

उसके कहने से मैंने आदमी आपकी ख़िदमत में रवाना किया और हकीम मीर अली का इलाज छोड़ कर हकीम शिफ़ाई ख़ान को दिखाया।

हाय! उसकी ज़िन्दगी ख़त्म हो चुकी थी। आपके आने में देर हुई और मर्ज़ अपना काम कर चुका था। फिर भी उम्मीद बाक़ी थी, कि आप आएँगे तो इसे आराम मिल जाएगा।

इसीलिए मैंने पहले बयान किया है कि जुमे की रात को उसने ख़ुद ही हिसाब लगाया था और मुझसे कहा कि अब मेरी क़ज़ा (मौत) आ पहुँची। वरना मुमकिन न था कि हकीम साहब न आते।

इन बातों के बाद नाना साहब आज़म जी के पास गए। मैं मीरज़ाई के पास बैठा हुआ रोने लगा। उसने तंज़ (व्यंग्य) से कहा—

"ऐ साहब! मेरे घर को वीरान आपने ही किया है। अब रोने-धोने से क्या होता है?"

मैंने उसका कोई जवाब न दिया।

मैं वहाँ से उठ कर नाना साहब के पास आया और कहा कि इन लोगों ने दो-तीन दिन से कुछ खाया-पिया नहीं है। आप इसरार करके कुछ खिला दीजिए। तब उन्होंने खाना मँगवाया। मैं चुपचाप वहाँ से उठ कर रहमअल्लाह को ढूँढने लगा। उसने दूर से मुझे देखा और दौड़ कर आया। मैं उसी दीवार के नीचे 'लैला के कुत्ते' (यानी रहमअल्लाह) से लिपट गया और इस क़दर रोया कि क़रीब था, आँखें जाती रहें। वह भी बेक़रार होकर रोने लगा। फिर मुझे समझाया कि अब रोने से क्या हासिल? जो कुछ होना था, हो गया। मैंने इरादा किया कि उसको साथ लेकर अपनी माशूक़ा की क़ब्र पर जाऊँ। इतने में एक शख़्स ने आकर कहा, "तुम्हारे नाना साहब ने बुलाया है।"

नाचार, रुक गया। रहमअल्लाह ने कहा—

"क्या आपने हमारी कश्ती के पीछे-पीछे आने का वादा किया था?"

मैंने कहा, "हाँ।"

उसने कहा, "इसीलिए ख़ानम साहिबा—जिस तरफ़ उनका पलंग था—अगल-बग़ल पर्दा करके बैठी रहती थीं और पीछे की खिड़की खोल कर दरिया की तरफ़ देखा करती थीं। ज़ाफ़रान (एक दासी) हर वक़्त सामने हाज़िर रहती थी। वो बार-बार इस तरह पीछे मुड़-मुड़ के देखती थीं गोया किसी का रास्ता देखती हैं। दो दिन मीरज़ाई और आज़म जी के पास भी न गईं। मगर अक्सर वो अपने पलंग पर लेटी रहती थीं। या दीवाने-हाफ़िज़ (फ़ारसी के मशहूर शाइर हाफ़िज़ का काव्य-संगलन) और छोटी बयाज़ (शाइरी का छोटा संग्रह), जो आपसे ली थी, देखा करती थीं। चौथे दिन सुबह मैं सलाम करने गया तो देखा कि निहायत मलाल में हैं और आँखें सुर्ख़ हैं। गोया रोने से आँखों की बीमारी आ गई हो। उस दिन ज़रा-सा भी कुछ नहीं खाया। बल्कि दोपहर को क़ै की, जिसमें रात को खाया गया खाना भी निकल

गया। उस वक़्त वहाँ सब लोग जमा हो गए। मगर उन्होंने किसी से कुछ नहीं कहा। सिर्फ़ यह कहा कि इस वक़्त मुझे तनहा छोड़ दो। नींद आ रही है। ज़रा सो लूँ।

"इसलिए सब चले गए। ज़ाफ़रान तलवे सहलाने लगी और में हाथ मलने लगा। थोड़ी देर के बाद आँख खोली और मुझसे कहा, "रहमअल्लाह! तूने देखा कि वो ज़ालिम सितमगार न आया।"

"मैंने कहा, "बेशक़।" और दिल में समझा कि सिवाय आपके और किसको ये कहती हैं?"

"उन्होंने दो-तीन बार यही बात कही, मगर मैंने ज़ाफ़रान की वजह से कुछ न पूछा। चुपचाप रहा। बहरहाल उस वक़्त से तप (बुख़ार) शुरू हुई और रोज़-ब-रोज़ बढ़ने लगी। आठ-आठ पहर बग़ैर कुछ खाए पड़ी रहती थीं। कमज़ोरी की वजह से पहलू बदलना दुश्वार था। कमज़ोरी की कोई हद न थी।

हसरत ऐ ताक़ते-अय्याम [1] विसाले-जानाँ [2]।
आज मजबूर हैं करवट भी बदलने के लिए॥

"कभी बड़ी मिन्नत और ख़ुशामद से दो-चार चमचे दाल-चावल खा लेती थीं। इससे चार दिन के बाद बहुत ही मिज़ाज नासाज़ हो गया। मुझसे कहा—

"तू कश्ती के डेक या छत पर जाकर बैठ और देखता रह कि कोई छोटी कश्ती आती है जिस पर चारख़ाने की लुंगी बँधी हो। अगर देखना तो फ़ौरन मुझे इत्तेला कर देना।"

"इसलिए उस दिन से मैं दो-दो पहर तक कश्ती की छत पर बैठा रहता था और चारों तरफ़ देखा करता था। और ख़ानम साहब की कश्ती जब ठहरती थी, ज़रूर उस पर से उतर के किनारे पर आती थीं। मीरज़ाई वग़ैरह बहुत मना करती थीं, मगर वो नहीं मानती थीं।

"एक रोज़ तीन घड़ी दिन रहे कश्ती ठहरी। मुझसे फ़रमाया—

"उन दरख़्तों से, जो किनारे पर लगे हैं, दो-तीन लकड़ियाँ ले आ। मैं ले आया। कहा, इनको आपस में रस्सी से बाँध और किनारे खड़ा कर दे। और यह काग़ज़ उसमें लटका दे।"

"फिर इलाहाबाद के क़रीब एक जगह ऐसा ही फिर किया।"

मैंने कहा, "पहला ख़त मैंने लकड़ियों पर पाया था।"

फिर उसने कहा, "जब चुनारगढ़ पहुँचे, एक हकीम साहब का इलाज किया गया। मगर कुछ फ़ायदा न हुआ। बल्कि कमज़ोरी और बढ़ गई। तब ख़ानम जान साहिब ने कहा, "मुझको कानपुर या लखनऊ ले चलो तो आराम हो जाएगा। यहाँ की आबो-हवा और भी ख़राब है।"

---

1. ताक़त-भरे दिन।
2. प्रिया का मिलन।

"हालाँकि बी जान साहिबा होलियर साहब के यहाँ नौकर हो गई थीं, मगर ख़ानम साहिबा के लिए सब घबरा गए थे। आख़िर लखनऊ को रवाना हुए।

"चन्द रोज़ के बाद जब किसी हकीम का इलाज फ़ायदेमंद न हुआ, ख़ानम साहिबा के इसरार से कानपुर आदमी भेजा गया। उन्होंने मुझको एक लिफ़ाफ़ा दिया, कि इस आदमी को दे देना। यह आपको पहुँचा देगा।

"जब आपके पास से लिफ़ाफ़ा आया, मैंने ख़ानम साहिबा को पहुँचा दिया तो उस वक़्त ख़ुश थीं, मगर उसको देख कर रोने लगीं और बोलीं—

"उनको अपनी ताबेदारी की वजह से आने का मौक़ा न मिला। अब भी यक़ीन है कि शायद न आएँ।"

"मैंने तस्कीन के लिए कहा, "आप ख़ातिर जमा रखिए। जब तक उनको इत्तेला न थी, न आए। अब तो मुमकिन नहीं कि एक लम्हा भी ठहर सकें।"

"बोलीं, "मालूम नहीं, उस बेरहम पर क्या आफ़त पड़ी? इस क़दर बेवफ़ाई की उम्मीद तो मुझे हरगिज़ न थी, कि मेरा हाल मालूम होने के बावजूद वो न आ सकें। कोई ऐसी ही मजबूरी आ गई होगी, कि आना न हुआ। शायद सरकारी हिसाब-किताब की झंझट में पड़ गए। शुरू से ही इसी हिसाब-किताब ने सब इरादे ख़ाक में मिला दिए। अब भी उसी का सबब होगा।"

"मैंने कहा, "दूसरा आदमी गया है। उसको भी इतनी देर हो गई। अब तो उम्मीद है कि ज़रूर आते होंगे।"

"यह सुन कर वो एक आह भर कर रह गईं।

"मंगल, बुध, जुमेरात को बहुत ही इन्तज़ार किया। जुमेरात को पानी गरम करा के कपड़े से अपने तमाम जिस्म को साफ़ किया और पोशाक बदल कर सबसे कहा, कि थोड़ी देर मेरे पास कोई न आए। सब अलग हो गए। तब मुझे तनहाई में बुला कर कहा, "एक प्याली में थोड़ा चूना घोल कर ले आ।"

"मैंने जल्द हुक्म की तामील की।

"शाम के वक़्त मुझे एक सफ़ेद काग़ज़ थैली में सी के दिया और बोलीं, "अगर वो ज़ालिम, बेरहम हकीम साहब के साथ आए तो यह बटुआ दे देना। और अगर वो न आएँ और किसी नापसन्दीदा काम में फँस जाएँ तो जिस तरह मुमकिन हो इसको उनके पास पहुँचा देना। यह मेरी वसीयत है। इसको ज़रूर पूरा करना। यह मेरी आख़िरी ख़िदमत अदा करना तुझ पर फ़र्ज़ (अनिवार्य, कर्तव्य) है।"

'मैंने कहा, "अपने सर-आँखों से तामील करूँगा। अव्वल तो वो ख़ुद ही इंशाअल्लाह आएँगे। उस वक़्त आपके सामने ही दूँगा। और अगर ऐसा ही कुछ पेच पड़ गया, कि मीर साहब न आए तो मैं ख़ुद कानपुर जा के पहुँचा दूँगा। और ख़ुद जवाब ला दूँगा।"

यह सुन कर वह ज़ार-ज़ार रोने लगीं और बोलीं—

"यही नतीजा होना है। क़ज़ा (मौत) सर पर आ पहुँची है। मर्ज़ अपना काम कर गया। मल्कुलमौत (मौत का फ़रिश्ता, यमदूत) की सूरत आँखों में फिर रही है। अब इन बातों को ख़्वाबो-ख़याल समझना चाहिए।

अजल[1] भी बेख़बर है वो भी ग़ाफ़िल।
कोई रक्खे किसी का आसरा क्या?"

यह सुनकर मैं भी रोने लगा और देर तक मैं और वो दोनों रोते रहे। फिर मैं चला आया।"

मैंने कहा, "क्या कहूँ? सत्यानास हो उस 'हिसाब' का। दो मर्तबा उसने मुझे रोक रक्खा। अगर मुझे यह मालूम होता कि आख़िर ऐसा होने वाला है तो उसकी क्या मजाल थी? अगर फ़ौजें भी मुझे रोकतीं तो जान पर खेल जाता और किसी तरह पहुँच जाता। हाय! अब क्या हो सकता है? वक़्त हाथ से जाता रहा और मुझसे कुछ न हो सका।

हिज्र[2] में जान-ए-गराँ[3] ये है क्या हाल ऐ दिल।
इक तसद्दुक़[4] है बुरे वक़्त के टलने के लिए॥

"ख़ैर, इस वक़्त मुझे नाना साहब बुला रहे हैं। इंशाअल्लाह! कल मैं आऊँगा और अपनी जान (माशूक़ा) के मज़ार पर चलूँगा।"

यह कह कर मैं नाना साहब के पास आया। उन्होंने कहा, "मैंने इसरार करके इन लोगों को कुछ खाना खिला दिया है। अब चलना चाहिए। इसलिए सबसे रुख़सत हो कर बाहर आए। रहमअल्लाह ने वह थैली चुपके से मुझे दे दी। मैंने उसे जेब में रख लिया और मकान पर आकर खोला। देखा, एक सादा काग़ज़ लिपटा हुआ है और उस पर फ़ारसी के दो शे'र लिखे हुए हैं।

मैं उस इशारे को समझ गया और एक तश्त (प्लेट) पर पानी में उस काग़ज़ को डाला तो अल्फ़ाज़ ज़ाहिर हो गए। मैंने पढ़ा। उस पर लिखा था—

ख़त में हाले-दिले-पुर-आबल:[5] हमने जो लिखा।
नामाबर[6] फूट के रोई है सियाही क्या-क्या॥

---

1. मौत, मौत का निश्चित दिन।
2. वियोग।
3. महँगी जान, जान का बोझ।
4. ख़ैरात।
5. छालों से भरा हुआ।
6. ख़त पहुँचाने वाला।

25

आख़िरी ख़त

तुम मरते दम न आए मुरव्वत से दूर था।
उस वक़्त पास आपका होना ज़रूर था।

दिलदार, ज़ालिम! सलामत रहो।

बाद सलाम के मालूम हो कि आपके ख़त से मुझे तस्कीन हुई। आँखें आपका इन्तज़ार कर रही हैं और मेरे बेताब दिल को ख़ुशी मिली। जो कुछ गिल:-शिकव: (शिकायतें) मुझे आपसे था, जाता रहा। और मालूम हुआ कि जो कुछ हो रहा है, मेरी क़िस्मत की ख़ूबी है। मुझे आपके इन्तज़ार में जो उलझन है, उसका अन्दाज़ा मुश्किल है। सुबह से शाम तक और शाम से सुबह तक दरवाज़े की तरफ़ टकटकी बँधी है और कान लगे हुए हैं। काश! कोई तो आ के कह दे कि वो आए। मगर हाय! तुम न आए तो न आए। मुझे पूरा यक़ीन है कि मेरी उम्र का पैमाना भर चुका है। अब दम निकला, कि अब दम निकला। सैकड़ों बार जान होंठों पर आई, मगर पलट गई। सिर्फ़ इस तमन्ना में कि शायद मरते दम तुम आ जाओ। लेकिन अब यह तमन्ना भी जाती रही। जुदाई का मर्ज़ अपना काम कर चुका। दवा हो रही है। इलाज किया जा रहा है। मगर मुहब्बत में बीमार लोग अच्छे हुए है? वियोग का यह मर्ज़ जान ही लेकर जाता है। मगर ऊपर वाले तीमारदार ख़ाक भी नहीं समझते।

अहबाब कमी गो [1] न करें फ़िक्रे-दवा में।
ऐ दर्द मैं हूँ तेरी तरक़्क़ी [2] की दुआ में॥

किसी साअत (घड़ी, समय) की मेहमान हूँ, अब सोच सकने की भी ताक़त नहीं, कि वह तुम्हारे दीदार का नक़्शा खैंच सके।

---

1. हालाँकि।
2. रोग की वृद्धि।

ख़याले-अजल[1] से तसल्ली करूँ।
वो ताक़त भी जाने-हजीं[2] हो चुकी॥

उमीदे-वस्ल[3] चली जाए हाँ दिले-नादां।
क़ज़ा[4] के आने का बस इन्तज़ार बाक़ी है॥

तक़दीर ने क्या जादू दिखाया है कि मरते-मरते भी तुम्हारी सूरत न नज़र आई। अगर बाद मेरे आए तो क्या फ़ायदा है?

हमें क्या जो तुर्बत[5] पे मेले रहे।
कि हम तो यहाँ भी अकेले रहे॥

मैं, ख़ुदा की क़सम, अब भी शिकायत नहीं कर रही हूँ। और न तुम पर कोई इल्ज़ाम लगाती हूँ। ये मेहरबानियाँ मेरी नामुराद क़िस्मत की हैं। मेरी दुआ हमेशा से यह थी, कि ख़ुदाया ज़िन्दगी भर चैनो-आराम से तुम्हारे साथ बसर कर दे, वरना मुझे ख़ाक में मिला दे। मेरा पर्दाफ़ाश न हो।

या तो क़ाबू में मेरे काश! तबीअत होती।
या मेरे पहलू में वो चाँद-सी सूरत होती॥

अलहमदुलिल्लाह! अगर वह न हुआ, यह तो हुआ। इस कमज़ोर गुनहगार की मेरे परवरदिगार ने सुन ली। लो, तुम पर बलिहारी जाती हूँ। उसका हज़ार-हज़ार शुक्र है कि मैंने इस मुश्किल रास्ते पर साबित क़दम (दृढ़ता के साथ जमे रहना) रखा और अपनी पूरी जान लगा कर सीनाज़ोरी के साथ मुहब्बत की कड़ियाँ मैंने बर्दाश्त कीं। हर आफ़त को खुले दिल से उठाया।

शर्बते-मर्ग[6] आबे-हसरत[7] सोज़-बख़्शी[8] ज़हरे-ग़म।
तल्ख़कामी[9] से मुझे सब कुछ गवारा हो गया॥

लेकिन अब सकत (शक्ति) बाक़ी नहीं है। दिल छूट गया। ताक़त ने जवाब दे दिया। हिम्मत हार गई। तुम्हारी जुदाई का बोझ नहीं उठता, तो नहीं उठता।

---

1. मौत का ख़याल।
2. ग़मगीन जान।
3. मिलन की आशा।
4. मौत।
5. क़ब्र, मज़ार।
6. मौत की शर्बत।
7. हसरत का पानी।
8. इश्क़ में धोखा खाने की तकलीफ़ को सबसे बाँटना।
9. कड़ुवाहट।

थक गया दर्द भी उठते-उठते।
अब कलेजे में रहा जाता है॥

मेरे प्यारे! अगर बाद मेरे मरने के तुम्हारा आना यहाँ हो तो मेरी क़ब्र पर ज़रूर आना। ख़ुदा के लिए आँखें न मूँद लेना। हालाँकि तुमको तो वह ख़ाक—हसरतों का ढेर—देख कर रंज ज़रूर होगा। मगर आना ज़रूर। लेकिन ज़रा सँभल कर।

नहीं फूल तुर्बत[1] के, कांटे बिछे हैं।
मेरी क़ब्र पर पाँव रखना सँभल कर॥

*हालाँकि मेरी क़ब्र की मिट्टी इस क़ाबिल नहीं है कि तुम्हारे दामन की धूल बन सके, मगर बंदे को नवाज़ने की शान और मुहब्बत के हक़ के ख़याल से दूर ही से आके फ़ातिहा पढ़ देना।

लिपट न जाए कहीं ख़ाक मेरे मरकद[2] की।
*ज़रा समेट के दामन गुज़र करे कोई॥**

इससे न सिर्फ़ मेरी रूह ख़ुश होगी, बल्कि तुम्हारी वफ़ादारी की लोग तारीफ़ करेंगे।

आह! मुझे इसकी भी उम्मीद नहीं कि तुम मेरे मरने के बाद आ सको। मेरी तक़दीर ऐसी कहाँ कि मेरा प्यारा, मेरी जान से भी ज़्यादा अज़ीज़, मेरा दोस्त मेरी क़ब्र पर आए। हाँ अगर सच्ची कशिश (आकर्षण) असर करे और मेरी मुहब्बत अपना रंग जमाए तो क्या अजब है!

देखो मेरी वसीयत और समझो कि अगर तुम मेरे बाद आना तो अपना हाल बेहाल न करना। और मेरी जान की क़सम, मेरे सर की क़सम, हर्गिज़ रंज न करना। कोई हरकत दीवानगी व बेताबी की न कर बैठना। इससे कोई फ़ायदा नहीं। सिवा इसके कि बेवजह अपनी तबीअत को ख़राब करो और नाहक़ के सदमे उठाओ। सब्र से बेहतर कोई इलाज नहीं है। जिस क़दर पुख़्ता इरादे से काम लोगे और बर्दाश्त करोगे, तुम्हारे हक़ में फ़ायदेमंद होगा। यही नहीं, इससे मेरी रूह को भी सवाब पहुँचेगा। दुनिया के रंग ही ये हैं। ख़ुदा के कारख़ाने में किसकी दख़्ल?

मेरे मातम में वो आएँ तो कहना।
करें ग़म आपके दुश्मन किसी का॥

---

1. मज़ार।
2. क़ब्र।
* यह अंश उर्दू अनुवादक ने अपनी तरफ़ से जोड़ा है। इस तरह के और भी अंश हैं, जिनका उल्लेख करना जरूरी नहीं है।

तुमको ख़ुदा सलामत रखे। तुमसे मुझे उम्मीद है कि फ़ातेहा और अपनी दुआ पहुँचाने के सवाब से मुझे महरूम (वंचित) न रखोगे। मेरे गुनाहों का बोझ मुझे कुचले डालता है। तुम्हारी वजह से कुछ तो मेरी सज़ा कम होगी।

यह बहुत साफ़ बात है कि किसी औरत को मौत आना ऐसी नेकी है, जिसके आने का इन्तज़ार न हो। दुनिया में जिस तरह वह पर्दानशीन समझी गई है, जल्दी मरने में उसकी पर्दापोशी (राज़ को छुपाना) का मक़सद होता है। इस हालत में रंजो-ग़म बेकार है। बल्कि मैं तो तुम्हारे लिए यह एक ख़ुशी की बात ख़याल करती हूँ। इसलिए कि पाबन्दी से आज़ादी हमेशा क़ाबिले-क़द्र हुआ करती है, जिसका तुम्हें शुक्र करना चाहिए।

मेरा मरना उनके घर शादी हुई।
ख़ून के छापे लगे दीवार में॥

तुमको शायद कुछ शर्मिंदगी हो कि मैं वक़्त पर न आया। इसका ख़याल भी न करना चाहिए। क्योंकि ख़ुदा की मर्ज़ी यूँ ही थी। और जबकि इंसान ऐसी बातों में सिर्फ़ मजबूर होता है तो, न तुमको शर्मिंदा होना चाहिए न मुझे कोई शिकायत।

लब[1] पर मेरे कुछ शिकव:-ए-बेदाद[2] नहीं है।
गुज़रा है जो मुझ पर वो ज़रा याद नहीं है॥

मैं सच कहती हूँ कि ज़रा भी तुम्हारा क़सूर मैं नहीं समझती। और रत्ती बराबर तुमसे रंजीदा नहीं हूँ। हश्र के रोज़ (क़यामत के बाद) मैं तुमसे जी खोल के मिलूँ और ख़ाक में मिली हुई अरमानें पूरी हों।

एवज़े-हूर[3] ख़ुदा से तुझे दिलबर माँगूं।
ख़ुल्द[4] देने लगे मुझको तो तेरा घर माँगूं॥

हाय! क्या मज़ा हो उस वक़्त कि जब—

अर्स:-ए-हश्र[5] में अल्लाह करे गुम मुझको।
और फिर ढूँढ़ते घबराए हुए तुम मुझको॥

अब दुनिया में अगर आरज़ू बाक़ी है तो यह कि तुमको एक बार मरते दम देख लूँ। और अगर यह न हो तो तुम मेरी ख़ाक पर एक बार हो जाओ, ताकि मेरी पीठ क़ब्र में लगे।

---

1. होंठ।
2. ज़ुल्म की शिकायत।
3. हूर (स्वर्ग की सुंदरी) के बदले।
4. जन्नत।
5. हश्र का मैदान।

क़ब्र पर बादे-फ़ना [1] आइएगा।
चार आँसू ही बहा जाइएगा॥

मेरे वफ़ापरवर दोस्त! अगर मुझसे तुमको कुछ मुहब्बत है तो मेरी यह बात मानो। बल्कि वसीयत समझो, कि बेवजह ग़म और फ़ुज़ूल रंज के बदले अपनी यह आदत कर लो कि जब दस्तरख़्वान पर बैठा करो, थोड़ा-सा खाना किसी मुहताज को दे दिया करो और एक बूँद पानी ज़मीन पर छिड़क दिया करो। इस तरकीब से मुझे भी सवाब पहुँचेगा और तुम हमेशा मुझे याद रखोगे।

यह ख़त अब मैं ख़त्म करती हूँ। अगर मेरी ज़िन्दगी बाक़ी है तो फिर मिलेंगे और चैन करेंगे। वरना ख़ुदा हाफ़िज़! तुमको अल्लाह को सौंपा, हम तो चले।

इस ख़त को देखकर मैं बहुत रोया। चूँकि मरना-जीना किसी के अख़्तियार में नहीं है, वरना ग़म की शिद्दत (तीव्रता) से दम निकला जाता था और रूह सीने में तड़पती थी। सारी रात बुरी तरह गुज़री।

सुबह नाना साहब महमूद नगर से आए। मुझको भी रास्ते में नानी साहिबा के मकान से साथ ले लिया।

जब आज़म जी के मकान पर पहुँचे, मीरज़ाई फिर मरहूमा (स्वर्गीया) की बातें करने लगी। मैं पेशाब के बहाने से बाहर आया और रहमअल्लाह को साथ ले कर क़ब्रस्तान में गया। उसने क़ब्र की तरफ़ इशारा करके कहा—

वो ख़ाक उड़ती है वो है मजमए-यास [2]।
वही है देख लो मदफ़न [3] किसी का॥

मैंने पहले फ़ातेहा और उसके गुनाहों को बख़्श देने की दुआ बहुत ही दिल पर जब्र करके पढ़ी। इसके बाद दिल उमड़ आया और ज़ब्त न हो सका। बेइख़्तियार क़ब्र से लिपट कर ज़ोर-ज़ोर से रोने लगा। मैं बिस्मिल (ज़िबह किए गए अधमरे मुर्ग़े) की तरह लोटने लगा, कि किसी तरह मेरी रूह अन्दर से निकल जाए।

बहुत रोया वफ़ाएँ याद करके।
सितमगर देख के मदफ़न किसी का॥

---

1. मौत के बाद।
2. दुखों का झुंड।
3. क़ब्र।

दो-दो मर्तबा अपने को ज़मीन पर दे-दे पटका। रहमअल्लाह बहुत मना करता रहा मगर मेरी कमज़ोरी कम न होती थी। तीसरी बार मैं गिरा और लोटता हुआ चला गया। वहाँ दस-बारह गज़ की एक गहरी गुफा थी। मेरा आधा धड़ उसमें जा रहा। मगर उसके किनारे अपने आप उगने वाले दरख़्त और घास बहुत ज़्यादा थी, जिसमें उलझ कर रह गया। रहमअल्लाह ने यह हाल देख कर शोर मचाया और क़ब्रस्तान का रखवाला फ़क़ीर दौड़ा आया। दोनों ने मुझे बड़ी मुश्किल से ऊपर खींचा। इस कशमकश में एक जूता भी मेरा ग़ार (गुफा) में जाता रहा। रहमअल्लाह मेरे पाँवों पर गिर पड़ा, कि ख़ुदा के लिए ऐसी हरकतें न कीजिए। इससे मैं तो मैं आप भी सख़्त बदनाम होंगे। मगर फ़ायदा ख़ाक भी न हुआ। चूँकि मेरी कमर और कूल्हे में सख़्त चोट पहुँची थी, इसलिए बिलकुल थक गया था और सुस्त होकर क़ब्र पर सर रख कर वहीं पड़ा रहा। रहमअल्लाह कमर और कूल्हा मलने लगा। मैंने उससे कहा, "भाई, मैं मर जाता तो बेहतर था। अब ज़िन्दगी का लुत्फ़ बाक़ी न रहा। हाय! ऐसा वफ़ादार प्यारा माशूक़ जब दुनिया में न रहे, तो फिर ऐसी ज़िन्दगी और ऐसे जीने पर लानत है।

"रहमअल्लाह! तू ही बता, ऐसा प्यारा और ख़ूबसूरत मुखड़ा, कि परियाँ उससे जलें और दिलरुबा मेरी जुदाई में मर जाए, फिर अफ़सोस है कि मैं ज़िन्दा रहूँ* और दूसरी औरतों से लुत्फ़ उठाऊँ। मुझसे तो कभी न होगा। मैं यक़ीनन ज़हर खा के मर जाऊँगा। अब ज़िन्दा रह के क्या करूँगा? हालाँकि ख़ुदकुशी करना हराम है, मगर क्या करूँ? इसके सिवा कोई तरकीब (उपाय) ही नज़र नहीं आती। तो सुन लेना कि मैंने जो कहा था वही कर गुजरा।

दिले-नाकाम[1] तक थीं सब उमीदें।
वही जब मिट गया तो फिर रहा क्या॥"

उसने कहा, "ऐसी हरकतें बिलकुल अच्छी नहीं हैं। कोई अक़्लमंद इसको हर्गिज़ पसन्द न करेगा। क्या इन बातों से ख़ानम साहिबा ज़िन्दा हो जाएँगी? अगर यह उम्मीद होती तो जो कुछ करते, मुनासिब था। अब तो सब्र ही हर हाल में बेहतर मालूम होता है। बाक़ी आप जानिए।"

---

* मुझे हक़ीक़त मालूम है कि हसन शाह इस वाक़ये के बाद मुद्दत तक ज़िन्दा रहे और शादी भी की। औलाद भी हुई, जो अब तक (यानी इसका उर्दू तर्जुमा होने तक) लखनऊ में मौजूद है। —उर्दू अनुवादक की टिप्पणी।

1. निराशा से भरा दिल।

रहमअल्लाह मालिश करता जाता था, जिससे मुझे आराम मालूम होता था। फिर मुझे नींद आ गई। सपने में मैंने देखा कि मरहूमा (स्वर्गीया ख़ानम जान) ग़ुस्ल (स्नान) किए हुए, सफ़ेद चादर ओढ़े एक तख़्त पर बैठी है। बालों से पानी टपक रहा है और मैं उसके सामने ज़मीन पर सर झुकाए पड़ा हूं। मेरा सर उठा कर उसने फ़रमाया—

पा निहादी ब-सरे-तुर्बते-मन बाद अज़ क़त्ल।
*मुश्त ख़ाक ब चुनीं लुत्फ़ सज़ावार बुअद॥**

मैंने उसकी बलाएँ ले के कहा कि "हमने तो सुना था कि तुम बीमार हो। मगर मैं तुमको अच्छा-ख़ासा देखता हूँ। शायद बहानेबाज़ी मुझे बुलाने के वास्ते थी, कि हकीम साहब के साथ आऊँगा।" उसने जवाब दिया कि "मैं बीमार तो बेशक थी और बहुत सख़्त बीमार थी। जीने की उम्मीद तक न थी। मगर जैसे ही तुम आ गए, अच्छी हूँ। मगर तुम्हारी ये हरकतें मुझे बहुत ही नापसन्द हैं। तुम अक़्लमंद हो। इस क़िस्म के नादानी-भरे और आम बाज़ारी लोगों जैसे इरादे करते हो। बड़े शर्म की बात है।" मैंने कहा, "क्या करूँ? जब मैं यहाँ आया तो किसी कमबख़्त ने कह दिया कि तुम्हारे दुश्मन इन्तक़ाल कर गए, जिससे मेरा दिमाग़ घूम गया और मैं चाहता था कि हलाक हो जाऊँ (मर जाऊँ)।" तब उसने कहा कि, "अगर इस बात को सच भी मान लिया जाए, तो भी मैंने तुमको क़सम दी थी। उसको भी भूल गए? हालाँकि जो कुछ सुना है, ग़लत सुना है। मैं मरी तो नहीं, अच्छी-ख़ासी हूँ। अब तो मेरे सर की क़सम खाओ कि आइंदा हर्गिज़ यह ख़याल न करना वरना मैं अपने हक़ूक़ (अधिकार) तुमको न बख़्शूंगी और हश्र में दामन पकड़ लूँगी। अच्छा, अब आप जाइए, मैं कपड़े पहनूँगी।"

मैं कुछ कहने को ही था, कि रहमअल्लाह को छींक आ गई। मैं उसकी आवाज़ से चौंक पड़ा और आँसू पोंछता हुआ उठ खड़ा हुआ। फिर वहाँ से चल दिया।

रास्ते में रहमअल्लाह से मैंने ख़्वाब का हाल बयान किया। उसने कहा, "अब किसी के समझाने-बुझाने की क्या ज़रूरत है? ख़ानम साहिबा ने ख़ुद ही आपको जता दिया है।"

मैंने भी वही ख़याल किया कि दुखी होने से क्या हासिल? अच्छा तो यही होगा कि सब्र करना चाहिए। ख़ैर, अपना इरादा पक्का करके मैं आज़म जी के मकान पर पहुँचा। रास्ते में दस रुपये रहमअल्लाह को दिए और उससे कहा कि अगर

---

* पाँव रक्खा मेरी क़ब्र पर मेरे क़त्ल के बाद।
मुट्ठी भर ख़ाक ऐसे ही लुत्फ़ के लायक़ था॥ —रूपा.

तेरे वालिद रज़ामंद हों तो मेरे साथ चल। वरना जिस वक़्त तेरा जी चाहे, मेरे पास आ जाना। मैं हमेशा तेरी ख़िदमत से बाहर न रहूँगा। तू मेरा और महरूमा (ख़ानम जान) का राज़दार है। मुझे तेरी ख़ातिरदारी लाज़िमी है।

नाना साहब ने मुझसे कहा कि अब चलना चाहिए। इसलिए अब सबको ढारस बँधा कर और तसल्ली दे कर नाना साहब वहाँ से चले। मैं भी साथ हो लिया। चार-पाँच दिन के बाद लखनऊ से कानपुर रवाना हुए। वहाँ पहुँचने पर जब साहब ने यह हाल सुना तो बहुत अफ़सोस किया।

मैंने उसकी वसीयत के मुवाफ़िक़ खाने-पीने की आदत डाल ली। वाक़ई बहुत ही उम्दा वसीयत थी। ख़्वा-न-ख़्वाह अचानक ही हर रोज़ दो-तीन बार याद आ जाती है और किसी भी तरह वह भुलाए न भूलती।